세계 프로 복싱 실화소설 ①

세계를 정복하라

도서 선영사
출판
www.sunyoung.co.kr

세계를 **정복**하라 ①

1판 1쇄 인쇄 2004년 1월 20일
1판 1쇄 발행 2004년 1월 30일

지은이 김현근
펴낸곳 도서출판 선영사
서울시 마포구 성산동 254-10 2층
TEL (02)338-8231, (02)338-8232 FAX (02)338-8233
E-MALE sunyoungsa@hanmail.net
WEB SITE http://sunyoung.co.kr
편집주간 장상태
펴낸이 김영길
제작·편집 김범석
표지·재킷 선영 디자인(SUNYOUNG DESIGN)·김영수
등록 1983년 6월 29일 제 카1-51호

ⓒ Korea Sun-Young Publishing Co., 2004

ISBN 89-7558-119-7 03810

지은이의 말

  학교의 환경미화를 위해서 중3 학급 전원이 강가에서 자갈을 나르던 중 신문배달원을 만났을 때, 며칠 전부터 예고기사가 실렸던 리스튼과 패터슨 간의 시합기사를 잠깐 본 적이 있다.
  사진과 함께 실렸던 '리스튼 1회 KO승'이라는 1면 중간기사를 지금도 생생히 기억한다.

  사람은 누구나 살아가는 동안 수많은 고난과 어려움을 겪게 된다.
  이러한 시련에 꺾이고 좌절하는 것보다는 이를 슬기롭게 이기고 극복해 나가야 한다.
  이러한 의미에서, 가장 오래된 스포츠 중의 하나인 복싱은 그 역사만큼이나 다양하고 중대한 영향을 끼쳐 왔다.
  복싱에서 세계정상을 정복했거나 입지전적인 업적을 이룬 인물들도 대단히 많다.
  특히 복싱사의 르네상스라고 일컬어지는 60~70년대에는 모하메드 알리, 조 프레이저와 같은 불세출의 선수들이 많았다.
  어떠한 분야에서나 정상을 정복하기는 대단히 힘들지만, 누구나 할 수 있고 흥미가 있는 복싱에서는 더욱 어렵다.

필자는 그동안 이렇게나 중요하고 어려운 업적을 이룬 복싱계의 영웅들이 단순한 싸움꾼이나 무식한 폭력배 정도로 비하되거나, 그들의 업적이 알려지지 않고 있는 경우가 대부분이라는 사실에 평소 안타깝고 아쉬운 마음을 가지고 있었다.

이 책을 통해 그분들의 의지력·가치관·기술·업적 등을 살펴봄으로써 건전한 정신을 확립하는 계기가 되고 건강한 신체를 기르는 데 도움이 됨은 물론, 복잡하고 어려운 현대사회를 살아가는 데 힘이 되기를 바라는 마음이다.

꿈과 시야는 세계를 향하게 하고, 소년에게는 희망을, 청년에게는 자신감을, 장노년에게는 보람을 주고자 한다.

특히 독자가 흥미롭게 읽을 수 있도록 실화소설로 꾸몄으므로 누구나 쉽게 전문적인 기술 부분까지 이해할 수 있으리라고 생각한다.

각종 관련 자료는 필자 자신의 경험과 연구를 바탕으로 하여 교재를 포함한 각종 서적, 규정을 포함한 각종 자료집, 「링」지를 포함한 국내·외의 신문 잡지와 간행물, 비디오, 인터넷,

WBA를 포함한 각 단체의 자료 및 관계자, 관련 저명인사의 지도 및 자문 등에서 종합한 것이다.

외래어로 표기된 부분은 복싱에 관련된 전문용어로서, 이해를 돕고 생생한 현장감을 살릴 수 있는 범위에서 최소한의 사용에 한정했다.

지은이 소개란에 있는 등기신청서 '기입' '접수'에 대한 부조리의 개선 부분은 이 나라의 주인은 국민이라는 소신에서 나온 결실이다.

국민을 위하고 국민이 편리하도록 뒷받침할 수 있어야만 규정이나 제도는 필요하며 그 가치가 있다고 생각한다.

모든 분들의 이해와 협조가 있으시기를 진심으로 바란다.

2003년 12월
지은이 김 현 근

세계 프로 복싱 실화소설 ①

세계를 정복하라

제**1**장
킨샤사의 폭풍

콩고강에 내리는 폭우

    아프리카 대륙에서 두 번째로 긴 콩고강을 발 아래로 저만치 내려다보는 임페리얼 호텔 스위트룸에서는 링 위에서와는 다른 또 하나의 열전이 벌어지고 있었다.

    몇시간 전에 세계 최강의 주먹으로 다시 확인된 알리의 근육이 꿈틀댈 때마다 베로니카는 숨조차 제대로 못 쉬면서도 몸 전체로 용트림하며 죽을 것 같은 희열에 까무러치곤 했다.

    이번 시합 전까지 40전 전승(37KO승)에 34연속 KO(Knock Out)승으로 헤비급사상 최고의 KO율을 자랑하던 26세의 챔피언 조지 포먼을 살풀이굿하는 신들린 무당처럼 팔을 뻗어 흔드는 상태로 완전히 한바퀴 돌려서 눕혀 버린 32살의 그에게는, 19살의 농익은 그녀와의 열전은 신이 만들어 준 너무 쉬운 시합일까. 젖 먹던 힘까지 다 쥐어짜야만 하는 어렵고도 힘드는 시합일까, 아니면 두 가지를 합쳐 놓은 쉽고도 어려운 묘한 시합일까?

자연스럽게 바로 선 상태에서 벨트라인(belt line) 위쪽으로 머리를 포함한 양어깨축 앞쪽 부위에 대해서만 글러브(glove)를 낀 상태의 주먹 앞면으로만 공격이 가능하며, 시합 종료 시까지 상대의 똑같은 반격을 염두에 두고 공격과 방어를 계속해야만 하는 복싱과는 달리,

　반격이나 파울(foul)의 걱정도 없고 175cm 그녀의 모든 신체 부위는 물론 마음까지가 유효한 공격의 대상이며 승리와 쾌락만이 보장된 시합이고 보면,

　알리의 공격은 여유가 있었고 부드러웠으며 포면전에 비교해서 더욱 화려하고 다양한 기교가 쏟아졌다.

　공격의 효과가 큰 은밀한 부분에 정조준을 하고서는 먼지를 터는 정도의 가볍고 짧은 잽(jab)을 계속 내밀었고,

　찬스(chance)가 보일 때면 즉각 길고도 강한 스트레이트(straight)로 바꾸기도 했으며,

　조그만 빈틈이라도 발견될 때는 반대방향으로 약간 교차시킨다는 느낌으로 타격점을 잡고, 주먹의 각도를 대각선에서 수평으로 틀면서 가격하는 동시에 턱을 당기며 머리를 대각선으로 굽혀서 수비도 하면서 타격강도를 높이는 좌우 스트레이트로 깊고도 확실하게 공격했다.

　거리가 충분하지 않고 밀착되었을 때에는 허리선 앞쪽에서부터 대각선상의 주먹을 손등이 밖으로 향하게 틀면서 짧게 쳐올리는 어퍼컷(uppercut)이나, 허리와 어깨를 동시에 틀면서 오른손은 왼쪽으로 왼손은 오른쪽으로 향하게 하고 타격점에서 주먹을 수평으로 끊어치는 양훅(hook)으로 상하 좌우 어느 한 곳이

라도 놓치지 않는 융단폭격을 했다.

그녀가 전진해 올 때에는 백스텝(back step)으로 나비처럼 날아서 후퇴하거나 공격선과 최대한 가까운 거리에서 오른쪽이나 왼쪽으로 방향을 바꾸며 곧장 반격으로 연결하는 사이드스텝(side step)으로 후퇴와 전진을 조절했다.

그녀가 공격해 올 때에는 그 자리에서 블로킹(blocking)으로 맞받거나 패리(parry)로 흘려 버리기도 하고, 아무리 약한 잽이라도 힘이 실리기 때문에 더킹(ducking)이나 위빙(weaving)으로 흘려 버리면 균형이 흔들리거나 2타가 주춤거리게 되는 그 짧은 순간을 따라 안에서 밖으로 밖에서 안으로, 허리와 상체를 동시에 닿을락말락하게 롤링(rolling)하는 부드러운 수비를 섞었다.

빈틈이 안 보일 때는 오른손으로 보디(body)를 노리는 척하여 수비를 끌어내린 다음 왼손으로 안면을 노리거나, 왼손으로 안면을 노리는 척하고는 수비를 끌어올린 다음 오른손으로 보디를 노리고, 전진하는 척하다가는 후퇴하고 후퇴하는 척하다가는 전진하여, 타이밍(timing)을 빼앗는 페인팅(feinting)으로 순간적으로 호흡을 완전히 멈추게 하거나 사자보다도 더 크게 포효하도록 만들었다.

희열로 용트림할 때에는 양어깨를 누르고 몸을 밀착시켜서 사정권을 벗어난 주먹이 무용지물이 되도록 만드는 클린칭(clinching)으로 안으로 안으로만 한없이 타오르게 만들었다.

킨샤사로부터 상류 1,400km까지도 화물선 운항이 가능하지만, 대서양 입구까지의 하류 200km는 폭포와 바위 등으로 운항이 불가능하여 조금은 불가사의한 콩고강의 거대한 물굽이보다

도 더 크고 신비한 환희의 소용돌이에 그녀의 육신은 깊이깊이
빠져들었다.

  시합일이 하루 이틀 앞으로 다가오자 킨샤사시(市)를 포함한
자이레 전국이 대회열기로 용광로처럼 들끓었다. 전국 어디를
가든 남녀노소 모두 알리와 포먼의 이야기뿐이었다.

  특히 세계 각국에서 파견된 기자들은 누가 이길 것인가를 정
확하게 분석·종합하여 본사에 빨리 송고하는 것이 최대의 관심
사이자 임무였다.

  알리는 켄 노턴에게 1차전에서 턱뼈가 깨어지면서 12라운드
판정패했고 2차전에서는 12라운드 판정승으로 겨우 이겼다. 이
들은 2년 후인 76년도에 3차전을 벌이게 된다.

  포먼은 스트레이트 단 한방으로 켄 노턴을 1회 KO로 눕혀 버
렸으므로, 알리는 포먼의 상대가 될 수 없다는 결론이 나올 수
도 있었다.

  복싱의 승부를 결정하는 요소인 펀치(punch), 스피드(speed),
신체 조건, 지능, 주도권 장악력, 위기 대처 능력 등의 6가지
관점에서 분석했을 때도 포먼은 24대20으로 약간 앞서 있었다.

그러나 「타임」, 「뉴스위크」, AP통신 등의 기자들은 알리의 승리를 예측했는데 특히 「시카고 트리뷴」지의 타이스 톨리는 알리의 8회 KO승을 점쳤다.

복싱시합에서 가장 중요한 요소는 무엇보다도 선수 자신의 자신감이다. 알리는 포먼을 완전히 한 수 아래로 보고 있었다.

1968년 멕시코 올림픽 헤비급에서 금메달을 딴 포먼이 조그만 성조기를 쥐고 링을 도는 모습을 본 알리는 "리스튼을 연상시키는 또 한 마리의 곰이로군!"이라고 내뱉었다.

기자들이 승부에 대한 예상을 물었을 때 알리는 조금도 주저하지 않고 말했다.

"포먼은 똑바로 서 있어서 허리가 굳은 것 같고 원투 스트레이트밖에 없다. 그 원투도 느려서 첫 번째 펀치와 두 번째 펀치 사이에 나는 식사를 하고 올 수도 있다."

밤 12시부터 시합이 시작되는 1974년 10월 30일 아침이 밝았다.

광고주들이 희망한 미국 뉴욕주의 TV시청률이 가장 높은 시간대와 맞추다 보니 킨샤사에서는 밤 12시로 정해졌다.

우기에 접어든 지 달포나 지났기 때문에 비가 내릴 것을 가장 걱정했으나 다행히 날씨가 좋았다. 기상대의 장기예보를 믿지 못하여 주술사의 예언을 참고로 했던 것이 아무래도 옳았던 모양이다.

당시 5,000여 만 명의 인구 중에서 600만 명이 살고 있는 자이레의 수도 킨샤사는 아침부터 완전히 축제분위기였다.

국제경기라고 해봐야 인근 국가들만의 경기에 그친 축구 정도
가 고작이었는데, TV · 라디오 등을 통해 전세계로 생중계되는
세계 타이틀전이 아프리카 대륙에서 처음 개최되는 것이고 보면
그 열기는 쉽게 짐작할 수 있었다.

거리 곳곳에는 대회를 알리는 선전탑 · 포스터 · 만국기 등이
요란했고, 주요 부분만 가리고 울긋불긋하게 치장을 한 부족들
의 노래와 춤은 끊임없이 계속되었다.

시합장소인 국립축구장 입구는 더욱 장관이었다. 각 부족들의
경쾌한 율동과 함께 전통 타악기 소리는 귀가 따가울 정도였다.

한쪽에는 토산품 · 과일 · 음료수 · 아이스크림 · 음식 등을 파는
가게가 진을 치고 있었고 행상들도 떼를 지어 다니고 있었다.

6만 장인 입장권이 5일 전에 동나서 20~200달러인 입장권은
최고 5배까지 암거래되고 있었다.

정복을 입은 군인들이 경기장 주변을 삼엄하게 경비하는 가운
데 오후 6시부터 입장이 시작되었다.

입장한 관중들은 오픈게임(open game) 등이 없었으므로 시합
시간까지 200여 부족 중에서 엄선된 부족들의 전통춤과 노래만
장시간 구경해야 했다.

축구장 중앙에 설치한 링(ring)은 스탠드(stands) 어디서나
잘 보였으며 그 위에는 비가 올 것에 대비하여 높고 멋진 사각
지붕이 설치되어 있었다.

지붕의 네 모서리는 끝이 살짝 올라간 곡선으로 처리하여 한
국 어느 산사의 추녀 같았고 금방이라도 그윽한 풍경소리마저

들려옴 직도 했다.

　스탠드 곳곳에는 비닐우의를 비치하여 둔 흰색의 상자들이 보였고 안내원들도 충분히 배치되어 있었다.

　스탠드 상단에는 예의 그 표범가죽 모자를 쓴 모부투 대통령의 대형 초상화가 게시되어 있었고, 링 주위에는 각국의 보도기관 종사자를 위한 전화·집기 등이 잘 갖추어져 있었다.

　경기 시작 2시간 전인데도 링 주변의 그라운드(ground)는 물론 스탠드 상단까지 입추의 여지없이 관중들로 꽉 들어찼다.

　먼저 도전자인 알리가 자이레 민속의상을 걸치고 손을 흔들며 그라운드로 들어서자 관중들은 박수와 함께 일제히 "알리" "알리"를 연호하기 시작했다.

　계속 손을 흔들며 링 쪽으로 향하던 알리는 갑자기 걸음을 멈추고서는 스탠드를 정면으로 보고 오른손을 들어서 연호를 리드하기 시작했다.

　지휘봉인 알리의 오른손에 맞추어 6만 명의 관중들이 "알리" "알리"를 합창하는 거대한 오케스트라가 되었다.

　그는 관중의 마음을 읽을 줄 아는 심령가이면서 그것을 한 곳으로 모을 줄 아는 연출가인 동시에 지휘자이기도 했다.

　챔피언 포먼이 자이레 민속의상을 입고 입장할 때도 관중들이 환호했으나 그는 손만 흔들고 링 쪽으로 향했다.

　모부투 대통령이 입장한 다음에 바로 의식행사가 이어졌고 한밤중에 관중들이 합창하는 자이레 국가는 킨샤사 하늘을 진동시켰다.

192cm, 98.9kg의 포먼은 흰 줄이 쳐진 붉은색 벨벳 트렁크 (velvet trunks)와 흰색 슈즈(shoes)를, 190cm, 95.3kg의 알리는 검은 줄이 쳐진 흰색 트렁크와 흰색 슈즈를 착용하고 있었다.

지금까지의 전적은 알리가 46전 44승(31KO) 2패이고 포먼은 40전 40승(37KO) 무패였다.

주요 내빈 소개에 이어서 양선수의 소개가 이어졌다.

"청코너(corner)…… 종전 세계 헤비(heavy)급 챔피언 모하메드 알ー 링ー"

"와아!"

한꺼번에 6만 명의 함성과 박수가 쏟아졌다.

"홍코너…… 현재 세계 헤비급 챔피언 조지 포ー 멍ー"

"와아!" 함성과 박수가 다소 약했다.

자이레의 공용어가 프랑스어이고 현지의 복싱 관계자를 링 아나운서로 급조하고 보니 프랑스식 발음이 되었다.

오늘 시합의 저지(judge) 3명과 레프리(referee) 크레턴이 소개된 후 레프리가 양선수를 링 중앙으로 불러모았다.

"전에 그리고 현재 세계 챔피언이니까 규정을 잘 지키시고 정정당당하게 싸우시도록, 알겠소?"

"예."

양선수는 불필요한 눈싸움은 하지 않았다.

"삐ー익"

경기 라운드(round) 시작 10초 전을 알리는 버저(buzzer)가 울리자 링 중앙에서 레프리 크레턴이 양쪽 코너를 향해 손을 벌리면서 "세컨드 아웃(second out)!"을 지시했다.

"땡!"

1라운드의 시작을 알리는 종소리가 울렸다.

청코너에서 빠른 스텝으로 알리가 돌진하자 이에 질세라 포먼도 빠른 스텝으로 달려나왔다.

서로 노려보면서 시계 반대방향으로 움직이자마자 알리의 원투(one two)가 포먼의 머리에 터졌다.

경기 초반에는 상대의 전력을 탐색해 보기 위해서 공격을 주저하는 것이 일반적인 추세인데도 두 선수는 이미 상대방을 완전히 파악하고 있는 것 같았다.

이번에는 시계방향으로 알리가 스텝을 바꾸자 포먼이 따라서 방향을 바꾸는 순간 라이트(right)와 강한 원투로 얼굴을 강타했다. 마치 수박을 쪼개는 듯한 큰 소리와 함께 포먼은 뒤로 휘청거렸으며 관중들의 함성이 크게 일어났다.

라이트는 모든 체중을 쉽게 실어서 공격할 수 있기 때문에 단한방으로도 상대를 KO시킬 수가 있다.

그러나 레프트(left) 리드(lead) 없는 라이트 공격은 상대가 라이트를 흘려 버리고 외곽에서 반격하거나 라이트 카운터(counter)로 되받아칠 때는 안면이 노출된 상태에서 반격당할 위험성이 크기 때문에 사실상 잘 쓰지 않는 기술이다.

승리 아니면 패배 중에서 확실하게 하나를 택하겠다는 이 전략은 특히 상대의 라이트 반격에 대한 자신감이 없이는 불가능한 모험이다. 이는 다른 체급의 타이틀전에서도 쉽게 볼 수 없었음은 물론 헤비급에서는 근래 10년 동안에 한번도 보지 못했던 현상이었다.

오픈성인 레프트 보디블로(body blow)로 포먼이 반격하자 오른손으로는 왼팔 안으로 해서 목을 잡고 왼쪽 겨드랑이에 오른쪽 글러브를 끼어서 양손을 쓸 수 없도록 만들었다.

레프리가 떼어놓자 포먼이 급하게 돌진해 왔으며 알리는 백스텝을 밟다가 라이트 원투 라이트 라이트 레프트로 연결하고 포먼은 레프트를 크게 헛쳤다.

관중들의 큰 함성이 들렸다.

단 한방이면 경기를 끝낼 수도 있는 포먼의 라이트가 아직까지 공격목표를 포착하지도 못하고 있는 데 비해서, '언제까지 도망 다닐 수 있을까?' 하고 걱정까지 하게 만든 알리가 오히려 강타를 터뜨리는 데 관중들은 큰 즐거움을 느끼고 있는 듯했다.

포먼의 라이트를 위빙으로 흘려 버리고 머리를 당겨 누르자 라이트 레프트의 연결공격이 나왔으나 모두 헛손질이 되면서 서로 엉켰다.

포먼의 레프트 어퍼컷이 히트(hit)하자 빠른 원투로 반격했으며, 다시 레프트 어퍼컷과 원투로 공격하자 알리가 그의 왼팔을 잡고 목을 누르면서 다시 엉켰다.

레프리가 떼어놓은 후 포먼이 라이트를 히트하고 레프트는 두 번 헛치면서 서로 엉켰으며 로프(rope) 쪽으로 밀렸다.

로프를 빠져나온 다음 알리의 원투 공격이 이어졌고 이어 1라운드 종료 종이 울렸다.

'도전자가 라이트부터 공격한다'는 술렁거림이 휴식시간 1분 내내 기자석을 덮쳤다.

"이제는 누가 KO되느냐만 남았는데 아무래도 챔피언이 위험해."

누군가 말했으나 아무도 이의를 달지 못했다.

홍코너에 앉아서 트레이너(trainer) 딕 새들러의 지시를 듣고 있는 포먼의 얼굴은 관자놀이 부근이 부어올라 있었다.

알리는 잠시 앉았다가 관중들의 "알리" "알리" 연호가 커지자 일어나서 오른손을 들어서 이를 리드했다.

2라운드 시작 종이 울렸다.

알리는 1라운드와 같이 빠른 스텝으로 접근하여 마주섰다가 백스텝으로 포먼을 유인하고 스스로 로프에 기댔다.

포먼은 원투 보디블로를 노렸으나 오픈(open)성이었으며 허리선 뒤에서 출발한 공격이어서 동작이 노출되었다.

알리가 돌아나오면서 레프트로 견제할 때 포먼의 레프트 라이트가 히트되었다. 알리가 로프에 기대자 포먼의 레프트 보디블로와 원투가 성공했다.

포먼의 연속 6차례 공격은 모두 흐르는 펀치였으며, 알리는 단 한번 레프트 잽으로 견제하고서는 어깨를 링과 나란히 한 자세로 머리를 약간 굽히고 양글러브로 머리를 보호하면서 계속 로프에 기대고 있었다.

이 자세는 공격을 포기하면서 수비만 하는 완전한 수비자세이다. 공격이 전제되지 않는 완전한 수비자세는 싸울 의사가 없는 것으로 간주되어 파울은 물론 실격당할 수도 있다.

이때는 레프리가 주의 이상의 조치를 하는 것이 경기를 활기차게 만들 수 있다.

알리는 포먼의 펀치력이 그렇게 두렵지 않다는 것을 확신한 듯 라운드 후반에 접어들자.
"나를 칠 수 있어?"
"못 칠걸, 분발해!" 하고 포먼을 조롱하기 시작했다.
경기 중 상대 선수에게 말을 하거나 기합 등 소리를 지르는 경우는 아마추어(amateur)에서는 비신사적 행위로 금지시키고 있으나, 프로(pro. professional)에서는 이 규정이 없다.
규정 여부를 떠나서 말을 하는 것은 호흡조절에 부담이 많고, 말을 하고 있을 때 공격을 당하면 혀를 다칠 수도 있으므로 시합 중에 말을 하는 경우는 거의 없다.
포먼이 머리에 레프트를 노리자 알리는 위빙으로 피하면서 레프트 레프트 레프트로 반격했고, 포먼이 레프트 레프트 레프트로 공격하자 원투로 반격했다.
이때 포먼의 머리가 뒤로 젖혀지면서 다리까지 약간 흔들렸다.
원투가 조금만 더 빨랐더라면 충분히 다운을 빼앗을 수 있는 기회였다.

포먼이 허수아비 팔같이 각이 벌어진 레프트 라이트로 보디를 노렸을 때 알리는 레프트 잽을 성공시켰고, 거리를 잡지 못하면서 레프트를 내밀었을 때는 알리가 라이트 스트레이트를 성공시켰다.
다시 라이트 원투를 히트시켰을 때, 포먼은 라이트와 레프트를 크게 헛쳤다. 이때 2라운드 종료를 알리는 종이 울렸다.

　3라운드가 시작되었다.

　로프 쪽으로 백스텝을 밟던 알리가 원투로 가격하자, 포먼은 레프트 보디블로로 응수하고 계속 레프트 라이트 보디블로로 연결시켰다.

　잠시 주춤하던 알리가 원투 원투 원투를 잇달아 성공시켰을 때 관중들의 큰 함성이 일어났다.

　두어 번 레프트 잽으로 거리를 측정한 포먼도 깨끗한 원투를 성공시키자, 알리는 오히려 "이봐, 뭔가 보여 봐"라고 조롱했다.

　링 중앙에서 맞섰을 때 알리의 레프트 잽이 터지자, 밀착된 상태에서 포먼은 원투로 응수하면서 보디에 4차례 원투를 노렸으나 위력이 없었다.

　알리가 레프트로 견제할 때, 포먼의 원 투 라이트가 크게 히트하고 이어지는 레프트 라이트는 빗나갔다.

　원투로 공격하자 포먼이 라이트 카운터로 되받았을 때, 알리의 라이트 레프트가 히트되었다.

　밀착된 상태에서 포먼은 보디를 노렸으나 펀치가 흘렀으며 원투는 크게 헛쳤다.

　알리의 원투가 2회 히트하고 얽힌 상태에서 서로 가격하려는 순간, 종료 종소리와 함께 레프리가 뛰어들며 3라운드를 중단시켰다.

　4라운드가 시작되었다.

　접근하는 포먼에게 원투 원투로 2회 연속 가격하자 휘청거렸고, 관중들의 함성이 크게 들렸다. 포먼도 큰 원투로 반격했으나 허공만 갈랐다.

알리가 뒷걸음쳤을 때 포먼이 레프트 보디블로를 노리자, 라이트로 반격하고 다시 라이트로 가격한 후 앞으로 끌어당겨서 클린칭했다.

끌어당기면서 "더 잘 싸워 봐, 너는 챔피언이야"라고 조롱하자, 포먼은 화가 난 듯 브레이크가 고장난 피스톤처럼 계속 양손을 내밀었으나 위력이 약했다.

알리가 라이트 레프트를 히트하고 포먼도 레프트를 히트시키면서 서로 엉켰을 때, 어깨 밑으로 해서 포먼의 목을 감았다.

그러고서는 "너는 펀치가 있는데 왜 이래?" 하고 놀리자, 더욱 화가 난 포먼은 일정한 목표도 없이 마구 펀치를 휘둘렀다.

종료 직전 알리가 원투를 쳤을 때, 포먼의 라이트가 크로스 카운터(cross counter)로 되었고 라이트를 헛치고서는 레프트 정타가 터졌다. 이번 시합 중에서 알리가 겪은 최대의 위기였다.

종료 후 각자의 코너로 돌아가기 직전 포먼도 한마디 던졌다.
"맛이 어때?"

5라운드가 이어졌다.

너클파트(knuckle part)에 의한 가격만이 득점으로 연결되는 사실을 모르고 힘만이 승부의 관건으로 알고 있는 것처럼 포먼은 더욱 거칠게 밀고나왔다.

알리의 레프트에는 반경이 큰 라이트 훅으로, 레프트 공격에는 원투 보디블로로 반격했다.

4회말의 놀라운 공격이 5회까지 이어지자 지금까지의 결과마저 뒤집을 수도 있다는 생각이 들 정도로 공격이 매서웠다.

이에 충격을 받아서인지 아니면 위장하기 위해서인지 모르지만 알리는 계속 로프에 기대고 있었다.

알리는 로프에 기댄 채 "너 지쳤군. 더 세게 쳐" 하고 포먼을 계속 놀렸다.

상대를 쓰러뜨리고 승리하는 것이 복서의 목적이라면, 마음을 무너뜨리는 알리의 혀도 주먹 못지않게 매서운 무기가 되었다.

그러나 알리는 1분 이상 한자리에서 펀치를 내밀지 않고 완전 수비 상태로 있었다.

갑자기 알리는 원투 레프트 원투를 퍼붓고 레프트까지 연결시켰다. 포먼은 다리가 풀리면서 다소 그로기(groggy) 상태에 빠졌으나 반사적으로 라이트 보디블로와 레프트 훅을 노렸다.

다시 알리의 라이트에 이은 원투 원투가 터졌을 때, 포먼은 레프트로 응수했으나 헛 스윙(swing)이 되었다.

이때 5라운드 종료 종이 울렸다.

6라운드가 시작되었다.

포먼은 코피를 흘리면서 다소 불안한 걸음걸이로 나왔으며 5라운드말의 충격에서 벗어나지 못한 듯했다.

양손으로 거리를 재면서 알리의 공격을 사전에 차단하려고 했지만, 그 틈새로 레프트 잽 4방이 꽂혔다.

잠시 틈을 두었다가 알리의 레프트 잽 5방이 다시 꽂히자 관중들의 함성이 요란했다.

정확한 타이밍과 거리를 측정한 후 번개같은 잽이 꽂히자 관중들은 완전히 매료되었다.

"알리" "알리"의 연호도 들려왔다.

포먼의 양주먹은 알리의 상체에 그냥 스치기만 하거나 몸통에 그냥 대고있는 듯한 모습을 보였다.

그중에서도 다소 위력있는 펀치가 왼쪽 보디에 꽂히자, 알리는 이마저 차단하겠다는 듯이 양어깨를 누르며 로프에 완전히 기댔다.

그런 채로 "챔피언이 왜 이래?"라고 놀렸다.

이때 알리의 코너에서는 "로프에서 빠져나와서 KO시켜"라고 트레이너 던디가 고함을 질렀다.

공격없이 완전한 수비자세로 중반을 보낸 알리는 뒤통수를 가격당하자 로프를 빠져나오면서 깨끗한 원투를 얼굴에 적중시켰다.

충격이 가중된 포먼이 레프트 헛 스윙을 휘둘렀을 때 알리의 레프트 잽 3방이 터졌고, 포먼의 약한 잽 2방이 나오는 듯 마는 듯하는 순간 6회전이 종료되었다.

알리는 코너로 돌아가면서 포먼에게 멸시하는 듯한 표정을 보냈고, 포먼은 거친 숨을 몰아쉬면서 자신의 홍코너로 바삐 돌아갔다.

휴식시간에 던디는 침착하게 지시했다.

"포먼은 지쳤다. 어린애라도 KO시킬 수 있다. 힘을 비축했다가는 결정타를 노려라."

7라운드가 시작되었다.

알리가 스스로 백스텝을 밟아 로프로 가서 몸을 걸치자, 포먼

이 흔들리는 자세로 다가섰다. 그 상태에서 포먼이 원투 보디블
로와 레프트를 뻗었으나 득점에 고려될 만한 위력이 없었다.

알리가 레프트 라이트 라이트를 히트시키자 관중들의 환호성
이 쏟아졌다.

포먼이 고개를 숙이면서 약한 라이트로 공격해오자, 라이트로
반격하고서는 머리를 코너의 폴(pole)대에 끌어다가 눌렀다.

알리의 잽이 미스(miss)되는 순간 포먼의 깨끗한 레프트 보디
블로가 꽂혔다.

이어서 알리의 레프트 라이트가 터지자 포먼의 머리가 완전히
로프 밖으로 나갔으며, 관중들의 함성이 요란하게 일어났다.

선수 몸의 일부가 로프 밖으로 나갔을 때는, 레프리는 "타임
(time)"을 불러서 게임을 중지시키고서는 선수를 보호하고 우려
되는 제2의 불상사를 예방하는 조치를 취해야 한다.

포먼의 큼직한 라이트 어퍼컷이 성공했으나 즉시 터진 알리의
라이트 레프트에 관중들은 다시 환호성을 보냈다. 서로 엉킨 상
태에서 떨어져 찬스를 노렸을 때 종료 종이 울렸다.

8라운드가 시작되는 종이 울렸다.

게임의 종료를 알아차리는 동물적인 본능이 살아난 것일까?
알리의 동작은 1회전처럼 빨라졌다.

레프트 잽 4방으로 거리를 잰 후 라이트 스트레이트를 크게
히트시켰다.

포먼이 레프트를 헛치고 몸을 기대자, 코너로 당겨서 눌렀다.

상대방을 당기거나 누르는 것은 최소한 주의 이상이 필요한
파울이다.

세계적인 시합이고 보니 레프리가 지나치게 소심한 점이 많았다.

바로 선 포먼에게 원투 스트레이트를 히트시킨 후 알리는 반대편 코너로 급하게 갔다.

또다시 완전한 수비자세로 1분 정도 보내는 동안, 포먼은 쉴 새없이 온갖 공격을 퍼부었으나 정타도 없었고 힘도 빠져서 알리에게 아무런 충격을 주지 못했다.

포먼이 레프트를 헛치고 몸을 로프에 걸쳤다가 방어없이 돌아서는 순간, 알리의 강한 원투가 안면에 꽂히자 오른쪽으로 크게 휘청거렸다.

포먼이 붙잡지 못하도록 빠르게 오른쪽으로 돌아나오면서 왼손 어퍼컷으로 턱을 들어올려 놓고서는 수평보다 조금 낮은 각도의 아래방향으로 라이트 피니쉬(finish)블로를 날렸다.

포먼은 두 손을 들어올리면서 몸을 완전히 한바퀴 돌리고서는 미움과 원망은커녕 존경과 찬사를 보내는 듯한 시선을 알리에게 고정한 채 링바닥에 얼굴을 찧을 듯이 쓰러져 갔다.

레프리는 쓰러진 포먼을 쳐다보며 "원" 카운트(count)를 세는 것과 동시에 알리를 중립코너로 보냈다.

쓰러져 있는 포먼을 쳐다보며 다시 손가락으로 표시해가면서 카운트를 세기 시작했다.

"원, 투 …… 에잇"

"아웃!"

양손을 머리 위로 들어 올리고서는 크게 X형으로 두어 번 교차하면서 경기가 끝났음을 알렸다.

레프리는 선수가 쓰러진 순간부터 카운트 "원"에 들어가야 한다. 상대 선수를 중립코너로 보낼 때의 중지하는 순간도 당연히 카운트에 포함된다.

타임키퍼(time keeper)는 이러한 중지순간을 확인했다가 레프리가 카운트를 다시 시작할 때 손가락으로 표시하여 알려 준다.

이날 레프리 크레턴은 아무래도 흥분한 것 같았다.

타임키퍼가 이미 투(two)를 손가락으로 알려주었으므로 쓰리(three)에서부터 시작해야 하는 것을, 원 투를 또 카운트했기 때문에 에잇(eight)에서 끝냈다.

이 경우는 1부터 세어가는 도중에 레프리 스스로 잘못된 것을 알아차리고는 8에서 끝낸 것이다. 아무래도 매끄러운 진행이 되지 못한 해프닝(happening)이었다.

KO승은, 카운트를 세는 경우는 10(ten) 외에는 있을 수가 없다.

다운당한 선수가 다시 시합을 재개하기 위해서는 반드시 8까지는 준비태세를 갖추어야만 한다. 9(nine)에 재개자세를 갖춘 경우는 계속 10까지 카운트하고서 KO로 처리해야 한다.

레프리가 알리의 손을 들어올려서 승리자임을 확인시켰다.

두 번째로 헤비급 타이틀을 차지한 알리가 링 아래로 내려오자 세계 각국의 TV방송국과 AP, UPI, 「뉴스위크」, 「타임」 등 유수한 언론기관의 기자·사진기자들이 벌떼처럼 몰려들었다.

이들 외에도 대회 관계자, 잡지 기자, 작가, 프리랜스 사진사, 팬 등 1,000여 명이 에워싸고 보니 스탠드 밑에 마련된 임시 기자회견장까지 가는 데도 상당한 시간이 걸렸다.

흰 가운을 걸친 알리가 의자에 채 앉기도 전에 기자들의 질문이 쏟아지기 시작했다.

"몇 회에 승리를 예감했습니까?"

"역도선수가 바를 잡는 순간 성공 여부를 아는 것처럼 지시를 들으려고 레프리 앞에서 마주섰을 때 나는 승리를 확신했습니다."

"로프에 몸을 기댄 것은 전략입니까, 힘이 빠져서입니까?"

"언론인 여러분은 다른 언론인과 세계의 모든 분들에게 전해 주세요. 헤비급에서 로프에 몸을 기대는 것은 작전이고 예술입니다. 나비처럼 날다가 쏠 때만 벌이 되겠다고 생각하고는 상대의 허점을 찾고 있었던 것입니다. 나의 힘이 어떠한지는 지금 미녀를 데리고 오시면 확실하게 보여 드리겠습니다."

"와, 하 하!"

회견장 주변에 있던 모든 사람들이 한참 동안이나 폭소를 터뜨렸다.

기자들의 질문은 계속되었고, 유창하고 폭포수같은 알리의 답변은 매끄럽고 조리있게 계속 이어졌다.

그는 링 위에서 챔피언이면서 링 아래에서 매스컴을 활용하고 사람의 마음을 휘어잡는 데도 챔피언이었다.

역대의 다른 챔피언 누구도 생각조차 못한 복싱이라는 상품을 모든 세계인들의 가슴에 심고 있었으며 또한 팔고 있었다.

회견장에서도 계속 카메라의 셔터를 누르곤 하던 오똑한 콧날과 작고 이지적인 입술을 가진 베로니카의 미모는 단연 돋보였다.

회견이 끝난 후 많은 사람들이 흩어진 뒤에도 투사의 뒷모습까지 담고 싶었던 그녀는 알리 부근을 서성거렸다.

"좋은 장면을 찍었소?"

그녀가 가까이 왔을 때 알리가 물었다.

"예, 아주 멋진 장면을 담았어요. 비싸고 좋은 작품이 될 것 같아요."

"그래요? 축하하는 의미로 한잔 살게요."

다시 챔피언이 된 흥분된 순간에 이런 말을 한 것을 보면 그는 이미 베로니카에게 KO당하고 있음이 틀림없었다.

"제가 축하드립니다. 좋으신 시간과 장소를 말씀해 주세요."

6만 명의 관중, 아니 세계의 시청자 앞에서 화려한 KO승을 거둔 사나이가 바로 그 자리에서 '두 사람만의 자리를 마련하자'는 제안을 하자 베로니카로서도 영광스럽다는 기분을 느꼈다.

그 자리에서 정면으로 바라다 보이는 디어(Deer) 호숫가의 장소와 시간을 두 사람은 재빨리 정했다.

　모든 일정이 끝난 다음 일행과 함께 다이아몬드 호텔로 돌아
왔을 때는 새벽 4시가 지나 있었다.

　알리는 우선 의사 파체코의 간단한 검진을 받았는데 모든 수
치가 지극히 정상적이었다.

　목욕을 하고서 깊은 잠에 빠졌던 그는 해가 중천에 떠 있을
때에야 겨우 일어났다.

　킨샤사의 시내 관광 등으로 시간을 보내던 알리는 베로니카와
약속한 시간이 되자 고용하고 있던 현지 가이드만 데리고 디어
호반의 파라다이스 카페로 갔다.

　미리 와서 기다리던 베로니카는 알리가 들어서자 손을 흔들면
서 자신의 좌석을 알렸다.

　베로니카가 같이 주문한 자이레 민속차는 향기로우면서도 특
이하게 상쾌한 맛이 있었다.

　'아버지 사업의 주품목이 다이아몬드를 포함한 자이레의 광산
물이고 주거래선이 킨샤사에 있다는 것.'

'기회가 있을 때마다 부녀간이나 그녀 혼자서도 몇 차례 이곳을 방문했다'는 등의 이야기를 했다.

'카페 앞에 있는 디어 호수는 근처에 야생사슴이 많아서 붙여진 이름이며 한때는 이 사슴들을 노리는 사자들이 우글거렸다'는 설명도 곁들였다.

"오늘 시합은 사자와 사냥꾼의 시합 같았어요."

"왜요?"

"포먼은 처음부터 KO될 때까지 기술이 똑같았어요. 사자가 아무리 많은 사냥을 해도 기술은 한가지예요. 달려가서 앞발로 사냥감을 잡고서는 목덜미를 물고늘어지는 기술뿐인데, 오늘 포먼도 내내 정해진 동작 한가지뿐이었어요."

알리는 깜짝 놀랐다.

파리의 부유한 집안의 인텔리 여성이 복싱의 기술과 원리를 꿰뚫고 있으리라고는 생각조차 못한 일이었다.

"포먼에게도 사자의 발톱같은 힘이라는 무기가 있었지만, 선생님의 스트레이트는 어느 곳이나 빨리 가격할 수 있는 벨기에제 브라우닝 6연발 엽총 같았어요."

자신의 기술과 능력을 칭찬하고 정확하게 시합을 분석하는 베로니카에게 알리는 점점 애정을 느끼어 갔다.

접근해서 허우적대는 듯한 공격만 계속한 것은 스스로의 힘만 뺐을 뿐 아무런 충격도 주지 못한 '자살행위'였으며, 동물인 사자도 풀 속에서 매복했다가는 사슴이 접근했을 때만 덮치는 데 비해, 똑같은 속도로 밀고만 들어왔던 포먼은 '사자보다도 둔했다'고 평가했다.

"언제부터 복싱에 관심이 있었어요?"

"알제리인인 아버지는 파리대학에 유학와서 같은 과 프랑스 여학생인 어머니와 연애결혼했어요. 친척이 없던 아버지는 제가 어렸을 때부터 어디든지 데리고 다녔어요. 아프리카에도 자주 데리고 왔는데, 그러다가 보니 야생동물 특히 투쟁적인 모습에 관심이 가서 사진도 찍고 그것으로 용돈도 벌고 있어요. 그뒤에는 자연스럽게 복싱에 흥미가 가게 되더군요."

남동생은 아예 몇 년째 복싱 도장에 다니고 있다고 했다.

식사를 주문하려고 했을 때 갑자기 비가 오기 시작했다.

적도 바로 남쪽에 위치한 킨샤사는 우기가 보통 10월부터 시작되지만 아직까지 큰 비는 오지 않았다.

그러나 지금은 많은 비가 올 것같이 하늘에 검은 구름이 무섭게 깔려 있었다.

"비가 오니까 갑자기 추워지네요. 이곳보다는 영양고기를 맛있게 요리하는 곳으로 안내할 게요."

콩고강을 따라 잘 닦여진 강변도로로 10분쯤 하류로 내려가다가 보니 갑자기 강물이 폭포를 이루기 시작하는 부근의 언덕 위에 흰색의 15층 임페리얼 호텔이 보였다.

알리의 임시 전용차인 벤츠는 미끄러지듯 호텔 현관 앞으로 들어섰다.

영양의 안심 부위로 만든 요리는 입에 넣자마자 녹아버리는 듯한 부드러운 감촉이었다.

프랑스산 붉은 포도주를 두어 잔 곁들이자 추위와 긴장이 함께 가신 듯 베로니카는 더욱 명랑해졌다.

"오늘 포먼이 부진했던 사유는 또 있대요."

"무엇이오?"

"그동안 기자들이 이야기하는 것을 들었는데 섹스를 조절하지 못해서래요."

"무슨 이야기오?"

베로니카가 자세하게 들려준 이야기에 의하면 20개월 전에 조 프레이저를 KO시키고 챔피언이 된 포먼은 이후 켄 노턴, 킹 로만 등을 연속 KO로 잡아 엄청난 돈과 명성을 한꺼번에 거머쥐게 되었다.

종전에는 상상도 할 수 없었던 여자들이 그의 주변에 몰려들었는데 그 여인들에게 '재규어' 스포츠 카를 선물하는 등 돈 씀씀이가 헤퍼졌다.

남편의 시앗이라면 돌부처라도 돌아눕는다고 했는데 돈까지 퍼주는데 바가지를 긁지 않을 아내가 어디에 있겠는가!

더구나 지금까지 지독한 가난에 시달려 온 그의 처가 바가지를 긁는 것은 지극히 당연했다.

그런데도 포먼은 그의 처를 폭행까지 하자 그녀는 6개월 전에 집을 나갔고 현재는 이혼수속 중에 있다고 했다.

아내가 가출한 이후 호텔에서 혼자 살고 있던 포먼은 종전과 같이 복싱 연습을 계속했지만, 때로는 폭음도 하고 거리의 여인들과 관계도 맺고 하여 펀치력과 지구력이 떨어지는 등 많은 문제가 생겼다.

골치 아픈 아내와의 문제와 정상적이지 못한 성생활은 신체의 기능은 물론 성욕까지 감퇴시키는 것일까?

킨샤사에 도착한 이후 누군가가 거리의 여인을 추천했으나 거절해 버렸다.

샌드백을 칠 때 찢어지고 구멍이 나버린 경우가 셀 수도 없을 만큼 많았던 26살 절정기의 포먼이 몇 달씩이나 여자는 구경조차 못했는데도 어디가 불편하지도 않았고 욕망 자체도 없었다고 했다.

"정상적인 성생활은 보약인가 보죠. 호호……. 선생님은 정상적으로 보약을 드시나요?"

베로니카의 갑작스러운 질문에 이번에는 알리가 당황해서 고개를 들지 못했다.

가라데에만 지나치게 열중하여 오래전부터 소원했던 베린다는 킨샤사에 도착한 후 베로니카와 인사한 것을 들먹이며 대들어서 혼내 놓았더니 그날로 귀국해 버렸다.

그러고 보니 알리 자신도 포먼처럼 컨디션에 난조를 보일 정도는 아니지만 최소한 달포 가까이 '굶고' 있었다.

어느새 시간이 많이 흘러 밤이 상당히 깊어졌다.

창 밖에는 엄청나게 굵어진 빗줄기가 무섭게 퍼붓고 있었다.

연평균 강우량이 2,500mm 이상인 자이레의 폭우는 상상하기 힘들 정도이다.

"이런 비가 하루만 먼저 왔다면 시합을 못할 뻔했지요? 선생님께서는 주님의 가호가 있는 것 같아요."

시합이야 할 수 있었겠지만 엄청난 불편이 따랐을 것이고 보면 커다란 축복이었던 것은 분명했다.

회교도인 알리는 천주교 신자인 베로니카가 '주님'이라고 부르는 것에 거리감을 느끼기는커녕 귀엽기만 했다.

어느덧 자정이 가까운 시간이 되었다.

"선생님, 오늘 즐거웠어요. 다시 한번 KO승 축하드립니다."

"고맙소. 아프리카 오지에서 이런 미인을 만나게 되리라고는 생각치도 못했소. 미국에도 오시는 기회가 있나요?"

"아버지는 가끔 가시는데, 다음에 갈 때는 저를 데리고 간다고 약속했어요."

"미국에 올 때는 꼭 연락주시오. 근사하게 대접하겠소."

"감사합니다. 그때 연락 드릴 테니 모른 척 마세요."

"어느 호텔에 묵고 있소?"

"아빠친구가 사장인 호텔에 묵고 있어요. 아빠는 딸을 감시시키느라고 꼭 친구분 호텔에만 묵게 해요. 나도 다 컸는데 불만이 많아요."

"불만? 딸에 대한 아빠의 사랑이구면."

"아빠의 사랑이라고는 해도 언제까지나 매어 둘 것인지……"

"여하튼 숙소인 호텔까지 내 차로 바래다드릴 테니 어서 타시오."

현관 앞에는 기사가 벤츠를 대기시켜 놓고 있었다.

계속 퍼붓는 폭우 속에서 정문을 지나 도로로 접어들었을 때 시야가 잘 보이지 않은 운전기사가 멈칫거리고 있던 중 "꽝!" 소리가 나면서 차가 앞으로 '쭉' 밀려나갔다.

"끼—익"

차선을 따라 질주해 오던 택시는 벤츠가 앞으로 밀려나오자 급하게 핸들을 꺾어 이를 피했으나 몹시 놀랐음에 틀림없는 운전기사가 내려서는 심하게 욕설을 하고 있었다.

알리는 자신이 받은 충격은 생각도 못하고 우선 택시기사에게 사과를 한 후 벤츠 뒷부분을 보니 사각으로 들이받은 듯 뒷 범퍼가 완전히 떨어져 나가고 없었다.

"비 때문에 백밀러가 안 보여서 이쪽으로 달려오는 차만 쳐다보느라고 실수를 했습니다. 보상은 해드리겠습니다. 미안합니다."

유창하게 영어를 구사하는 중년쯤 되어 보이는 여인은 연신 허리를 굽신거리면서 어쩔 줄 몰라했다.

"안되겠어요. 비 때문에 큰 사고 나겠어요, 차는 운전기사한테 맡기고 비가 그치면 택시로 가요."

"그럽시다."

언제 폭우가 그칠지 더욱 거세질지도 모르면서 비가 그치면 안전하게 돌아갈 수 있을 때까지 두 사람은 15층에 위치한 스위트룸으로 자연스럽게 향하고 있었다.

모부투 대통령의 야심

　시합 2주일 전에 알리 일행은 킨샤사 국제공항에 도착했다. 두 번째 부인인 베린다, 매니저(manager) 허버트, 트레이너 던디, 보조 트레이너 페레라, 스파링 파트너(sparring partner) 턴 보우, 사진사 하워드 빙햄, 의사 퍼디 파체코, 마사지사 루이스 사리아, 사기 앙양사(?) 번디니, 그리고 요리사·통신원·홍보원·회계사·보디가드 등을 합치니 30여 명에 달했다.

　샌드백 등 많은 짐을 담당할 현지고용 일꾼이 10여 명이고 보니 총 40여 명에 달하는 인원이 되었다.

　공항 앞에는 환영 인파가 인산인해를 이루고 있었다.

　대회 홍보를 위한 프로모터(promoter)측의 노력과 자이레 정부의 적극적인 지원은 복싱의 영웅을 보고자 하는 열기와 함께 공항광장을 인파로 입추의 여지가 없도록 만들었다.

　'웰컴 알리' '알리, 사랑해요' 등 각종 플래카드가 걸렸고 관중들은 "알리" "알리"를 연호하고 있었다.

　알리가 트랩을 내리면서 관중들에게 손을 흔들자 박수와 환호

소리는 최고조에 달했다.

공항에는 모이세 킨샤사 시장이 마중을 나와 있었다.

"어서 오시오, 알리 선수. 자이레의 국민과 모부투 대통령을 대신해서 환영합니다."

"반갑습니다, 시장님."

시장과 함께 손을 잡고 관중들에게 손을 흔들자 공항이 떠나갈 듯한 함성이 일어났다.

사실상 이번 시합은 아프리카 흑인의 위대함을 과시하고자 하는 모부투 대통령의 지원 덕분으로 성사될 수가 있었다.

아프리카 체육을 주도하는 남아프리카 공화국은 철저한 흑백분리 국가로서 흑인은 아예 체육활동에 참여도 못하고, 백인을 위한 종목인 테니스·수영·골프 등만 활발하며 우수한 선수도 다수 있었다.

흑인간의 대결인 이번 시합은 백인위주에서 흑인위주의 경기로 바꾸고, 남아프리카 공화국에서 자이레로 그 무대도 옮기려는 모부투 대통령의 의지가 담겨 있었다.

숙소인 다이아몬드 호텔로 가는 동안 자이레 경찰의 선도차와 오토바이 편대가 호위했다.

알리를 환영하는 인파는 연도에 줄을 이어 있었고 박수와 환호의 함성은 어느 국가원수에 대한 것에도 못지않았다.

킨샤사에서의 훈련은 마무리 훈련으로 삼고 무리하지 않으며 이곳의 기온·습도 등에 적합한 수준으로 조정했다.

열대우림지역으로 습도도 높았고 안전상의 문제도 걸림돌이 되었다.

　우선 새벽 로드워크(roadwork)는 다소 줄였다. 대신에 오후에 킨샤사 시립 스포츠 센터에서 행하는 본 운동시에 줄넘기를 2배로 늘렸다. 줄넘기는 2회전넘기 2라운드, 3회전넘기 1라운드도 포함되었다.

　스포츠 센터 입구에는 알리의 훈련모습을 구경하려는 팬들이 들끓었다.

　그들의 대부분은 알리보다 먼저 도착해서 그가 떠날 때까지 기다리고 있었다.

　훈련은 비공개로 했기 때문에 그들은 알리가 도착하고 출발하는 모습밖에는 볼 수 없었는데도 열성적이었다.

　시합 전까지 세계 각국에서 신문·잡지·TV 등 보도관계로 킨샤사에 몰려든 인원은 기술자를 포함하여 약 1천 명에 달했다. 그들의 요구 앞에는 비공개인 종합훈련도 공개하지 않을 수가 없었다. 물론 '사진촬영은 금지한다'는 사전 양해를 받고서였다.

　부친 거래선의 도움으로 출입증을 얻은 베로니카는 땀에 젖은 알리의 훈련모습을 살펴보았다.

　3회전넘기 줄넘기를 하는 모습에서 사자의 도약을 연상했고, 숨돌릴 틈도 없이 명치, 관자놀이, 턱 등을 쳐대는 모습에서 야수의 급소를 노리는 사냥꾼의 매서움을 떠올렸다.

　'사진촬영을 금한다'는 것은 포먼측에 기술을 흘릴 위험성을 막는다는 뜻이지만, 눈에 확 띄는 미인이 개인 차원에서 요청하는데야 거절할 이유가 없지 않은가.

　베로니카는 인상적인 장면들을 간간이 카메라에 담았다.

이번 시합에서 도전자 알리와 챔피언 포먼의 개런티(guaran-tee)는 600만 달러씩으로 동일했다.

일반적으로 도전자는 챔피언의 5분의 1 정도이고 10분의 1 이하인 경우도 흔하다.

챔피언이 되기만 하면 엄청난 대우가 보장되기 때문에 무료로라도 싸울 수 있는 기회만 기다리는 선수들이 많은 실정이다.

챔피언과 동등한 액수라는 것은 알리에 대한 대우가 얼마나 파격적이었는지 쉽게 알 수 있다.

1964년 챔피언 리스튼에 처음 도전했을 때 10만 달러를 받았던 데 비하면 물가나 화폐가치의 변화가 있다고는 해도 알리의 값어치는 수직으로만 상승해 온 셈이었다.

프로모터는 수입과 지출을 책임지는 비지니스 맨이다. 수입은 입장료·광고료·중계권료·후원금 등이며, 지출은 선수 개런티와 세금을 포함한 소요경비 등이다. 결산하고 난 뒤에는 적자든지 흑자든지 그 결과는 프로모터의 몫이다.

미국에서 경기를 치르면 각 주에 따라 약간의 차이는 있지만 이익금에서 절반 정도는 세금으로 나간다.

외국에서 치르면 세금경감 등의 혜택을 볼 수 있는 대신에, 광고수입·입장료 등이 격감해 버린다.

모부투 대통령이 예상되는 광고수입 및 입장료의 감소분을 보충한 액수에다가 소정의 지원금을 보탠 500만 달러를 선뜻 내놓는 바람에 이곳에서 이번 시합이 개최되게 되었다.

포먼의 일행 31명은 알리 일행보다 이틀 늦게 도착했다.

챔피언이었지만 공항에는 '환영 세계 챔피언 포먼' '포먼 당신은 우리의 희망' 등의 플래카드만 걸렸을 뿐 일반 환영객은 그렇게 많지 않았다.

모이세 시장이 이번에도 마중을 나왔고 포먼과 서로 의례적인 인사만 교환했다.

포먼 일행을 태운 대형 버스 4대는 경찰 오토바이 편대의 선도로 콘티넨탈 호텔로 직행했다.

포먼은 호텔에서 약간 떨어진 개인 체육관을 전용으로 사용하기로 했다.

콩고 강변을 돌아서 체육관까지 왕복하는 8㎞를 아침 로드워크 코스로 정했다.

본 운동의 장소로 사용하는 개인 체육관은 한 광산재벌이 기증한 종합 체육관이었는데 시설이 상당히 훌륭했다.

스파링 파트너 로드리게즈는 이틀째 스파링을 하던 도중에 "악!"하고 주저앉아서 진단을 받은 결과 왼쪽 늑골에 금이 갔다고 했다.

결과적으로 훈련에 차질이 생김과 동시에 주먹에 자만심을 갖게도 만들었다.

시합 며칠 전에 모부투 대통령이 양선수를 관저로 초대했다. 알리는 베린다와 함께 하였고 포먼은 혼자였다.

사진에서 보던 대로 표범가죽으로 만든 모자를 쓴 대통령은 부족간의 갈등 등으로 치열했던 콩고내전을 종식시킨 군인이라는 근엄한 냄새는 조금도 나지 않고 자상하고 친절했다.

포먼에게는 높은 KO율에 관심이 많은 듯 그 비결을 물었으나 다소 동떨어진 대답을 했다.

식당으로 옮겨 식사를 하던 중 알리는 표범가죽 모자를 쓰는 이유를 물어보았다.

"우리 자이레는 다이아몬드가 세계에서 제일 많이 생산되오. 중부 아프리카 최대의 대국인 240만㎢ 국토 곳곳에는 금·은·석유·우라늄·코발트 등 광물이 무진장 매장되어 있어 '지질학상의 기적'이라고 표현되고 있소, 광산물은 자이레 수출총액의 80% 정도를 차지하오.

대통령의 얼굴은 세계 각국의 언론에 보도되는데, 표범가죽 모자를 보면 자이레를 연상하고 그렇게 되면 우리 나라의 수출을 높일까 하는 마음에서요. 물론 자이레에는 표범도 많소."

초등학교 때 다른 사람들의 주목을 받고자 달려서 학교에 다녔고, 시합 전에 여론의 주목을 받고자 KO라운드도 예언하는 알리에게는 대통령의 자상한 설명이 그대로 가슴에 와 닿았다.

식사 후 차가 나오고 담소는 계속되었다.

차를 마시는 베린다의 손을 보면서 대통령이 물었다.

"끼고 있는 다이아몬드의 이름을 아시오?"

"모릅니다."

"노란색을 띠고 있는 것을 보니 옐로 브라운이구먼. 몇 캐럿짜리요?"

"5캐럿입니다."

"우리 자이레산은 블루 화이트가 특별히 유명하오. 내가 그 두 배인 10캐럿짜리 블루 화이트를 선물할 테니 홍보 좀 잘 해 주겠소? 가격은 두 배가 아니라 열 배도 더 될 수 있소."

홍보가 문제랴! 특히 보석에 약한 것이 여자의 마음이고 보면 베린다는 얼굴이 붉어지면서까지 좋아서 어찌할 줄 몰라했다.

대통령의 말은 계속 이어졌다.

"우리 나라의 광산물 수출액은 1년에 9억 달러선이오. 가공처리 시설이 없어서 원자재로 수출해서 그렇지, 가공하여 완제품으로 만들어 수출하면 열 배 이상이 될 게요. 뿐만 아니라 고용 창출, 관련 산업의 발달 등 부가적인 가치가 이보다 더 많아질 거요. 이러한 시설을 모두 갖추자면 100억 달러 정도가 소요되리라고 판단하오.

지금까지 우리 나라의 부채는 총 100억 달러뿐이오. 우리 나라의 치안이 불안하다고 도무지 투자를 하려고 들지를 않아요. 내전의 상처는 눈을 닦고 찾아봐도 찾을 수가 없는데도 말이오. 우리 200여 부족들은 자이레 발전을 위해 한마음으로 나가고 있소. 내 말 알겠소?"

"예."

모두 한목소리로 공손하게 대답했다.

일국의 최정상인 대통령이 옷차림 하나에도 국가 차원의 배려를 하고, 한가지 생산품일 뿐인 다이아몬드의 종류와 특성까지 꿰뚫고 있다는 사실에 존경심이 갔다.

모부투 대통령과의 면담이 끝난 다음 베린다가 비서진의 안내를 받아서 다이아몬드 반지를 고르러 갔을 때 알리는 한번 갔던 적이 있는 커피숍에서 기다리기로 했다.

알리가 커피를 마시고 있을 때 찾아와서 인사를 하는 여인이 있었다.

기억이 잘 나지 않아서 잠시 머뭇거리자

"시립 스포츠 센터에서 사진을 찍었던 사진사입니다."

라고 자신을 소개했다.

그제서야 자신의 허락을 받고 역동적인 장면을 촬영하던 미모의 여인임을 기억해 내었다.

"아 참! 그렇죠. 몰라봐서 죄송합니다."

"아니 괜찮아요, 지나가다가 차 한잔 마시러 들어왔어요."

"반갑습니다. 괜찮다면 이쪽으로 와서 합석합시다."

"그러시다면……"

베로니카가 알리의 자리로 와서 합석했다.

대통령이 직접 선물한 다이아몬드 반지를 낀 베린다는 들뜬 마음에 출입문을 왈칵 열고 들어섰다.

반지 자랑을 하려고 서둘러 알리 자리를 보니 미모의 여인과 함께 앉아 있지 않는가.

그 순간 베린다의 얼굴은 굳어져 버렸다.

"이쪽은 프리랜스 사진작가인 베로니카요. 혼자 차 마시러 왔다기에 당신이 올 동안 이야기하고 있었소."

여자의 육감은 현재는 물론 미래의 일까지 정확하게 예측할 수 있는 초능력을 가지고 있음에 틀림없었다.

평소 같았으면 얼마든지 웃으면서 지나칠 수 있는 일인데도 자신의 자리를 밀어내 버릴 것을 예감이라도 한 듯 베린다는 베로니카를 얼음장보다도 더 차갑게 대했다.

혼자 가겠다고 일어서는 베린다를 따라 알리도 급하게 일어섰다.

베린다는 지극히 순종적이고 알뜰한 형이었다.

리스튼을 꺾고 세계 챔피언이 되고 난 다음에 결혼했던 손지가 블랙 무슬림의 복장을 거부하고 알리 곁을 떠난 후에, 그의 마음을 사로잡았던 아름답고 활동적인 소녀였다.

고등학교 2학년인 17살 때 결혼했지만 음식은 물론 바느질까지도 모르는 것은 배워 가면서 직접 감당해 나갔다.

그러나 세상만사 새옹지마이고 양지가 있으면 음지가 따른다고 했듯이, 적어도 외형적으로는 완벽한 베린다에게도 틈은 있었다.

취미로 시작한 가라데에 빠져드는 것만큼 알리와 집안일에는 신경을 쓰지 못하게 되었다.

지방에서 개최되는 수련회에도 적극 참가하고 보니 며칠씩 집을 비우는 일은 다반사가 되었고, 그녀는 그녀대로 알리의 가부장적인 태도에 거부감이 실린 압박감을 느끼고 있었다.

아내를 4명까지 거느려도 무방한 블랙 무슬림의 교리에도 회의감이 들기 시작했다.

사실상 이번 킨샤사행은 이러한 스트레스를 해소하고 서로 화해할 수 있는 전환점을 찾아보고자 하는 것이 그녀의 목적이었다.

근래 베린다는 알리에게 복싱을 그만두고 은퇴할 것을 요구해 왔다.

훈련이다 시합이다 하면서 계속 집을 비우는 점과 맞고 때리는 운동을 언제까지 할 수 있을까 하는 회의감 등이 그녀를 괴롭혔다.

알리는 은퇴를 요구하는 베린다에게 몹시 서운한 감정을 가지고 있었다.

호텔로 돌아온 알리와 베린다는 몇시간을 두고 다투다가는 마침내 베린다의 손톱이 알리의 얼굴을 할퀴고 말았다.

　다음날 아침 미국행 비행기에는 베린다 혼자 쓸쓸히 타고 있었다.

제 **2** 장
교차되는 영욕

    5대호에서 불어오는 바람이 매섭게 느껴지기 시작한 1962년 11월 25일 저녁, 미국 시카고 코미스키 가든에서는 3만 명에 가까운 관중이 운집한 가운데 챔피언 프로이드 패터슨과 도전자 소니 리스튼 간의 세계 헤비급 타이틀전이 벌어지고 있었다.

    챔피언 패터슨은 1952년 헬싱키 올림픽 미들급 금메달리스트였다. 그는 1959년 10월, 2라운드까지 무려 7번의 다운을 당하면서 스웨덴의 역사(力士)형 복서 잉게마르 요한슨에게 타이틀을 빼앗겼다.

    1961년 3월에는 '캥거루' 훅 두 방으로 요한슨이 다리에 경련을 일으키면서 실신하도록 만들어 버리고, 말 그대로인 '7전 8기'를 선보이면서 타이틀을 되찾은 뒤여서 그 인기가 최고조에 달한 상태였다.

    도전자 리스튼은 엄청나게 굵은 몸과 험악한 인상을 가지고 있는데다가 총기강도 등의 전과를 가진 폭력단 출신이었다.

    그는 경기 시작 58초 만에 스트레이트 한방으로 상대 선수의 이빨을 7개나 뽑아 버렸던 무서운 괴력을 지녔으며 '구석기인'이나 '고릴라'쯤으로 착각할 수도 있는 괴물이었다.

이번 타이틀전은 아직도 깨어지지 않고 있는 기록인 세계 타이틀 25차 방어의 조 루이스를 로키 마르시아노가 은퇴시켜 버렸던 경기 이후 근 10년 만에 보는 최대의 경기였다.

또한 뉴 프론티어 정책으로 새로운 바람을 불러일으키고 있던 젊고 매력적인 존 F·케네디 대통령이 큰 관심을 가지고 직접 성사에 관여했을 정도의 시합이었다.

전 세계인의 관심을 집중시킨 이 경기는 60~70년대 복싱 중흥의 기폭제가 되었는데 그것까지 예측한 사람은 그렇게 많지 않았다.

의식행사가 시작되었다.

먼저 참석한 전·현 챔피언들을 링 위로 올라오게 한 후 링 아나운서가 한사람씩 소개하기 시작했다.

조 루이스, 로키 마르시아노, 짐 브래독, 잉게마르 요한슨, 에자르 찰스, 바니 로스, 딕 타이거, 아치 무어 등,

여기에 전·현 챔피언이 아닌 20살 젊은이가 추가되었다.

캐시우스 클레이.

1960년 로마 올림픽 라이트헤비급 금메달리스트이며 연전연승 중에 있는 유망주라고 소개된 그는 뒤에 개명한 모하메드 알리였다.

이어서 가수 미키 알란이 미국 국가를 불렀을 때 많은 관중들이 장중하게 함께 합창했다.

의식행사가 끝나고 링 위에 올라왔던 모든 사람들이 내려가자 링 아나운서가 양선수를 소개했다.

"먼저 세계 랭킹(ranking) 1위이며 체중 98kg인 도전자 소니 리— 스— 튼—"

"우……"

박수소리는 하나도 없고 관중들의 한결같은 야유가 쏟아져 나왔다.

"다음은 헬싱키 올림픽 금메달리스트이며 현 세계 챔피언 프로이드 패— 터— 슨—"

"와!"

함성과 함께 코미스키 가든이 떠나갈 듯한 박수소리가 울려 퍼졌다.

레프리 프랭크 사이코라가 두 선수를 링 중앙으로 불러 모았다.

"버팅(butting) 조심할 것, 로우블로(low blow) 치지 말 것. 브레이크(brake)하면 즉시 떨어질 것. 알겠어?"

"예."

대답을 하면서 리스튼은 어깨를 펴고 무섭게 치켜세운 눈으로 패터슨을 응시했다.

그런데도 패터슨은 리스튼을 보는 대신 자신의 슈즈만 내려다보고 있었다. 슈즈를 내려다보는 습관은 아마추어 시합 때 마주본 상대 선수가 예쁘게 생겼길래 '씩' 웃어버린 후에 생겼다.

14살 때부터 자신을 지도해 온 다마토가 그렇게나 "상대의 눈을 보라"고 지시했는데도 전연 시정되지 않은 상태였다.

"삐ㅡ익"

경기 시작 10초 전을 알리는 버저 소리가 울리자, 레프리가 두 손으로 지시하면서 "세컨드 아웃!"을 외쳤다.

"땡!"

1라운드 시작 종이 울렸다.

링 중앙에서 맞섰을 때 패터슨은 양글러브를 턱에 붙인 채 리스튼의 눈을 보는 대신 그의 슈즈를 보면서 오른쪽으로 돌았다. 리스튼의 잽이 안면에 히트되자 야구방망이에라도 맞은 것 같은 충격을 느꼈다.

다시 잽 잽이 나왔을 때 좌측으로 10° 정도 대각선 방향으로 머리를 숙이고 무릎을 굽히면서 잽을 미스시키고, 무릎을 폄과 동시에 자신의 트레이드 마크(trade mark)인 캥거루 훅을 날렸다.

그러나 리스튼이 반보 백스텝을 밟으면서 훅을 피해 버렸다.

리스튼의 턱을 강타하기에는 본래 패터슨의 리치(reach)가 30cm나 짧았고, 그 위에다가 백스텝까지 밟았으므로 두 선수 사이에는 자동차라도 지나갈 것 같은 공간이 생겼다.

훅이 미스되고 나면 생기기 마련인 열려진 턱에 리스튼의 잽이 다시 꽂혔다.

이때부터 리스튼은 방어에는 전혀 신경을 쓰지 않고 공격만 하기로 작심한 듯했다.

접근하여 안면에 양훅을 치자 패터슨이 기우뚱해졌고 보디에 양훅이 이어지자 급하게 크린치했는데, 그 상태에서도 리스튼은 왼손 보디블로를 날렸다.

패터슨이 왼손을 끼자 오른손으로 옆구리를 강타했고, 그는 충격을 받아서 흐느적거리기 시작했다.

레프리가 "브레이크"를 외치며 떼어놓자 두 선수는 잠시 숨을 고르고 있었다.

리치가 짧은 패터슨이 캥거루 훅 공격을 위해서 접근하자, 자신있게 오른손 어퍼컷을 마음놓고 가격했다.

패터슨의 무릎이 '털썩' 꺾이면서 기대려고 하자 어깨로 밀어 거리를 확보한 다음, 보디에는 레프트 훅 관자놀이에는 라이트 훅의 아래 위 공격으로 패터슨을 링 위에 반듯하게 눕혀 버렸다.

레프리가 리스튼을 중립코너로 보낸 다음 카운트를 세는 동안에 패터슨이 한 일은, 경기를 계속할 수 있는 최후의 마지노선인 카운트 8을 지나 이미 KO가 선언되는 출발점인 카운트 9일 때 왼손을 로프 쪽으로 뻗으면서 몸을 옆으로 돌린 것뿐이었다.

총 소요 시간 2분 6초.

1908년에 챔피언 토미 번스가 도전자 젬 로체를 1분 28초에, 1938년에 도전자 조 루이스가 챔피언 막스 슈멜링을 2분 4초에 KO시킨 다음, 당시까지의 헤비급 타이틀전에서 세 번째로 짧은 시간에 끝난 경기였다.

트레이너 다마토의 손을 잡고 코너로 돌아온 후 의자에 앉자 패터슨은 고통이 아니라 슬픔에서 다시 다리가 풀어지는 듯했다.

"레프트 보디블로까지는 봤는데……"

몇번 중얼거렸다.

피니쉬블로인 라이트 훅만 못 보았다고 중얼거리는 것을 보면 많은 수치심을 느끼고 있는 것이 확실했다.

KO당할 때는 고통은 없고 단지 졸려서 눕고 싶다는 생각만 든다.

참을 수 없는 것은 육체적인 상처가 아니라, 사람들이 쉽게 보내는 비하의 눈초리와 자신의 분노와 자신의 능력이 모자람을 부끄러워 하는 마음과 이들이 뒤섞여진 마음의 갈등이다.

링에서 걸어나와야 하고 사람들과 마주쳐야 하는 것이 외형적인 KO보다 더 괴로운 내면적인 KO이다.

패터슨은 자신이 앉아 있는 링이 선수대기실로 푹 내려앉아서 '사람을 만나지 않았으면' 하는 생각이 들었다.

선수대기실로 돌아오자 기자들이 그를 둘러쌌다.

"다시 리턴매치(return match)를 할 것입니까? 복싱을 그만 둘 작정입니까?"

"리턴매치도 하고 복싱도 계속할 작정입니다."

"피니쉬블로는 무엇이었습니까?"

"레프트 보디블로 다음의 라이트 훅이 아니었나 싶습니다."

"레프리가 카운트하는 것을 들었습니까?"

"처음에는 똑똑히 못 들었고, 8을 셀 때 듣고서는 일어나려고 했습니다."

"리스튼을 어떻게 생각하십니까?"

"훌륭한 선수라고 생각합니다. 좋은 선수도 될 수 있도록 바랍니다."

"팬과 국민들에게 한말씀 해주시죠."

"패자로서 면목도 없고 할말도 없습니다. 최선을 다했지만 죄

송합니다. 최선을 다하지 못한 것도 같고요……"

대기실에 가득 찼던 기자, 대회 관계자 등이 다 빠져나가자 패터슨 일행만 남게 되었다. 아무도 먼저 입을 여는 사람이 없었다.

연습이나 스파링을 할 때는 잘못된 동작은 교정해야 하기 때문에 지적을 아끼지 않았던 다마토 트레이너와 스탭들도 한마디도 하지 않았다.

가방 속에서 가짜 콧수염을 꺼내어 붙이고서는 선글라스를 끼며 패터슨이 일어나자 일행도 따라서 일어났다.

의식행사 시 미국 국가를 불렀던 가수이며 친구인 미키 알란과 함께 사전에 준비해 놓았던 승용차로 동부행 고속도로로 향했다.

그 시간 시카고의 한 호텔에는 많은 친척·친지들이 모여서 그가 돌아오기를 기다리고 있었다.

시간이 늦어지자 패터슨의 어머니는

"그애는 오늘 들어오지 않을 것이다. 프라이드가 강한 애이기 때문에 혼자 있을 것이다. 사람들에게 화려한 모습만 보여주려고 했기 때문에 사람들 앞에 나타나지 않을 것이다."

라고 말했다.

패트슨은 20여 시간의 드라이브 끝에 하이랜드 밀에 있는 자신의 트레이닝 캠프에 도착했다.

그제서야 리스튼에게서 가격당한 부위가 욱신거림을 느꼈다.

알란이 돌아간 다음 혼자서 깊은 생각에 빠졌다.

'그렇다. 아주 멀리 도피여행을 가자.'

뉴욕 아이들월드 공항을 출발한 스페인 마드리드행 첫 비행기
가 떠오르는 태양을 맞은 것은 대서양 한복판쯤 되는 상공이었다.

지구의 자전과 같은 방향으로 비행했기 때문에 시간상으로 짧
게 나타났지만, 사실은 엄청난 거리를 비행했고 실제로 시간도
많이 걸렸다.

탑승 이후 지금까지 창가에서 미동도 하지 않고 생각에 잠겨
있는 콧수염이 있는 남자는 구름 사이로 고기 떼의 비늘처럼 나
타나곤 하는 대서양의 파도에만 간혹 눈길을 주고 있었다.

"무슨 술을 들겠습니까?"

식사를 나누어 주면서 스튜어디스가 물었을 때 청하지 않을
듯하다가 겨우 청한 위스키도 별로 마시고 싶은 생각이 없는 듯
했다.

식사를 끝낸 옆 좌석의 중년 남자가 펼쳐 든 신문에는 '뉴 챔
피언 리스튼 1회 KO승'이라는 머리기사가 보였다.

남부 유럽 항로의 중심지인 마드리드 공항은 규모나 승객·물
동량 등에서 세계의 상위 그룹에 속하는 공항이다.

비자가 필요없는 국가이기 때문에 기다리는 불편없이 모든 승
객들이 한꺼번에 공항을 빠져나왔다.

길게 줄을 서 있는 사람들 속에서 기다린 끝에 택시를 잡은
콧수염의 사나이는 생각이 난 한 호텔로 향했다.

호텔 프론트의 숙박부에 친구 알란과 비슷한 발음인 아론 왓

슨으로 기재한 이 남자는 프로이드 패터슨이었다.

그는 호텔방에서 나오지 않았고 식사도 주문해서 먹었다.

'창피하다. 더 멀리 가서 숨어 버릴까?'

요한슨과의 1차전 때 처참하게 무너진 후 변장도구가 없어서 세컨드의 모자를 빌려쓰고 도망쳤던 생각이 났다.

껴안고 위로하는 친구·기자·식구들까지 마주치는 것이 싫어서 혼자 집으로 가버렸던 기억이 생각났다.

그때 그는 잠을 못 이루었다. 적어도 길게는 못 잤다.

낮에도 커튼을 치고 혼자 앉아서 독서나 말도 하지 않으면서 아무도 옆에 오지 못하게 했다.

아내 샌드라는 말을 걸지도 못했고, 3살 난 딸 지니는 이런 아빠가 두려워 옆에 오지 못하면서 "아빠 어디 아파? 아파?"라는 말만 간혹 묻곤 했다.

3주 동안 집 밖에 나간 적은 두 번밖에 없었고, 1년간이나 그러한 절망이 계속되었다.

"이번에는 그렇게 하지 말아야지, 그런 절망에 빠지지 말아야지."

하면서 몇번을 다짐해 보았지만 허무하게 챔피언을 빼앗긴 것이 '복서로서 끝났다'는 절망감으로 휘감겨져 버렸다.

잠자다가 빠져나온 그 잠자리 속에 머리를 들이박고서 어둠을 찾았을 때만 그런대로의 잠이라도 잘 수가 있었다.

며칠을 그렇게 보낸 후에 그가 찾아간 곳은 마드리드 외곽에 있는 빈민촌이었다.

역사가 오래되고 식민지가 많은 제국의 후손들이고 보니 많은 인종들이 섞여 있었다.

빈민촌에는 대부분 아시아·아프리카에서 온 사람들이거나 그들의 자손들이 살고 있었다. 그들은 거칠면서도 인정이 많았다.

다리를 고의적으로 절며 걷는 패터슨이 불쌍하게 보였던지 음식도 주는 등 따뜻한 동정심을 보이기도 했다.

그들이 주는 음식이 입에 맞지 않았고 무슨 음식인지 모르면서도 그는 맛있게 먹었다. 사실은 억지로 먹어 보려고 노력했다.

그러면서 생각했다.

'지금의 나를 이렇게 만든 것은 무엇일까? 잘은 모르지만 그 답은 바로 나다.'

'나는 약한 상대에게는 강했고, 강한 상대에게는 약했다. 강한 상대에게는 더 강해져야 한다. 나를 이긴 후에는 강한 상대도 이길 수 있다.'

'그러나 나는 나 자신을 정복할 수 없을 것 같다. 왜냐하면 나는 겁쟁이 겁쟁이 겁쟁이……이니까.'

2분 6초 만에 KO승!

코미스키 가든 특설 링에 모였던 관중들은 경악했다.

미국인들은 놀란 입을 다물지 못했다.

전세계에서 TV를 지켜보았던 세계인들은 자신들의 눈을 의심했다. 완벽한 승리였다.

잽으로 선제공격을 하면서 KO승이 가능하리라고 평가받게 했던 패터슨의 레프트 훅을 완벽하게 피하고, 단 한주먹도 헛 스윙이 되거나 패터슨의 방어 위에 날리지 않고 빈자리만 정확하게 골라서 공격하는 그 가공할 힘과 기술에 모두들 할말을 잃어버렸다.

"이럴 수가, 저건 '구석기인'이다."

경악한 사람들은 즉각 리스튼을 '구석기인'으로 불렀다.

그는 사나운 맹수들을 맨손으로 잡아서 식량과 의복 등을 해결했던 구석기인을 연상케 했다.

공해와 고민에 찌들고 약해진 현대인을 인공적 장애물인 운동을 통해서 억지로 만든 어딘가 불안하고 부자연스러운 챔피언이 아닌, 자연스럽고 천연적으로 만들어진 막강한 챔피언으로 보였다.

리스튼은 하악골이 발달된 네모진 얼굴에다가 찢어진 눈매와 툭 튀어나온 입을 가지고 있었다.

그는 유달리 팔이 굵고 주먹은 평균치인 성인보다 2배 이상 컸다. 목은 항상 그 자리에만 붙어 있을 것같이 굵었으며 어깨는 통나무가 아니라 바위처럼 보였다.

그를 '파멸'시킬 수 있는 상대는 지구상에는 없을 것 같은 느낌이었다.

기자들이 벌떼처럼 그를 둘러쌌다.

"패터슨은 근성이 부족했습니까?"

"아닙니다. 개인의 자존심에 관한 질문은 하지 맙시다."

"KO승을 확신한 것은 언제입니까?"

"마지막 훅을 치기 직전 나의 글러브 안으로 그가 보였을 때입니다. 누구라도 다운시키기에 충분한 라이트 어퍼컷을 날리자 그가 기우뚱했는데 계속 왼손 오른손 훅으로 연결했습니다."

장내가 잠시 웅성거리자 한 기자가 소리쳤다.

"좀 조용히들 합시다. 소니 리스튼은 새로운 세계 헤비급 챔피언입니다. 아메리카합중국 대통령만큼 대접해 드립시다."

갑자기 백악관 브리핑실만큼 조용해진 가운데 그곳의 의전 절차에나 걸맞을 만한 공약들을 리스튼은 발표하기 시작했다.

"앞으로는 내가 갱생의 삶을 살고 있다는 것을 모든 국민들이 느낄 수 있도록 살아가겠습니다. 악의 세계에서 완전히 벗어나겠습니다."

"이런 기회를 만들어 준 패터슨에게 감사드립니다. 그가 나한테 베풀어 준 것만큼 나도 베풀 작정입니다. 그는 대단히 좋은 사람입니다."

"국민들이 나의 과거를 용서해 주신다면 나는 훌륭한 챔피언이 되겠습니다."

모든 일정이 끝난 다음 리스튼은 숙소인 쉐라톤 시카고 호텔로 돌아왔다.

아내 제랄다인은 남편의 시합모습을 차마 못 보겠다고 하여 계속 호텔에 머물고 있었다.

제임스 태트 필라델피아 시장의 축전이 와 있었다.

'당신의 위업은 한 개인의 과거가 장래를 결정하는 데 아무런 장애가 안 된다는 것을 보여주었습니다. 나는 필라델피아의 모든 시민들과 함께 당신의 영광을 축하드리며 필라델피아가 배출했던 챔피언에 대해 베풀었던 관례에 따른 예우를 해 드리도록

하겠습니다.'
라는 내용이었다.

친구 잭 매키니는 리스튼이 어떠한 대접을 받을는지 신경이
쓰였다.
준비사항 내용을 확인하고자 필라델피아 시청에 전화를 걸어
보았더니 실무자들이 알고 있는 사항은 아무것도 없었다.
또한「데일리 뉴스」나「에밀리 포스트」지 등 언론의 시각도
비판적이었다.
그 요지는 '악과 선의 싸움에서는 악이 승리한다는 사실을 확
인' '체포영장 종이로 만든 종이 꽃가루 환영식을 추천함' 등이었다.

다음날 오후 필라델피아행 비행기에는 리스튼 일행이 타고 있
었다. 그는 아내와 떨어져서 친구 매키니와 나란히 앉아 있었다.
매키니는 복싱을 오랫동안 했으며 한때는 리스튼과 스파링을
하기도 했었다.
현재는 스포츠와 클래식 음악에 관한 글을 쓰고 있는 개과천
선의 입지전적인 인물이었다.
리스튼은 오히려 자신의 희망사항인 많은 질문을 했다.
"챔피언으로서 어떻게 행동할까?"
"기자회견 때는 무슨 말을 할까?"
"필라델피아 시민들에게 무슨 선물을 해야 되겠지?"
"대통령이 초청하겠지?"
"세계 챔피언으로서 고아원 같은 곳에 위문도 가고 싶은데 같
이 갈래?"

"사람들이 내가 고쳤으면 하는 것이 무엇인지 잘 알고 있어. 나는 그들을 조금도 거슬리게 하지 않을거야. 품위를 떨어뜨리는 어떠한 일도 하지 않을 테니 두고 봐. 알겠지?"

이렇게나 허심탄회하게 그의 마음을 털어놓는 모습을 한번도 본 적이 없었다.

이후 그의 집 앞에는 항상 몇 명의 기자가 대기하면서 무엇인가 물어볼 때도 이러한 모습은 한번도 보이지 않았다.

매키니는 순진한 그의 태도와 곧 닥칠 일들을 생각해 보고는 입맛이 썼다.

비행기가 필라델피아 공항에 도착했을 때 리스튼이 먼저 나오고 다른 일행이 뒤따랐다.

공항 광장에는 무엇인가 만지고 있는 게을러 보이는 기술자 외에는 아무도 없었다.

매키니는 넥타이를 고쳐매고 있는 리스튼의 입술이 떨리고 어깨가 축 처지는 것을 보았다.

대통령이 초대할 것이라는 꿈도 사라지고 있다는 것을 느끼는 것처럼 보였다.

집으로 향하는 차 안에서 리스튼은 제랄다인을 보며,

"괜찮아, 내일부터라도 다시 운동을 시작해야지."

하고 말했다.

카 퍼레이드도 못 받았고 대통령의 초청장도 못 받았지만 그의 말에는 벌써 챔피언다운 품위가 배여 있는 것 같았다.

그뒤에도 계속 대통령의 초청장은 오지 않았고, 적어도 그는 겉으로는 아무런 불평을 하지 않았다.

'구석기인' 리스튼이 KO승을 거두는 데도 경악하고, 챔피언 패터슨이 KO패를 당하는 데도 경악한 사람들은 즉각 입을 모았다.

"리턴매치를 빨리 개최하라."

"실수했을 수도 있으니 확실하게 실력을 확인해 보자."

1차전 때와 비교해서 기대하는 관점은 달랐지만 시합에 대한 요구는 오히려 커졌다.

더구나 리턴매치가 보장되어 있을 때였고 보면 머뭇거릴 이유가 없었다.

얼마 지나지 않아서 각 신문에는 주먹만한 활자가 실렸다.

'리스튼·패터슨 간 리턴매치 확정.'

'1963년 7월 22일 플로리다에서 개최 예정.'

진흙 속에서 핀 연꽃

"예, 그렇게 하겠습니다."

"일정한 절차만 거치면 학력도 인정됩니다. 농장일은 원하는
시간에 원하는 대로 할 수 있고, 생산되는 농산물도 마음대로
먹을 수 있습니다."

"기간은 정해져 있습니까?"

"아닙니다, 원하시는 대로 연장할 수도 있고 중도에 나올 수도
있습니다."

겨우 열 살 난 패터슨이 수없이 아동보호소에 끌려오는 것을
측은히 여긴 담당 판사와 그의 아버지가 상담 중이었다.

뉴욕 브루클린 빈민가에서 항만 노동자인 아버지와 유리병공
장 직공인 어머니 사이에서 태어난 패터슨은 형제가 11명이나
되는데도 소심하고 수줍음이 많은 아이였다.

그는 어둠 속에서 온종일을 보내곤 했다. 어둠을 찾아서가 아
니라 어둠이 자신을 숨겨 주기를 바랐는지도 몰랐다.

밤중에 어두운 골목길을 배회하기도 하고 오전 일찍 영화관에 가서는 마지막 상영이 끝나서야 돌아오기가 일쑤였다.

지하철을 타고서 동에서 서로, 남에서 북으로 돌아다니다가 아침이 되어서야 돌아오기도 했다.

집에서 가까운 지하철역에서 거의 사용하지 않는 공구창고를 발견하고부터는 아예 수개월째 그곳에서 생활하다시피 하고 있었다.

체구가 왜소한 축에 들고 보니 역무원들의 눈을 피해 들락거리는 것은 문제도 되지 않았다.

바닥에 종이를 깔면 침대와 이부자리가 동시에 해결되었다.

그런 속에서 지금까지 경험하지 못한 마음의 평화와 행복을 느끼고 있었다.

그러나 항상 그의 배는 고팠고, 우유·과일·과자 등 주로 먹을 것을 훔치는 사소한 범죄를 항상 저질렀다.

열 살이 될 때까지 30~40번은 붙들려 갔었다고 그 자신이 밝힌 바 있다.

판사는 농장에 대한 내용을 소개했다.

뉴욕 북쪽 이소퍼스에 사는 휘트니라는 부호가 500만 평의 농장을 아동보호소에 기부했고, 아동보호소에서는 보다 효율적이고 유연한 관리를 위하여 사회봉사 단체에 그 관리를 위탁했다.

하루의 일정은 오전 3시간 오후 2시간의 학습 및 기술지도 시간과 오후 2시간의 봉사활동으로 구성되었고, 그외에는 자유시간이었다.

기술에는 전기·목공·토목·가스·용접·사진·인쇄 등 일반

생활과 밀접한 15개 분야가 있었다.

봉사활동 시간에는 자신이 선택하는 농장의 각 업무에서 봉사활동을 해야 했다.

농장에 딸린 모든 일이 봉사활동의 대상이고 보면 물 주기를 비롯해 사료 주기, 사료 관리, 꽃 가꾸기, 채소 가꾸기 등 모두가 해당되었다.

생산되는 농산물·축산물 등은 우선 원생들의 식사에 충당되고, 나머지는 가까운 뉴욕 등지에 판매했다.

여기서 얻어지는 수입이 꽤 많아서 농장전체의 운영은 물론 자원봉사자인 지도교사들의 활동비도 충분히 지원할 수 있었다.

생각 여하에 따라서는 농장에 수용당하는 것이 아니라, 기부자의 뜻처럼 공짜로 먹고 자고 공부하고 기술 배우고 운동하고 즐길 수 있는 '별장생활'로도 볼 수가 있었다.

'자갈논 세 마지기보다는 입 하나 줄이는 것이 낫다'고 했는데, 풀턴 어시장에서 막일을 하고 있는 그의 입장에서는 힘을 써서라도 보내고 싶은 기분이었다.

"싫어, 싫어. 안 갈래."

"왜 안 가? 거기는 고기도 우유도 과일도 얼마든지 있는데."

"싫어, 나는 집에서 살래. 고기·우유 먹지 않아도 좋아. 애들이 그러는데 그곳은 교도소래. 나올 수도 없는 감옥이래."

11명 형제들이 각자의 침대는커녕 선착순으로 6명까지 침대를 차지하고 나면, 나머지는 거실이나 쇼파 위에서 아무렇게나 자야만 했다.

고기나 과일은커녕 빵조차 마음대로 먹을 수 없는 집안형편인데도 떠나기 싫다고 패터슨은 펄펄 뛰었다.

상당한 시일이 걸려서야 부모는 패터슨을 설득할 수 있었고 그러다 보니 열한 살이 되던 1946년 1월에야 윌트위크 농장으로 출발할 수 있었다.

패터슨은 우선 철조망이나 담장이 없는 데 안심을 했다. 원하면 언제든지 도망이라도 갈 수 있겠다고 생각하니 걱정거리가 없어졌다. 기술은 취미가 있는 전기기술을 택했다.

봉사활동 시간은 어둠이 있는 저녁 7~9시에 토끼를 돌보는 것을 선택했다.

밤 9시 이후는 500만 평 전체가 어둠이고 보니 야외의 벤치에서 혼자 밤을 보내는 경우가 많았다.

그 속에서 브루클린 빈민가의 골목이나 싸구려 극장 안, 지하철역의 공구창고에서도 느끼지 못했던 포근함과 행복감을 만끽하고 있었다.

상담교사 클레멘타인은 이러한 패터슨이 정신적인 문제가 있는 것으로 판단하고 심각하게 접근했다.

그러나 정신적인 문제가 아니라 단순한 습관이나 취향임을 알고부터는 애정을 갖고 따뜻하고 친절하게 대해 주었다.

농장생활에 취미를 붙인 패터슨은 매일매일 천국 그 자체였다. 항상 좀도둑질했던 과일은 지천으로 널려 있었고, 우유는 식사시간에는 물론 항상 마실 수 있도록 비치되어 있었다.

숲 속이나 공터에는 철봉·시소·그네·장애물 통과 시설 등이 있어서 놀면서 자연스럽게 운동을 할 수 있었으며, 농장을 가로질러 흐르는 개천은 여름철에는 훌륭한 자연 풀장이 되었고, 겨울철에는 스케이트장이 되었다.

발에 꼭 맞는 스케이트는 없었지만 비치된 것 중에서 즐길 수 있을 정도의 스케이트를 골라 자주 얼음판에서 놀았다.

항상 혼자 있기를 즐겼고 그럴 수밖에 없었던 패터슨은 동료들과 잘 어울리는 성격으로 바뀌어 갔다. 학습에도 흥미를 가지게 되어서 읽고 쓰는 데는 수준급이 되었다.

그동안 체구도 몰라보게 커졌지만, 더욱 중요한 것은 친구들과 어울리는 사회성과 자신감을 키우는 점이었다.

챔피언이 된 후 그는 자서전에서 2년간 농장에서 생활한 것이 '바른 길이었고 평생 유효했다'고 밝혔다.

농장에서 나온 것은 아버지의 권유 때문이었지만, 나올 때 상당한 고민을 했다고 회고했다.

월트위크 농장에서 돌아온 패터슨은 1년 코스의 알렉산더 해밀턴 직업고등학교에 등록했다.

정규과정인 고등학교가 아니라 기능을 가르치는 기술자 양성소였다. 패터슨은 전기기술자 반을 택했다.

부친이 농장에서 나오도록 권유한 것도 이곳에서 한 단계 높은 고급 기술을 배우도록 배려한 조치였다.

집안형편은 그대로였다. 풀턴 어시장에서 막일을 하는 아버지는 퇴근 후에 간혹 신발조차 벗지 못하고 쓰러져서 잠들곤 했다. 그런 때는 패터슨이 신발을 벗겨드리고 잠자리에 옮겨드렸으며, 구두도 깨끗이 닦아 놓았다.

당시 그의 두 형은 자동차 정비소에 다니면서 14번가에 위치한 '그래머시 체육관'에서 복싱을 배우고 있었다.

직업학교 교육이 끝나고 여기저기 직장을 알아보고 있던 패터슨도 뒤를 따라 등록했다.

3형제가 같이 복싱 도장에 다니게 되었으며 그의 나이 14살때였다. 여기서 그는 복싱계의 기인이자 오랫동안 자신의 트레이너가 된 다마토를 만나게 되었다.

우선 다마토는 돈에 전연 욕심이 없이 무소유의 소신을 갖고 있었다. 체육관 관장이라고 하지만, 체육관은 지역 유지가 무상으로 빌려준 것이었으므로 그의 재산이 아니었다.

'돈은 사람을 약하게 만들므로 강물 속에 던져 버렸다'는 것이 그의 소신이자 신념이었다.

체육관에 딸린 방에서 혼자 살고 있었지만 돈에 대한 애착이 없었다.

패터슨이 타이틀전에서 승리했을 때 그는 자신의 몫을 몽땅 다 털어서 3만 달러 이상의 보석이 박힌 챔피언 벨트를 선물하기도 했다.

브루클린 빈민가에서 태어나 '거리의 아이'로 성장하면서 모진 가난과 고초를 겪었던 다마토가 돈에 전연 욕심이 없는 데 대해 모두가 이해하지 못했다.

어린아이였을 때 그가 가지고 있던 빵을 빼앗으려는 부랑아로부터 뒤통수를 가격당하여 왼쪽 눈은 거의 시력을 잃은 상태였다.

왼쪽 시력을 강화하기 위하여 수시로 오른쪽 눈을 감고 다니는 등 한평생 내내 남모르는 노력을 하고 있었다.

'많이 가지는 것만큼 죽을 수 있는 확률이 높아진다'고 강조하는 것을 보면, '빵 사건'이 그의 소신과 무관하지는 않은 것 같았다.

그는 남이 밀어 버릴까 봐서 지하철을 타지 못했다. 먹어 보지 않았던 생소한 음식은 먹지 않았으며, 여자를 이용한 범죄단의 마수에 걸릴까 두려워서 결혼도 안했다.

이러한 그를 두고 한때 라이트헤비급 유망주였던 호세 토레스는 "복싱을 제외하고는 인생살이 모든 면에서 미치광이다"라고까지 말한 적이 있었다.

그의 훈련방식은 철저한 자율훈련이었다.

인간의 모든 활동에서 타의에 의한 강요는 역효과만 낼 뿐이고, 자기성장을 갈구하는 본능보다도 효과적인 방법은 없다고 믿고 있었다.

모든 행동과 사고는 본인 자신이 스스로 판단해서 결정해야만 한다는 것이었다.

일반적으로 모든 트레이너는 '훅은 이렇게 치고 스트레이트는 저렇게 쳐라' 등이나 '아침 런닝은 몇 km를 뛰고 식사는 어떻게 하라' 등의 획일적이고 주입적인 방식을 강요한다.

그는 관원이 훈련하는 모습을 자세하게 관찰한 다음에

"너는 잽을 피할 때 몸통 바깥쪽으로 나갔는데, 무패의 세계 챔피언 로키 마르시아노는 몸통 안쪽으로 들어갔다. 몸통 안쪽으로 들어가면 반격의 위험이 큰 대신 공격의 기회도 많다. 몸통 바깥쪽으로 나가면 반격의 위험이 적은 대신 공격찬스도 적어진다. 잘 연구해 봐."
하고 스스로 깨우치게 했다.

　또 다른 특징은 그의 엄청난 독서량이었다.
　복싱관련 서적은 기본이고 군사학·철학·역사학·경제학은 물론, 나치의 통치술, 볼세비키의 혁명사 등 그 가치를 잃은 주제까지 그의 손에서 책이 떨어지는 경우가 없었다.
　이러한 결과로 각 분야에서 해박한 지식을 갖추게 된 그는 복싱계의 중요 인물로 부상하게 되었다.
　링계를 직·간접적으로 주름잡던 마피아나 다른 폭력조직도 그를 함부로 대하지 못했다.
　특히 복싱의 이론과 실기의 접목에서 갈증을 느끼고 있던 매스컴에서는 그를 '칙사'로 대접했다. 크고 작은 문제가 있을 때마다 그는 '인터뷰 1호 인물'이 되었다.
　복싱전문 기자 노만 메일러는
　"평상시에는 유순하지만, 겁없고 간혹 잔인하면서 누구와도 싸우는 브루클린에서 항상 만나는 강인한 이탈리아 소년 같다."
고 묘사했다.

　패터슨을 처음 만났을 때 다마토는 그가 빨랐으며 체구에 비해 단단한 몸집을 가지고 있음에 주목했다.
　레프트 훅이 좋은 데 비해 수비, 특히 안면수비가 허술하여 결정타를 허용하는 단점도 발견했다.
　비록 패터슨이 스스로 깨닫도록 하는 방법이었지만, 수비의 보완에 최우선을 두고 그를 지도하기 시작했다.

수비가 수반되지 않으면 패배와 직결되므로 샌드백에 펀치가 닿는 순간 상대의 공격에서 방어하도록 머리를 어깨 속으로 묻는 기술을 완벽하고도 치밀하게 가르쳤다.

　상대의 잽이 나왔다가 들어가는 순간, 그 잽을 따라 안쪽으로 파고들어서는 상대의 턱을 치는 레프트 훅과 원투 콤비블로(combination blow)는 뒷날 패터슨의 특기가 되었다.

　1952년 헬싱키 올림픽에서 미들급 금메달을 땄을 때「뉴욕 헤럴드 트리뷴」지 등에서는 그가 '버스 안 소매치기보다 더 빠른 주먹을 가지고 있다'고 격찬했다.

　올림픽에서 돌아온 이후 프로로 전향한 패터슨은 뉴욕을 중심으로 활약했는데, 에디 갓볼트, 새미 워커, 레스트 존슨, 라루 사보틴 등을 연파하고 세인의 주목을 받기 시작했다.

　당시 미들급에는 막강한 강호들이나 젊은 유망주들이 많았는데, 올림픽 금메달리스트로서의 자존심을 지키고 이들을 꺾기 위해서는 초인적인 훈련을 하지 않을 수가 없었다.

　이후 라이트헤비급으로 올렸을 때 민첩성·펀치력 등 그의 기술과 능력이 최고조에 달했다.

　얼마 지나지 않아서 다시 헤비급으로 올린 패터슨은 다소 적은 몸집이었는데도 피터 래드 매처, 브라이언 런던, 로이 해리스 등을 연파하고 승승장구했다.

　1956년 11월, 비록 40대이기는 했지만 기교파인 '링의 교사' 아치 무어를 판정으로 꺾고, 당시로서는 역대 최연소 세계 헤비급 챔피언이 되었다.

　다마토는 정신무장도 철저하게 시켰다. 우선 자기 자신에 대한 인식의 확립이었다.

"복싱선수가 자신을 모르면 진다."

"자신에 대한 자신감이 없어도 안 된다."

"KO는 시키기를 원하느냐 당하기를 원하느냐에 따라서 그대로 결정된다."

고 다그쳤다.

다음은 공포심의 해소였다.

"공포심이 없는 인간은 없다. 이용하느냐 당하느냐의 차이만 있다."

"공포심은 자연스러운 너의 친구다."

"호랑이가 있는 숲 속에서 사슴이 달리는 것은 공포심 때문이다. 공포심이 없으면 사슴은 죽는다."

이러한 노력에도 불구하고 착하다 못해 유약하기까지한 패터슨의 심성은 쉽게 바뀌어지지 않았다.

연습 때는 물론이고 시합 때도 그러한 모습이 자주 나타났다.

패터슨의 가격에 마우스피스(mouth piece)가 떨어지자 당황한 시카고의 체스트 미에자라는 그것을 내려다보고만 있었다.

이 순간 접근하여 가격을 하는 대신, 패터슨은 허리를 굽혀서 마우스피스를 주워서는 상대방의 코너로 던져 주었다.

다시 경기는 계속되었고 이 시합에서 패터슨은 5라운드 KO승을 거두었다.

1959년 10월 뉴욕 양키 스타디움에서 자신을 2라운드까지 7번이나 다운시키고 타이틀을 빼앗아간 스웨덴의 잉게마르 요한슨은 기뻐 날뛰었다.

1961년 3월, 5라운드에서 가공할 양훅을 맞고 쓰러진 요한슨이 겨우 일어났다가 다시 오른손 결정타를 맞자 나무토막처럼 쓰러져서는 입에서 피를 흘리며 왼쪽 다리에 심한 경련을 일으키고 있었다.

환호하는 관중들에게 잠깐 미소로 답하다가 급하게 그에게 다가갔는데 추위에 떠는 것처럼 다리를 떨고 있는 모습을 보고는 사람을 죽였다는 공포감에 휩싸여 버렸다.

패터슨은 자신을 따라와서 껴안고 환호하는 다마토를 떼어놓고서 무릎은 캔버스에 꿇고 양팔로 요한슨을 안고는 뺨에 키스를 하면서

"일어나! 일어나란 말이야. 우리 다음에 또 3차전을 갖자."
라고 애절하게 외쳤다.

후에 다마토는 이렇게 회상했다.

"그는 킬러의 본능이 약하다. 너무 상대방에게 온순하다. 투쟁심을 높이고자 모든 심리적 방법을 다 동원했지만 아직 야수성을 갖추지 못했다. 나는 그에 대한 큰 책임을 가지고 있다."

격 량

1950년 6월 이미 싱그러운 녹음이 짙어진 미주리 강변을 따라 제프슨시 외곽에 거대하게 자리잡은 제프슨 교도소의 육중한 철문 안으로 들어오는 호송차가 있었다.

그 안에는 1급 강도 2건과 절도 2건으로 5년 징역을 선고받은 거구의 찰스 소니 리스튼이 타고 있었다.

"괜찮겠어?"

"예, 좋습니다."

담당 교도관이 다소 미안한 듯이 물었을 때 리스튼은 무표정하고 무뚝뚝하게 대답했다.

그가 배정받은 세탁소일은 큰 뭉치의 세탁물들을 올리고 내리는 등의 일이 많아서 다른 재소자들이 꺼리는 업무였다.

그러나 체중 100kg대에다가 농사일로 단련된 리스튼에게는 장난거리 정도였다.

다른 재소자들이 두 손으로 낑낑대는 세탁물 뭉치도 한손으로도 쉽게 처리하고 보니 오히려 싱겁고 심심할 지경이었다.

교도소 내의 식사도 지금까지는 구경도 하지 못한 훌륭한 수
준이었다.

끼니때마다 먹는 식사는 지금까지 자신이 먹어 보았던 최고의
식사보다도 더 맛있었다.

고참이라고 건방지게 구는 녀석이 있어서 확 밀어 버렸더니
'발라당' 넘어진 이후부터는 비굴할 정도로 굽실대는 것도 기분
나쁜 일은 아니었다.

행운의 실마리는 교도소 선교단의 주목을 받은 것에서부터 찾
아왔다.

선교단에서는 복음의 전파만이 아니라 체육활동도 관장하고
있었다. 선교단의 책임자는 인근 성당의 주임신부인 스티븐스
신부였다.

체육활동에는 야구·레슬링·복싱·탁구·역도 등 5개 종목이
있었는데, 리스튼은 복싱부를 희망했다.

스티븐스 신부는 레프트 잽 하나만으로도 상대방을 쉽게 쓰러
뜨리는 리스튼의 괴력에 주목했다.

복싱으로 성공할 수 있도록 만들려고 벌써부터 그의 가석방
가능성을 알아 보았으며, 공부도 가르치려고 많은 노력을 기울
이고 있었다.

"사람은 배워야 하는 거야. 시야를 넓힐 수 있는 길과 인생의
지름길이 그 속에 있기 때문이야."

우선 신부의 말뜻을 알아들을 수 없었고, 배우는 이유조차 모
르고 있던 리스튼에게 공부시간은 차라리 지독한 고문이었다.

대신에 복싱에 강한 흥미를 느꼈고 틈나는 대로 이에 매달렸다. 얼마 후 레프트 잽 하나만으로도 그는 교도소 내의 헤비급 챔피언이 되었다.

교도소 내라고는 하지만 미국에는 본래 체구가 큰 사람이 많은데다가 10대 20대 젊은 죄수가 많고 보니, 챔피언은 쉽게 될 수 있는 문제가 아니었다.

갓 입문한 리스튼이 챔피언이 된 것을 보면 그가 소질이 있었던 것은 물론, 스티븐스 신부가 단순한 교화 차원만이 아닌 복싱에 대한 안목이 상당했던 것 같다.

레프트 잽은 장기라고만 쉽게 단정할 수 없는 기술이다. 일반적으로 처음 배우는 초보자는 자신이 가격하는 것보다 상대의 공격에 대한 두려움이 앞선다.

따라서 라이트를 뻗을 수 있는 용기와 여유가 없고 보니 상대방 앞에 가장 가까이 가 있는 레프트를 계속 뻗게 된다.

이때는 기술이라고 할 수가 없고 '공포감에 대한 반사작용'이라고 표현하는 것이 타당하다. 거리와 타이밍에 따라 체중이 실리고 반격에 대비하거나 라이트로 연결될 때는 당연히 기술로 간주된다.

우수한 선수는 잽은 물론 훅·스트레이트·어퍼컷 등 어느 것이든지 자유자재로 구사할 수 있어야 한다.

한가지만 특기로 하는 경우에는 상대방에게 쉽게 노출되고 차단·반격당하기 쉽다.

자동차 도둑이었으며 골든 글러브 대회 밴텀급 챔피언을 지낸 동료죄수 샘 에버랜드의 지도를 받은 리스튼의 실력은 날로 향상되어 갔다.

그날 배운 기술을 그날로 소화하여 능숙하게 구사하는 경우도 있었다.

그러나 그것은 싸우는 기술에만 한정되어 있었고, 그의 지능 수준은 한참 아래인 어린아이 수준이었다.

어쨌든 그와 맞선 상대는 추풍낙엽격이었고 교도소 내에는 적수가 없게 되었다.

그가 샌드백을 칠 때는 둔중한 소리가 나면서 >자 형태로 꺾여져 버렸다. 간혹 약한 부위가 터져서 헝겊이나 가죽조각 같은 샌드백의 내용물이 빠져나오기도 했다.

공부에는 아예 흥미 자체가 없었지만 적어도 복싱에서는 가능성을 보였던 리스튼의 장래를 두고서 스티븐스 신부는 많은 궁리를 하고 있었다.

"번즈 국장, 로키 마르시아노 같은 녀석이 하나 있는데 보시겠소?"

"예?"

세인트루이스에 있는 「글러브」지의 스포츠 국장인 봅 번즈는 평소에 근엄하면서도 자애로운 스티븐스 신부가 흥분하자 자신도 긴장되었다.

로키 마르시아노라니!

히틀러가 게르만족의 우수성을 과시하고자 그렇게나 모든 지원을 아끼지 않았던 막스 슈멜링을 단 2분 4초 만에 잠재운 '갈색 폭격기' 조 루이스, 그를 은퇴시켜 버렸던 사나이가 아닌가!

즉시 달려간 봅 번즈는 리스튼이 예사 물건(?)이 아님을 알고
서는 자신의 친구 몬로 해리슨과 프랭크 미첼에게 재추천했다.

해리슨은 한때 조 루이스의 스파링 파트너를 지낸 복싱선수였
고 당시 학교수위로 재직 중이었으며, 미첼은 「아그스」라는 주
간지 발행인이었다.

해리슨과 미첼은 리스튼의 실력을 테스트해 보기 위해서 인근
에서 꽤나 알려진 헤비급 선수인 터만 윌슨과 시합을 시켜 보기
로 했다.

교도소로 향하던 차 안에서 "몇 라운드나 합니까?"라고 자신만
만해하던 윌슨은 리스튼의 레프트 잽 하나에도 1라운드부터 얻
어터지기 시작했다.

레프트 훅이 터지자 눈썹이 찢어지면서 피가 흘렀고, 라이트
스트레이트에는 코피가 터졌다. 한번 붙은 불은 마른 나무 젖은
나무 가리지 않는다고 했든가.

공격거리가 짧아서 가능성이 높은 상대방의 반격에 대비해야
하며 최소한 수직선 앞으로 타격 부위가 이동해 온 짧은 순간
에, 상체 앞에서 대각선으로 잡고 있던 주먹을 손바닥 쪽이 몸
쪽으로 향하게 틀면서 수평이 되도록 가격해야 하는 가장 어려
운 기술인 어퍼컷까지 터졌을 때, 윌슨의 입에서 흘러나온 피는
턱 밑에까지 번졌다.

"못해 못해 더 못해! 저 자식한테 맞아 죽겠어요."

우선은 만날 수 있는 기회가 쉽지 않아서 조금은 특이한 재소
자들 앞에서 자신의 실력을 뽐내 보리라 생각하고 뻐기고 왔던
윌슨은 체면이고 뭐고 간에 코와 입에서 흘러내리는 피로 숨을

쉴 수가 없었다.

잠시 후 스티븐스 신부의 사무실에는 번즈, 해리슨, 미첼 등 네 사람이 모였다.

"그거 참 물건인데!"

선수로 활동시키려고 보니 역시 재소자 신분이 최대의 걸림돌이 되었다.

이때부터 스티븐스 신부의 이유를 설명할 수 없는 사랑은 더욱더 커졌다.

각계 각층에 가석방조치를 요구하는 탄원서를 보내는 것은 물론 리스튼에 대한 사랑도 더욱 각별해졌다.

복역한 지 2년 4개월이 지난 1952년 10월 미첼과 해리슨이 연대한 스티븐스 신부의 서약서가 제출되자 마침내 리스튼은 가석방되었다.

정직하고 부지런한 해리슨은 리스튼이 바른 길을 걷도록 세심하게 배려했다.

어머니가 살고 있는 세인트루이스로 가겠다고 하자, 그곳에 있는 철강회사에 근로자의 자리를 알선해 주었고 파인 스트리트에 있는 YMCA에 조그만 방도 마련해 주었다.

리스튼은 직장일이 끝난 뒤인 밤 시간에 매조닉 템플 체육관이나 링 사이드 체육관에서 운동했다.

1년 가까이 아마추어 선수로 활동하는 동안 전국규모 대회인 골든 글러브 대회에서 우승도 했다.

해리슨을 매니저로 하여 1953년 9월 프로로 전향했고, 각 매스컴에서는 유망주로 주목하기 시작했다.

프로에서 8전을 치르는 동안 매티 마샬이라는 빠른 선수를 만나 8라운드 판정패를 당했다.

리스튼은 그가 자신의 "입을 벌리고 잡은 후 가격하여 턱뼈가 깨졌다"고 강력히 항의했지만 아무 소용이 없었다.

분함을 삭이지 못한 리스튼은 곧 두 번의 복수전을 갖게 되었고, 두 번 다 무참한 KO로 자신의 '입을 잡은 데 대한 앙갚음'을 했다.

몇 년 후 마샬은 이렇게 말한 적이 있다.

"그러한 펀치는 맞아 본 적이 없다. 아직도 생생히 기억이 나는데 6라운드에서 레프트 보디블로를 맞자 내 몸은 마비되어 버렸다. 그것은 그냥 다운이 아니었다. 나는 주저앉을 힘마저 없었다."

조직의 명(明)과 암(暗)

이 무렵 리스튼의 매니저를 맡고 있던 해리슨은 그의 처가 중병으로 사경을 헤매게 되었다.

가지고 있던 주식, 살고 있던 집 등 돈이 될 만한 것은 모두 팔지 않으면 안 되었다.

리스튼의 매니저권리도 미첼에게 넘겼는데, 몇 달 뒤에 받은 금액은 600달러였다.

「아그스」주간지 발행인 프랭크 미첼, 그는 조직폭력단 단원이었다.

세인트루이스는 시리아파와 시실리파의 2대 폭력단이 지배하고 있었다.

시실리파의 두목은 존 비탈리이며, 미첼은 그의 유일한 심복이었다.

세인트루이스를 관장하는 중서부 지방의 시실리파 본부는 시카고에 있었고 그 두목은 버나드 그릭만이며 배후에는 샘기안카나가 있었다.

비탈리는 부하들을 시켜서 관리하는 자동전축과 핀볼의 부품 관련 회사인 〈앤소니 노벨티〉의 명목상 사장으로 있었다.

이 수입 중 일부분은 정기적으로 시카고 본부에 상납했다.

비탈리는 58회 구속에 3회의 실형전과가 있었으며 따로 많은 노동자를 고용하는 건설업을 주업으로 하고 있었다.

미첼과 함께 비탈리를 만난 자리에서 리스튼은 〈유니언 일렉트릭〉사의 내화벽돌 하역현장 일자리를 얻었다.

벽돌을 올리고 내리는 일이라면 현장에 있어야만 할 그는 매일 본사에서 놀면서 근무했다.

그의 임무는 따로 있었다. 140kg의 거구인 비니 베이커와 함께 현장에서 문제가 발생할 때만 투입되는 특공대이며 또 해결사였다.

건설공사 현장은 세계 어디서나 대동소이하다.

노동의 강도도 높고 위험도도 높아서 근로자들의 신경은 항상 날카롭다.

툭하면 싸움이요, 툭하면 파업이다.

교도소에서 리스튼에게 복싱을 가르쳤던 샘 에버랜드는 이렇게 말했다.

"그 당시 리스튼은 문제가 발생할 때마다 베이커와 함께 투입되었다. 둘이서 그냥 노려보기만 해도 상대는 그대로 주저앉았다. 상대가 저항을 하지 않더라도 그들은 다리를 부러뜨렸고 머리를 쳐서 피를 흘리게 만들었다."

리스튼이 출동하여 문제가 적어지면 적어질수록 회사의 수입은 증가되어 갔다.

이에 만족한 비탈리는 그에게 동료 레이몬드 사키스의 흰색 캐딜락 운전사를 겸하도록 하고, 보수는 둘 다 지급하는 것으로 했다.

〈유니언 일렉트릭〉사에 근무하는 동안 매티 마샬을 두 번 KO 시키는 등 복싱도 계속했지만, 근로자들을 폭행하는 폭력도 계속하자 곧 '요 시찰 인물'이 되었다.

세인트루이스 경찰서 폭력주임 도어티는 다부지고 소신있는 인물이었다.

그는 계속 끊이지 않는 폭력·강도 등의 배후에 리스튼이 있고 리스튼이 폭력단의 일원임을 금방 밝혀 내었다.

"이번 폭력사건은 왜 저질렀소?"

"모릅니다."

"어디서 왔소?"

"모릅니다."

"어디로 갈 거요?"

"모릅니다."

"비탈리는 언제부터 알고 있소?"

"모릅니다."

도어티 주임은 정상적인 생활을 하려면 비탈리와의 관계를 끊고 세인트루이스를 떠나라고 했지만, 리스튼의 대답은 마치 "말 자체를 이해하지 못하는 것 같았다"고 훗날 밝혔다.

이러한 와중에서 1956년 5월 5일 리스튼은 경찰관 폭행사건으로 1년간의 강제노역형을 선고받았다.

손과 무릎이 부러지고 눈가에 7바늘을 꿰맨 경찰관은 패터슨이라는 운전사를 검문하는 중에 리스튼이 끼어들어서는 자신의 권총을 빼앗아 겨누었고 이를 막자 넘어뜨리고서는 권총자루와 손발로 치고 밟았다고 주장했고,

리스튼은 운전사를 거칠게 다루는 것을 항의했더니 욕을 하고 권총을 빼려고 하는 것을 막다가 발생한 일이라고 주장했다.

경찰관 폭행사건이 일어나기 한 달쯤 전인 4월, 그날은 봄비답지 않게 상당히 많은 비가 내리고 있었다.

정류장에는 몇 사람이 버스를 기다리고 있는 모습이 보였지만, 리스튼은 별생각없이 그 속도를 유지하면서 흰색 캐딜락을 몰았다.

순간 핸들이 꺾일 정도의 충격을 느끼면서 도로에 웅덩이처럼 고여있던 물을 앞쪽에 서 있던 한 여성에게 몽땅 뒤집어씌워 버렸다.

무리하지 않게 브레이크를 밟고 보니 상당히 지나갔던 차를 그녀 옆으로 후진시킨 후 리스튼은 급하게 차에서 내렸다.

"미안합니다. 이거 어쩌죠?"

"괜찮습니다. 걱정 마세요."

괜찮기는! 흙탕물을 뒤집어쓴 그 옷으로는 어디에도 갈 수가 없을 것 같았다.

우선 그녀를 차에 태운 후 집을 물어보니 가까운 곳에 있어서 그곳까지 데려다 주기로 했다.

미안한 마음에서 이것저것 물어보았더니 그녀는 버스 정류장 부근의 화약공장에 다니며 부모와 함께 살고 있다고 했다.

"아주 미인이십니다. 식사에 한번 모시고 싶습니다."

그녀는 훗날 리스튼이 성공을 거둘 때마다 누구나 그녀 덕분이라고 말하는 제랄다인이었다.

두 사람은 1년 뒤에 결혼했다.

강제노역을 마치고 제랄다인과 결혼한 1957년 후반부터 리스튼의 주먹은 불을 뿜기 시작했다.

웨인 비시어 등을 2회 연속 1라운드 KO로 잡는 등 1958년까지 8연승을 거두었고 그의 랭킹도 1, 2위를 맴돌았다.

당시의 챔피언 패터슨이나 다른 강타자들도 리스튼과의 대전은 기피하려고 애쓰는 지경이 되었다.

리스튼의 승률이 올라가는 것만큼 경찰당국의 감시도 심해지자 그는 세인트루이스를 떠나기로 결심했다.

비탈리의 입장에서도 리스튼에 대한 감시가 자신에게로 직결되므로 울며 겨자 먹기식으로 떠나보낼 수밖에 없었다.

뉴욕 복싱계의 대부 프랭키 카르보와 비탈리가 체결한 이적동의서에 따라 1958년말 리스튼은 필라델피아로 옮겼다.

매디슨 스퀘어 가든이 있는 뉴욕은 당시 전세계 복싱의 메카였다.

TV의 등장과 함께 복싱은 최고의 인기 스포츠로 부상하여 매주말마다 빠짐없이 복싱경기를 중계하고 있었다.

면도기 제조회사인 질레트 등에서는 미식축구보다도 복싱경기를 더 선호하는 정도였다.

프로 복싱에서 필수적인 계약 등의 대외활동은 운동하는 선수가 직접 감당하기에는 운동에 지장이 있는 등 사실상 불가능하다.

따라서 이를 담당·지원하는 매니저가 필요하다. 매니저는 후원자나 후원회사를 동원할 수 있어야 하는 등 폭넓은 활동이 필요하고 보니 폭력단이 개입하기 십상이다.

이를 두고서 '충분한 교육을 받지 못한 혼자인 선수를 도우기 위해서 자선의 손길을 뻗치는 것'이라고 폭력단은 주장한다.

카르보의 등장 전에는 마피아 등 폭력단에서 직접 선수를 육성하고 흥행을 주관하기도 했다.

1904년생인 프랭키 카르보는 본명이 폴 존 카르보이며 카로 캄비노파와 함께 뉴욕의 2대 폭력조직인 루치즈파의 조직원이었다.

1924년 언쟁 중에 이웃 상인을 사살하여 1급 살인죄로 복역 중 1930년 가석방되었다.

금주령 기간 중 살인청부업체에 가담하여 브루클린 구역의 1급 책임자가 되었다.

1933년 4월 12일에는 맥스 하셀과 맥스 그린버그가 피살체로 발견되었다. 수명의 목격자들이 카르보를 범인으로 지목했으나 1만 달러의 보석금을 내고 무혐의 처리되었다.

1939년 추수감사절 저녁에는 빅 그리니가 총 다섯 발을 맞은 피살체로 발견되었다.

2명의 목격자가 카르보를 범인으로 지목했고, 이 중 1명은 지목 직후 5층에서 의문의 추락사했다.

카르보는 오랜 법정투쟁 끝에 무혐의 처리되었다.

복싱계와 인연을 맺은 것은 1936년 폭력단의 두목 잽 제노비스로부터 미들급 챔피언 밥 리스크의 매니저권을 동업하자는 제의를 받은 이후부터였다.

특유의 용기와 지혜를 갖고 있던 그는 직접 선수를 육성하고 흥행을 주관하는 마피아 방식에서 탈피하여, 당시로서는 획기적인 개선대책인 파이트 머니(fight money)를 선수와 프로모터 간에 일정한 비율로 배분하는 현재의 계약제를 확립했다.

선수를 보호하는 등 나름대로의 복싱운영 체계를 정비했으며 뉴욕은 물론 시카고 · 캘리포니아 등 전미국의 링 운영권을 장악하여 '지하의 컴미셔너(commissioner)'로 알려진 매니저가 되었다.

그는 유망선수는 철저하게 지원하고, 효용성이 없을 때는 가차없이 버렸다.

1961년 11월 전 세계 웰터급 챔피언 돈 조던과 그의 매니저를 협박한 혐의 등으로 25년 징역형을 선고받고 복역 중 사망했다.

리스튼은 카르보가 구속될 때까지 3년 정도 그의 직접적인 조종을 받았으며, 그후에는 남아 있던 그의 부하들로부터 조종을 받게 되었다.

적어도 공개적으로 챔피언 자신이 조직폭력단의 일원인 경우는 리스튼이 마지막 인물이 되었다.

제 3 장
새옹지마

'형제'단의 아이

갱단의 일원으로 공포의 대상이 되었던 리스튼은 형제가 25
명이나 되는 '형제'단의 아이로 태어났다.

아버지 토브 리스튼에게는 어머니 헬렌 바스킨과 결혼할 때
이미 어머니가 다르고 어머니가 없는 아이 12명이 있었다.

어머니 헬렌은 13명을 낳았는데, 찰스 소니 리스튼은 12번째
아이였다.

이러한 형편이고 보니 아이들에게 생일상을 차려주는 것은 고
사하고 생일날짜도 기억하지 못하게 되었다.

실제로 리스튼의 선수등록증에는 1932년 5월 8일로 기록되
어 있으나, 사회보장증 [주민등록증]에는 1933년이며, 전과기
록부에는 1927년이 되기도 하고 1928년이 되기도 했다.

토브가 30살, 헬렌이 16살이었을 때 굶지 않을 목적으로 미
시시피주에서 알칸사스주로 이주했다.

"패트 헤론이라는 사람으로부터 농토를 빌려서 농사를 지었어
요. 주로 목화를 재배했지만 땅콩·옥수수·고구마 등도 심었

지요. 수확물은 4분의 3이 우리 몫이었어요."
라고 헬렌이 회고했다.

"집은 낡았을 뿐만 아니라 들판에 위치하여 겨울에는 춥고 여름에는 더워서 살 수가 없을 정도였어요."

토브 리스튼은 '밥상에 앉을 수 있을 만큼 큰 아이는 농사를 지을 수 있을 만큼 큰 것이다'는 신조를 가진 사람이었다.

리스튼이 8살이 되자 학교에 가는 것보다는 들판에서 일을 하도록 내몰았다. 적어도 리스튼에게만은 아니었지만 토브는 냉혹했다.

거의 매일 아이들을 때렸기에 어쩌다가 빠지는 날은

"왜 오늘은 안 때려요?"
라고 되물을 정도였다.

질이 문제가 아니라 식사의 양도 제대로 채우지 못하는 가난한 살림에 배다른 형제 등 한 학급의 학생 수만큼 많은 아이들이 들끓다 보니 토브는 냉혹해지지 않을 수 없었을 것이다.

토브가 냉혹했으므로 리스튼의 형제들간에는 싸우거나 다툴 엄두조차 내지 못했다.

"먹을 양식조차 제대로 없는 처지에다가 아이들만 많아서 우글거리고 보니 어떠한 사람이라도 다른 방법이 없었을 것입니다. 아이들 누구에게도 관심을 쏟을 수가 없었고, 우리들은 내팽개쳐진 상태로 이방인처럼 살았습니다."
라고 리스튼은 회고했다.

성장한 뒤에도 리스튼의 등에는 회초리 자국이 많이 남아 있었는데, 그는 "그 역경을 이해할 수 있다"고 말했다.

그런데다가 알칸사스 지방에 극심한 흉년이 들어 형편이 더욱 어려워지자 헬렌은 식구도 줄이고 돈도 벌기 위해서 집을 떠날 수밖에 없었다.

그녀는 구두공장에라도 나갈 작정으로 아이들 몇 명을 데리고 세인트루이스로 옮겨 갔다.

매일 두들겨 맞으면서 농사일을 돕고 있던 리스튼은 13살 때 어머니한테 가기로 결심했다.

아저씨뻘쯤 되는 분의 호두나무에서 몰래 호두를 따서 팔았더니 충분할 정도의 여비가 되었다.

지금까지 늘 그렇게 해 왔던 것처럼 마주치는 사람에게 물어서 어머니를 찾을 요량으로 세인트루이스에 도착한 리스튼은 제정신이 아니었다.

도시의 거리·건물 등이 누구를 묻고 찾을 수 있는 그런 범주가 아니었다.

어머니를 찾을 수도 없었고 알칸사스 집으로 돌아갈 수도 없었던 그는 며칠을 굶은 채로 이곳저곳을 방황하다가 어느 파출소에 들어갔다. 자초지종을 들은 경찰관의 도움으로 어머니를 만나게 되었다.

어머니를 만난 리스튼은 한푼이라도 벌기 위해 일을 해야만 했다.

"아무 일이라도 했습니다. 특히 다른 애들이 잘하지 못하는 힘쓰는 일을 많이 하게 되었죠. 석탄도 날랐고 얼음도 팔고 공사장도 기웃거렸습니다. 언젠가는 하루에 열다섯 통의 잡은 닭을 씻는 일도 했습니다. 운 좋은 날은 먹었고, 재수없는 날은

굶었습니다."

그는 씩 웃으면서 말했다.

불행은 계속되었다. 아니 계속되도록 만들었는지도 몰랐다.

어머니 헬렌의 강권으로 리스튼은 자선단체에서 운영하는 교육기관에 등록했다.

정규학교가 아니라고는 하지만 공부에 아예 흥미가 없었고 노력을 안하다 보니 전연 이해를 하지 못해서 다른 학생들의 조롱거리가 되었다.

이미 성인만한 체구와 농사일로 단련된 근육을 가진 리스튼은 놀리는 학생들을 그냥 두지 않고 때리기도 했다.

"공부라는 것은 재미가 없을 뿐만 아니라 골치도 아팠습니다. 조그만 애들은 잘 이해하는데 큰 나는 이해를 못하니 챙피해서 자꾸 빼먹었습니다. 자꾸 빼먹다 보니 학교가 보기조차 싫어져서 아예 때려치웠습니다."

정규학교가 아닌 학교를 그만둘 무렵인 16살 때 이미 그의 키는 180cm, 몸무게는 100kg에 육박하고 있었다.

그의 주변에는 자연히 똘만이들이 모여들기 시작했다.

"모여서 놀다 보면 끼니때가 되었고, 아무도 돈을 가지고 있지 않은 우리는 먹을 것을 훔쳤습니다. 어려서부터 제대로 먹지 못한 나는 처음 보는 좋은 음식들을 훔칠 방법을 궁리했습니다."라고 그는 말했다.

궁리 끝에 나온 결론은 총이었다. 총만 있다면 하루 세 끼 모두 '좋은 음식만 먹을 수 있겠다'는 생각이 들었다.

하루는 길에서 유치원생이 떨어뜨린 플라스틱 권총을 주웠는데 실물과 똑같아서 언뜻 보면 구별이 안되었으므로 소중히 보관하기로 했다.

한벌뿐인 노란 셔츠만 입고 다니면서 먹을 것만 계속 훔치는 치사한 도둑은 곧 '노란 셔츠 좀도둑'으로 알려지기 시작했다.

그가 경찰의 수배자리스트에 처음 오른 것은 1949년 크리스마스 직후였다.

동료 두 명과 함께 한 남자의 목을 조르고 6달러를 빼앗은 혐의로 '수배자 1번 흑인'으로 올랐다.

골목길에서 행인을 차고 9달러를 빼앗았고, 주유소에서는 강도를 저질렀다.

1950년 1월 14일 그는 시장통의 한 카페에 몽둥이를 들고 들어가서 37달러를 강탈한 직후 체포되었다.

이때 범행무기인 몽둥이는 그냥 둘둘 말은 은박지였으며, 언제나 똑같은 한벌뿐인 노란 셔츠를 입은 모습 그대로였다.

케네디 대통령의 관심

1961년 3월 케네디 대통령은 며칠 전 요한슨과의 리턴매치에서 KO승한 패터슨을 백악관으로 초청했다.

화제에 오른 스포츠 스타를 백악관에 초청하는 것은 2차대전 이후의 관행이었으며 그 반응도 아주 좋았다.

"어서 오세요, 패터슨 선수."

케네디 대통령은 밝은 미소로 반갑게 맞이했다.

아름다운 퍼스트 레이디 재클린 여사도 합석한 가운데 식사와 차를 들면서 환담이 계속되었다.

항상 겸손한 패터슨의 태도에 더욱 호감을 느낀 대통령은 복싱선수가 아니라 학자인 것으로 오해할 뻔했다는 농담도 곁들였다.

예정된 시간이 다 되어 갈 때쯤 대통령이 물었다.

"다음 시합은 예정되어 있소?"

"아직 결정되지는 않았습니다만 도전해 오는 선수들이 있습니다."

"누구요?"

갖가지 스포츠에 취미가 많고 모험심이 강한 젊은 대통령이 물어본 이유는 당시 화제의 초점이 되고 있던 리스튼이라는 막강한 괴물 복서(boxer)인가 하는 의문에서였다.

다시 그 해 12월 4일 케네디 대통령은 재클린 여사와 함께 백악관에서 더블헤드(double header)로 진행되는 복싱시합을 TV로 지켜보고 있었다.
때로는 박수를 치면서 환호성을 지르고 주먹도 내지르고 하는 것으로 보아 무척 흥미를 느끼고 있는 것 같았다.
챔피언 패터슨은 토론토에서 도전자 톰 맥닐리를 4라운드에서 KO로 이겼고, 랭킹 1위 괴물 복서 리스튼은 필라델피아에서 알버트 웨스트 팔을 1라운드에서 KO로 날려 버렸다.
"야! 잘한다. 패터슨과 리스턴 저 두 선수가 맞붙으면 굉장하겠는데."
대통령의 이 말 한마디는 몇 년 동안 밀고 당기던 두 사람 간의 시합개최 문제를 일사천리로 해결하기 시작했다.

패터슨의 트레이너 다마토는 지금까지 벌써 몇번째 같은 말을 되풀이하고 있었다.
"리스튼은 마피아 단원인데 타이틀에 도전하려면 이와 관련이 없다는 것을 먼저 증명해야 한다. 다음 상대는 (리스튼보다 쉬운) 누구누구를 벌써 정해 놓았으니 그뒤에 기회를 주겠다."
그렇게 구한 상대는 가슴에 난 종기의 상처가 채 아물지도 않았던 영국 출신 브라이언 런던, 프로 선수 출신으로는 올림픽에 처음 출전했던 피트 래드 매처, 나중에 자기 집 부근에 연

못을 만들어 놓고서 악어와 레슬링 쇼나 했던 로이 해리스 등
이었다.

해리스에게 패터슨은 13라운드에서 KO승을 거둔 데 비해서
리스튼은 1라운드에서 KO승했다.

다마토의 이러한 주장에는 한사람만이 동조했다. 아니 하나의
장소도 부합했다.

미국복싱협회 회장 찰스 라슨 박사와 복싱의 메카 매디슨 스
퀘어 가든이었다. 그는

"패터슨은 존경받는 챔피언이며 특히 어린이들에게 영웅이다.
리스튼은 챔피언이 되겠다는 마음이 있다면 먼저 범죄단과 손
을 끊어라. 그렇지 않고 챔피언이 되는 것은 6개월 전에 에밀
그리피스와의 시합 중에 베니 파레트가 숨진 것보다 더 큰 재
앙이 될 것이다."
라고 말했다.

뉴욕시는 이러한 이유로 매디슨 스퀘어 가든의 사용을 거부하
고 있었다.

그러나 이러한 주장이 먹힐 수 없는 몇가지 이유가 있었다.
우선 이 시합에 대한 기대와 요구가 너무 컸다.

강자가 한명인 경우에는 이와 맞설 수 있는 새로운 강자의 출
현을 고대하고, 두 명인 경우에는 누가 진정한 강자인지 알고
싶어하는 것이 사람의 마음이다.

이들 사이의 시합은 위로는 대통령에서부터 아래로는 어린아
이에 이르기까지 모두가 갈망하고 있었다. 또한 당시는 민권운

동을 결집할 수 있는 영웅이 필요했다.

마틴 루터 킹 목사가 주도한 민권운동은 2차대전 이래 가장 큰 사회적 파장을 일으키고 있었다. 매일 수십만 수백만 명이 외치고, 행진하고, 농성하고…….

민권운동 본부에서는 가장 대중적인 인물 패터슨이 가장 혐오스러운 인물 리스튼에게 패하는 경우 자신들의 우상을 잃을까봐서 처음에는 반대하는 입장이었다.

민권운동에 대한 열기가 약해지기 시작하자 무장강도 전과자 리스튼을 깨뜨려 버리고 백인을 포함한 전 미국인의 호응을 얻을 수 있는 '영웅 패터슨'이 절실히 필요해졌다.

그러자 복싱룰 제정자의 자손이며 데이빗 해링턴 앵거스 더글러스라는 다소 긴 이름을 가진 막강한 프로모터가 적극적으로 나섰다.

"리스튼이 전과자인 것은 문제가 안 된다. 현재 감옥에 있지 않는 한 아무런 문제가 없다. 그가 훌륭한 복서라면 패터슨과 싸울 자격이 충분하다."

"매디슨 스퀘어 가든이 안 된다면 장소는 다시 구하면 된다."

장소는 아예 시카고 코미스키 가든으로 옮겼다.

날짜는 1962년 11월 25일로 결정했다.

대전료는 챔피언 패터슨 60만 달러, 도전자 리스튼 10만 달러로 합의했다.

모든 일이 일사천리로 진행되었고 막히는 것은 아무것도 없었다.

패터슨은 그의 트레이너 다마토가 왜 그렇게 리스튼의 도전을 기피하려고 했는지 잘 알고 있었다.

　불리하다고 예상하는 사람은 다마토만이 아니었다.

　선배 챔피언들 중에서도 화려한 전적을 자랑하던 조 루이스, 로키 마르시아노 등은 한결같이 말했다.

　"도전자는 너무 강하고 너무 난폭하다."

　"헤비급 랭커 웨인 비시어를 1라운드 58초에 KO시켰을 때 마우스피스와 함께 이빨 7개가 같이 나왔다."

　대부분의 사람들은 패터슨을 지지했다.

　'협조적이고 개방적이며 친절하고 민권운동가이면서 개혁적 사고를 가진 신사'여서 그를 좋아했다.

　특히 재키 로빈슨은 그가 리스튼을 '파멸'시켜 버릴 것이라고 예상했다.

　그러나 그것은 복싱이 아닌 감정이나 사교적인 면에서 패터슨을 지지한 것이었다.

복싱은 공격과 방어가 동시에 연결되는 운동이므로 이를 분리할 수가 없다.

공격과 방어는 물론 최소한 이를 뒷받침하는 체력까지 결합된 상태가 요구된다.

공격과 방어력을 높이기 위한 운동도 직접·간접적으로 연결되어 있지만, 효과를 중심으로 다음과 같이 구분·정리할 수 있다.

공격력을 높이기 위해서는 샌드백, 스피드볼, 미트치기, 벤치프레스, 덤벨, 악력기, 도끼나 햄머질, 철봉, 평행봉 등이 이용된다.

샌드백은 헤비백이라고도 하는데 자신의 체중과 비슷한 무게가 적당하다.

너무 무거워도 효과가 떨어지고 어깨에 무리가 오며, 너무 가벼우면 기대한 효과를 거두지 못한다.

샌드백 위에 공격 부위를 표시해 두면 더욱 효과를 높일 수 있다.

스피드볼은 목표물에 대한 타이밍과 각도를 조절할 수 있는 능력을 기르며 상대의 공격을 피할 수 있는 수비력도 기른다. 스피드볼이 움직이는 데 따라서 잽·스트레이트·훅·어퍼컷 등을 자유롭게 섞어야만 기대한 효과를 거둘 수 있다. 잽만 사용하면 쉽게 맞출 수는 있지만 효과와는 거리가 멀게 된다.

미트치기는 미트(mitt)와 보디 프로텍트(protector)를 낀 코치와 선수가 1대1로 가상적인 시합을 통한 훈련이다. 코치의 미트와 프로텍트를 공격하면서 방어기술도 섞어서 훈련하며 가장 효과적이고 확실한 기술의 습득이 가능하다.

벤치프레스(bench press)는 복싱에서 요구되는 정면으로 미는 부위의 근육을 강화시켜 준다. 너무 무거우면 들어올리기 곤란할 뿐만 아니라 관절 부상이나 사고 등의 위험이 따르며, 너무 가벼워도 기대한 효과를 얻기 어렵다.

가슴에 닿을 정도로 내렸다가 올리기를 최대한 반복하는 것을 세트(set)라고 하는데 15세트 전후로 할 수 있는 무게가 적당하다.

덤벨은 주로 팔힘을 강화하는 운동이며 간편하므로 누구나 쉽게 할 수 있다.

악력기는 주먹의 쥐는 힘을 강화하는 도구이다. 작고 간편하여 소홀히 하기 쉬우나 공격효과를 결정하는 주먹의 쥐는 힘을 키우므로 아주 중요하다.

도끼나 햄머질은 복부근력·상체근력 등을 키우며 싫증이 나지 않는 장점이 있다. 다만 관련 비품 등을 확보하기가 다소 어려운 점은 단점이다.

철봉과 평행봉은 복부근력·상체근력 등을 단련함은 물론 순발력까지 키워준다. 그러나 다소 위험이 따르므로 주의가 요구

된다.

 방어력을 기르기 위해서는 런닝, 줄넘기, 윗몸 일으키기, 메디
슨볼, 고무줄 피하기 등이 이용된다.
 런닝은 복싱뿐만 아니라 모든 운동에서 가장 기본이 되는 운
동이다. 복싱에서는 충분히 땀이 날 정도가 이상적인 운동량으
로 간주된다. 평탄한 아스팔트길보다는 다소 굴곡이 있는 흙길
이 관절에 무리가 없고 싫증을 가져오지도 않는다.
 복싱에서 요구되는 순간적인 동작을 기르기 위해서는 인터벌
을 둔 전속력으로 달리기, 뒤로 달리기, 옆으로 달리기 등을 섞
는 것이 효과적이다.
 런닝은 다소 많은 시간이 걸리기 때문에 본 운동과 구분해서
아침시간에 별도로 연습하는 것이 일반적이다.
 줄넘기는 본 운동 전에 워밍업(warming up)으로 실시하는 경
우도 있지만, 보통 본 운동 다음에 정리 운동을 겸하여 실시한
다. 몸을 가볍게 하고 지구력과 순발력을 기를 수 있기 때문에
복싱에서 필수적인 종목이다.
 두 발을 함께 모으고 뛰는 것보다 한발씩 교대로 뛰는 방식이
스텝과 연결되므로 효과가 크다. 2회전넘기나 3회전넘기도 병행
하면 더욱 큰 성과를 얻을 수 있다.
 윗몸 일으키기는 복부근육 강화에 유익하다. 윗몸을 일으켰을
때 어깨를 교대로 돌려주면 수비력의 향상은 물론 상체의 단련
까지 겸할 수 있다.
 다만 허리가 좋지 않은 사람은 주의가 요구된다.
 메디슨볼은 가죽으로 만든 무거운 볼인데 복부단련에 탁월한

효과가 있다. 복부는 단련할수록 충격을 흡수하는 능력이 향상된다. 이 운동 시에는 메디슨볼을 잡고 도와줄 수 있는 보조자가 필요하다.

고무줄 피하기는 상대방의 공격에 대해 상체를 롤링하여 피하기 위한 훈련이다.

탄력이 있는 고무줄을 상대의 스트레이트 높이쯤 매어 두고 상체를 오른쪽 왼쪽으로 롤링하면서 고무줄에 닿지 않도록 해야 한다. 상체의 유연성을 높여 주므로 특히 신장이 작은 선수에게 유용하다.

공격력과 방어력을 높이는데는 정신력의 강화와 마음의 안정을 유지하는 것도 중요하다.

이를 위해서는 명상, 휴식, 마인드 콘트롤(mind control) 등이 필요함은 물론 식사, 섹스 등도 적절하게 조절해야 한다.

공격력과 방어력을 결합하여 실제시합과 똑같이 상대방과 함께 훈련하는 것은 스파링이며, 선수 혼자서 상대와의 시합을 가상한 훈련은 새도 복싱(shadow boxing)이다.

상대가 있든 없든간에 연습은 시합같이 해야만 결점을 쉽게 보완할 수 있고, 시합은 연습같이 해야만 몸과 정신이 긴장되지 않고 자신의 실력을 충분히 발휘할 수 있게 된다.

트레이닝의 효과를 높이는 데는 휴식도 반드시 필요하다. 일반적으로 3일 운동, 1일 휴식의 과정으로 진행한다.

이때의 휴식은 단순한 휴식이 아닌 트레이닝 과정의 하나로 봐야 한다.

이와 같은 이치로 시합 시 최고의 기량을 발휘할 수 있도록 시합 전 3일 전후에 운동의 강도를 약하게 하는 조정기를 둔다.

일반적으로 챔피언급 선수는 시합을 앞두고는 로드워크 2시간 전후, 본 운동 5시간 전후의 트레이닝을 한다.

트레이닝 시작 전에는 약간 땀이 날 정도로 준비 운동인 스트레칭을 충분히 해야 한다. 스트레칭은 운동효과를 높이면서 부상을 예방하므로 필수적이다.

트레이닝 캠프를 설치하는 이유는 한정된 시간 안에 집중적으로 공격력과 방어력을 높일 수 있는 훈련을 하기 위해서이다.

여기에는 제반 운동기구와 식당·목욕시설 등 보조 시설이 필요하며 이를 관리·지원하는 인력도 필요하다.

마드리드에서 아론 왓슨이라는 이름으로 머물던 패터슨은 사하라 사막 서쪽의 대서양상에 위치한 유명한 휴양지인 테네리페 섬으로 갔다.

같은 스페인의 영토라고는 해도 비행기로 3시간을 가야 하는 지리상으로는 아프리카 대륙에 속한 섬이다.

그는 바닷가 절벽 위에서 하루 종일 수평선을 바라보기도 했고, 강물처럼 흐르는 상태에서 굳어진 용암 위로 아직도 조금씩 수증기를 내뿜고 있는 해발 3,000m의 산타크루즈 국립공원에 올라가 보기도 했다.

"다시 시작해야지. 이래서는 안 되는데……"

그가 뉴욕의 집으로 돌아온 것은 2주일 만이었다.

아무래도 마음의 안정을 못 찾은 듯 얼마 지나지 않아서 다시 하와이로 가서는 열흘을 머물다가 돌아왔다.

리턴매치가 7월 22일 플로리다로 결정되자 패터슨은 다마토와 함께 작전을 짰다.

6개월 정도 남은 시합 당일에 최고의 컨디션이 되는 것을 전제로 '강 강 약'의 리듬이 되도록 1주일 중 5, 6일은 훈련을, 주말은 휴식을 원칙으로 하고 휴식은 자유스럽게 보내기로 결정했다.

리스튼은 신체가 크고 팔길이가 긴 반면, 상대적으로 둔한 약점이 있다.

그의 왼손 잽은 웬만한 선수의 카운터 펀치보다도 강하지만, 하나만 피하고 거리를 좁혀 버리면 그의 긴 리치는 무용지물이 된다.

리스튼이 세 개의 펀치를 내밀 때 네 개의 펀치를 내밀 수 있으므로 한개의 펀치가 비어 있는 그 순간 그의 몸으로 파고든다. 파고들기만 하면 트레이드 마크인 캥거루 훅이 있지 않은가.

캥거루 훅으로 턱을 치고 난 다음에는 연타로 '파멸'시켜 버리겠다. 파고들 수 있게 하는 것은 스피드다.

'스피드를 보완하자.'

헬싱키 올림픽에서 금메달을 땄고 버스 안 소매치기보다 '더 빠른 주먹'으로 엄청나게 큰 상대도 눕혀 버린 적이 수없이 많지 않은가. 다만 리스튼이 지칠 때까지 초반 몇 라운드는 탐색전을 펴야 한다.

다마토 트레이너를 최고 책임자로 하여 업무별 인원을 배정했다.

총 책임자 (트레이너 다마토)	1명
보조 트레이너	2명
스파링 파트너	3명
시설 유지 관리	8명

언론 홍보	2명
요리사	2명
구매	2명
간호사	1명
마사지사	1명
운전기사(승용차, 트럭)	3명
지원	5명
기타	4명 등

총 34명이 되었다.

패터슨은 뉴욕 북쪽의 하이랜드 밀에 있는 자신의 트레이닝 캠프에서 훈련에 돌입했다. 패터슨의 캠프는 수도원처럼 보였다.

기자실로 사용되는 건물은 십자가와 갖가지 성화들이 걸려 있었다. 눈에 잘 보이는 곳에는 성경이나 찬송가의 구절도 적혀 있었다.

특히 트레이닝실 앞에는 '주님 앞에 우리 모두 하나 되리니'라는 글이 있었다. 패터슨은 여기서 마음의 안정을 얻는다고 했다.

그는 가톨릭 신자였고 '성 프란시스코의 투사'로 알려지고 있었다.

1일 훈련과정은 패터슨이 새벽에 잠이 없었으므로 보조 훈련은 오전 5~7시에, 본 훈련은 오후 2~7시로 정했다.

아침 2시간의 보조 훈련은

준비 스트레칭	30분
런닝 (8km)	60분

정리 스트레칭	30분	등이었다.

오후 5시간의 본 훈련은

스트레칭	30분	
전술 훈련	30분	
기술 훈련	60분	
샌드백		6라운드
스피드볼		6라운드
미트치기 혹은 스파링		6라운드
휴식	30분	
고무줄 피하기	10분	
웨이트 트레이닝	60분	
보완 및 스트레칭	30분	
기타	50분	등이었다.

종합 평가분석은 식사를 겸하여 오후 8~10시로 결정했다.

스파링은 월·수·금의 주 3회로 하고, 오전 중에는 마사지와 함께 낮잠 등 휴식을 취하도록 했다.

아침식사는 소화 흡수가 잘되는 요구르트·과일·채소 등을 위주로 하고, 점심은 단백질이 풍부한 육류 위주로, 저녁은 해산물을 중심으로 하여 소화에 부담이 없는 메뉴를 택했다.

트레이닝장에는 패터슨이 좋아하는 음악을 줄곧 틀어 놓도록 했다.

패터슨은 잠을 이룰 수가 없었다.

잠이 깨이고 정신이 초롱초롱 맑아져서 일어나 보면 새벽 3

시, 트레이닝 일정이 걱정이 되어서 '좀더 잤으면' 하고 바랐지만 잠이 오지 않았다.

'이번 시합에 이기면 멋지게 기자회견을 하고 케네디 대통령이 초청할 때는 새로 회색 정장을 맞추어 입고 가야지. 지게 되면 어쩌나 어쩌나……'

다시 잠이 들었다가 깨었을 때는 아침 7시였으며 머리가 아팠고 어지러움도 느꼈다.

아침 런닝은 취소하거나 오전에 약간만 할 수밖에 없었고, 오후 본 운동도 그 강도가 약해졌다.

"퍽 퍽" 소리를 내며 >자 형태로 꺾여야 하는 샌드백은 "땍 땍" 하고 그냥 밀려갈 뿐이었다.

잠을 깊게 잘 수 있을까 하여 오후에 강하게 트레이닝을 해도 깨이는 시간은 역시 새벽 3시이고 보면 그날의 컨디션은 더욱 엉망이 되었다.

리스튼의 생활은 갑자기 달라졌다.

우선 각종 행사에 빠짐없이 초청되었다. 시민의 날 행사, 불우이웃 돕기 자선 바자회, 거리질서 확립의 행사, 청소년선도를 위한 기금모금회 등등.

다음은 각종 성금과 기증품이 수없이 답지했다. 각계 각층으로부터 온 구두·양복·가구·가전제품 등 물품이 많았지만 현금도 꽤나 많았다.

필라델피아의 부랑아 시절에는 하루 일자리라도 구하는 것 자체가 쉽지도 않았고, 하루 종일 열다섯 통의 잡은 닭을 씻었어도 끼니조차 제대로 해결하지 못한 그로서는 눈이 튀어나올 만한 별천지였다.

그러나 행사에 참석하고 건배잔을 드는 횟수만큼 훈련에 소홀해져 갔고, 성금이 들어오는 것만큼 건방지고 안하무인격인 인물이 되어 갔다.

두려워했던 사람만이 아니라 존경의 대상으로 삼아 왔던 사람들도 함께 없어져 버렸다.

조 루이스나 프로이드 패터슨같이 훌륭한 챔피언이 되겠다는 꿈을 간직했던 리스튼에게 패터슨을 격파한 이후에 오는 것은 자만심이고 착각이었다.

하루는 뉴욕의 투트 레스토랑이라는 고급 식당에서 그가 식사를 하고 있었을 때 사장 투트가 폭력조직의 중간 보스이자 재력가인 소라만즈를 소개시키려고 리스튼의 테이블로 데리고 왔다.

이미 서로 약간의 안면이 있는 사이였는데도 그는 앉은 채로

"나는 식사할 때는 악수를 하지 않습니다."

라고 하면서 쳐다보지도 않았다.

격분해서 돌아서 버렸던 투트는,

"저 새끼 또 오면 절대로 받지 말아."

라고 종업원들에게 소리를 쳤다.

네바다 사막의 신기루

그해 5월초에는 철이른 엄청난 허리케인이 플로리다를 덮쳤다.

가로수가 뽑히고, 승용차가 부숴지고, 지붕이 날아가고……

시합장소로 결정되었던 컨벤션 센터의 꼭대기 3층이 몽땅 무너졌고, 2층도 일부에 피해가 생겼으며, 낙뢰까지 맞았다.

철거까지 고려한 안전진단에 들어가게 되자 급하게 다른 장소를 구하지 않을 수 없게 되었다.

이때 1만 명을 수용할 수 있는 연회장을 '무료로 제공하겠다'고 제의해 온 곳이 라스베이거스에 위치한 던더 버드 호텔이었다.

일반적으로 호텔에서는 연회·집회 등을 개최할 수 있는 연회장을 갖추고 있다.

대지·내장재·인테리어 등의 가격이 높아서 중소규모로 호텔 내부에 설치하는 것과는 달리, 대지비용 등에 대한 부담이 없는 라스베이거스에서는 별도의 건물로 대규모 연회장을 갖추고 있는 경우가 대부분이다.

평시에는 주차장·창고 등의 용도로도 사용이 가능하도록 철

골을 세워서 스탠드와 지붕을 갖춘 형태이며, 시저스 팰리스 호텔의 경우에는 3만 명 선을 수용할 수도 있다.

시합장소가 라스베이거스로 변경되었다는 사실을 사람들은 쉽게 이해하지 못했다. 네바다 사막 한가운데 인공적으로 만든 도시로 거주하고 있는 주민이 거의 없었기 때문이었다.

인구가 많은 큰 도시에서 개최해야만 많은 관중이 모이고 많은 수입을 올릴 수 있는 것으로만 알았기 때문에 이해를 못하는 것이 당연했는지도 몰랐다.

그러나 사람들이 모르고 있던 사이에 이미 TV시대에 접어들었음을 광고수입을 통해서 프로모터들은 알고 있었다.

TV를 매체로 하여 들어오는 광고수입·중계권료 등은 관중들의 입장료는 큰 영향을 미치지 못할 만큼 이미 커져 있었다.

중계권료와 광고수입이 확보되기만 하면 개최장소는 별문제가 아니었다.

상대적으로 낙후된 미국의 중서부 지역을 집중적으로 개발하려고 보니 정중앙에 자리잡은 네바다 사막이 큰 장애가 되었다.

개발의 중심역할을 할 수 있도록 1905년 기차선로를 개통하고 사막의 중앙에 인공적으로 만든 도시였지만, 돈벌이가 될 만한 일자리가 없었고 아이들이 뛰놀 수 있는 놀이터나 쉽게 물건을 살 수 있는 슈퍼마켓조차 없었으니, 사막에서 살겠다고 선뜻 나서는 사람이 없었다.

이쯤되니 당국에서는 속이 탔다. 그래서 파격적인 지원대책을 내놓았다. 쓰지 못하는 사막의 토지는 무상이거나 거의 무상으로 분배했다.

전기료 · 수도료 · 가스료 · 각종 세금 등은 다른 도시에 비해서 2분의 1, 3분의 1 수준으로 할인해 주었다.

특히 관련 산업이 종합되어 있는 호텔에는 더욱 파격적인 지원을 했다. 도로도 닦아 주고, 다리도 놓아 주고, 산이면 깎아 주고, 늪이면 메워 주었다.

다리 놓을 강이 없으면 강을 만들어서라도 메워야 할 늪이 없으면 늪을 만들어서라도 지원을 못해 주어서 난리고 안달을 하는 것 같았다.

최소한의 요건만 갖추면 대규모 호텔의 신축은 식은 죽 먹기와 마찬가지였다. 그러다 보니 자고새면 대형 호텔들이 우후죽순처럼 들어섰다. 던스, 트로피카나, 힐튼, 데저트 인, 스타 더스트, 던드 버드 등등.

방탕한 남녀가 밀회를 즐기는 장소쯤으로 호텔을 알기 쉽지만 그게 그렇지가 않다.

건물이 서야 하고, 전기 · 수도 · 가스 · 엘리베이트 · 냉난방 기기가 들어가야 하며, 그러다 보니 관련 기계공업과 조경 · 식음료 · 세탁업 · 카지노 · 볼링장 · 헬스장 · 사우나 · 수영장 등 부수적인 유관분야의 산업도 발달한다.

또한 이를 유지 · 관리하는 인력의 고용효과도 아주 크다.

사람들이 드문 사막에 많은 대형 호텔이 들어서고 보니 이용자가 거의 없었다. 그래서 이용률을 높이려는 호텔들의 경쟁이 치열했다.

'객실료 50% 할인'은 흔히 볼 수 있는 선전 문구였다.

엄청난 홍보효과가 확실한 '구석기인' 리스튼의 타이틀전 장소를 구한다는 사실이 알려지자 이를 유치하기 위해서 대부분의 호텔들이 사투를 벌였다.

아직 결정되지 않은 리스튼의 트레이닝 캠프를 두고도 알게 모르게 많은 신경을 쓰고 있었다.

호텔들의 경쟁은 삐끼들을 끌어모았다. 끼니조차 제대로 해결하지 못하는 수준에서부터 캐딜락을 굴리는 수준까지의 삐끼들이 라스베이거스에 들끓었다.

던드 버드 호텔 체육부장 애시 레즈닉은 삐끼가 주업이었다.

'리스튼의 트레이닝 캠프는 내가 꼭 유치하고 말거야.'

어려서 소년원을 들락거렸던 그는 농구선수가 되었다. 둔해서 별로 각광을 받지 못했던 차에 급격하게 붙기 시작한 체중이 130kg대에 진입하자 그는 농구계를 떠날 수밖에 없었다.

농구계를 떠난 그는 자리를 잡지 못하여 방황하는 신세가 되었고 빚도 상당히 지게 되었다.

오랫동안 빚을 받지 못한 빚쟁이들이 참다 못해 압류조치를 하자 친구들의 도움으로 얼마간의 빚을 갚기도 했다.

던더 버드 호텔에는 폭력단원이었던 친구 찰리 화이트의 도움으로 오게 되었다.

리스튼은 매니저 잭 니론과 함께 트레이닝 캠프를 알아보기 위해서 라스베이거스에 도착했다.

매니저는 사람이 찾아오지 못하도록 '뚝 떨어져 있는 곳'을 알아보자고 했다.

그들이 머물렀던 곳은 던드 버드 호텔이 아닌 다른 호텔이었는데, 거구의 사내가 찾아왔다고 해서 만나 보았더니 자신을 레즈닉이라고 소개했다.

"챔피언에게 캐시미어 양복을 기증하고 싶습니다. 같이 가서 맞추시겠습니까?"

챔피언이 된 후 구두·양복 등 수없이 많은 기부품을 받아 와서 이미 타성이 생겨버린 리스튼은 별생각없이 그를 따라나섰다.

그들이 도착한 곳은 던드 버드 호텔 내에 있는 양복점이었는데, 뒤에 알게 된 바로는 양복점 주인이 비용을 부담했다고 했다.

자신의 위세도 과시하고 배정된 삐끼 몫도 챙기려는 레즈닉은 호텔 내에 있는 사우나·바·카지노 등으로 안내하며 다니다가는 회의실도 갖추고 있는 스위트룸에 미모의 여인과 함께 그를 투숙시켰다.

다음날 호텔로 돌아온 리스튼에게 매니저가 권했다.

"트레이닝 캠프를 보러 나가자."

"싫어요. 그냥 던드 버드 호텔로 정해요."

카르보가 구속된 이후부터 똘마니들을 우습게 여기기 시작한 리스튼은 챔피언이 되고 난 다음부터는 두려워할 사람들도 없어져 버렸다.

던드 버드 호텔에 트레이닝 캠프를 차린 리스튼은 훈련을 시작했다. 샌드백을 치고 스피드백을 두드리고 매어 놓은 고무줄 피하기 훈련도 했다.

그러나 스파링은 빼먹었고 벤치프레스는 쳐다보지도 않았다.

대신에 최근 들어서 부쩍 열을 올리고 있는 카지노는 늦게 배운 도둑질에 날 새는 줄 모르는 식으로 틈만 나면 매달렸다.

기자들이 패터슨에 대한 작전을 묻자

"이번 시합을 돈 내고 보러 오는 사람들은 바보요. 왜냐하면 지난 1차전 때보다 더 무참하게 날려 버릴 테니까."

라고 대답했다.

다크호스(dark horse)로 떠오르고 있던 클레이에 대한 질문에는

"2라운드요, 1라운드 남짓은 따라다니다가 그 다음에는 날려 버리면 되니까 2라운드면 충분합니다."

그에게는 외형적인 변화보다는 자기 자신을 송두리째 날려 버릴 수 있는 내면적인 변화가 이젠 도를 넘은 것 같았다. 훌륭한 매너가 나약한 것으로 보일까 봐서 걱정하는 사람처럼 언제 어디서나 누구한테라도 윽박지르고 거칠게 굴었다.

사람들은 물론 언론에게도 "나의 과거를 너무 불공평하게 처리한다"고 하며 접촉을 거부했다.

시카고 코미스키 가든에서 발표했던 '공약'이나 필라델피아로 향하던 비행기 안에서 약속했던 그의 각오들은 네바다 사막의 모래 속에 묻어 버린 것 같았다.

던더 버드 호텔의 한 종업원은

"리스튼은 점잖은 사람들과 어울리기에는 너무나 천박하다. 배편으로 아프리카에 실어 보내 버리자. 아니면 미시시피에라도 보내야 된다."라고 말했다.

이러한 말썽과는 반대로 시합에 대한 열기는 점차 식어가고 있었다.

몇시간째 카지노 앞에 앉아 있던 리스튼은 벌써 1천 달러 이상을 잃고 있었다. 지금의 물가로 쳐서도 거금을 잃은 그는 누구한테 하는지도 모르면서 "씨팔" "개새끼"라는 욕을 자주 하고 있었다.

클레이는 트레이너 안젤로 던디와 함께 리스튼과 패터슨 간의 리턴매치가 열리기 며칠 전에 라스베이거스에 도착했다.
시합 시작 직전 전·현 챔피언과 유망주들을 소개하는 순서에 초청을 받아서 왔지만 자신을 부각시키고 싶은 욕심이 있었다.

"저 곰 좀 보세요. 카지노한테도 못 이기는 저 곰 좀 보세요."
갑자기 카지노 입구에서 클레이가 크게 외치는 목소리가 들리자 사람들은 불이 난 줄로 알고 급하게 일어섰다.
리스튼을 놀리는 것인 줄 알아챈 많은 사람들이 "와!" 하고 웃자 그의 분노는 머리 끝까지 올라갔다.
입구에 들어오면서 리스튼이 보이자마자 그냥 놀린 것이었으므로 설령 그가 돈을 땄어도 '카지노한테도 못 이기는 곰'이라고 표현했겠지만, 실제로 못 이기고 있던 리스튼은 참을 수가 없었다.
"너 이 새끼, 이리 와."
"늙은 곰아, 네가 와라."
사람들의 흥미를 끌어서 빨리 타이틀에 도전하고 흥행도 성공시키겠다는 마음 때문에 클레이는 리스튼이 돈을 잃고 기분 나쁜 상태라는 것은 전혀 신경을 쓰지 않았다.
"꺼져, 이 새끼야! 10초 내에 꺼지지 않으면 혀를 뽑아 버릴 테다."

"늙은 곰아, 너나 꺼져라."

순간 벌떡 일어선 리스튼은 클레이의 오른쪽 왼쪽 뺨을 힘껏 갈겨 버렸다.

돈 잃고 기분 좋은 사람은 없는 판에 돈 잃지 않아도 기분 좋을 것 같지 않은 자가 약을 올렸으니 그 손바닥에 얼마나 힘이 들어 갔을까.

얼떨떨해진 클레이는 눈을 똥그랗게 뜨면서,

"시합에 선전이 많이 되겠는걸." 하고 중얼거렸다.

시합에 관한 취재거리가 별로 없던 기자들이 이런 장면을 놓칠 리가 없었다.

다음날 각 신문에는 이 사실이 일제히 보도되었음은 말할 필요도 없다.

시합 직전 주요 매스컴의 복싱전문 기자들의 예상은 4대1로 챔피언 리스튼이 우세한 것으로 나타났다.

패터슨이 1차전 때 너무 약한 모습을 보였고 하이랜드 밀의 캠프에서도 뚜렷한 향상을 보이지 못하자, 그의 승리 가능성이 희박하다고 판단했다.

그러다 보니 입장권 구매희망자도 별로 없어서 시합장인 대연회장을 3분의 1도 못 채울 것으로 예상되었다.

패터슨은 얼마 전에 구입했던 자신의 세스나 경비행기로 시합 2일 전에 라스베이거스에 도착했다.

리턴매치가 열린 던더 버드 호텔의 대연회장에는 3천여 명의 관중들이 자리를 잡고 있었다.

먼저 도전자인 패터슨이 청코너로 입장했을 때 관중들은 힘찬 박수로 맞이했다.

다음에는 챔피언 리스튼이 홍코너로 입장하자

"우……"하는 야유가 일어났다.

초청인사의 소개순서가 되자 굵은 체크무늬 상의를 입은 클레이는 풀쩍 뛰어서 링 안으로 들어갔다.

패터슨과 점잖게 악수를 나눈 다음 리스튼의 코너에 갔을 때 마치 놀라서 넘어지는 것처럼 눈을 똥그랗게 뜨면서 손을 그쪽으로 쭉 뻗었다.

영문을 모르는 채 청코너에서 바라보던 패터슨은 그 모습이 우스꽝스러웠으므로 빙긋이 웃었다.

클레이의 제스처는 '야! 이 늙은 곰아. 카지노장에서 너 내 뺨 때렸어. 곧 KO시켜 주겠어.'라는 뜻이었다.

1라운드 시작을 알리는 종이 울렸지만 패터슨은 싸울 의사가 없는 것 같았다.

30초쯤이나 서로 노려보기만 한 후 리스튼이 레프트 어퍼컷과 라이트 스트레이트로 가격하자 패터슨이 다운되었다.

다시 일어선 그를 이번에는 연타로 침몰시켜 버렸다.

2분 10초!

1차전 때보다 4초가 길었다.

중간에 있은 다운으로 카운트하는 데 걸린 8초까지 포함된 것이므로 사실은 4초가 짧았다.

"우리는 라운드 사이에 교정할 수 있는 내용을 말하려고 했는데 그가 먼저 KO되어 버렸다"고 다마토는 말했다.

시합이 끝났을 때 클레이는 즉시 링 위로 뛰어올라갔다.
하워드 코셀이 들고 있는 마이크 앞으로 가서 그는 외쳤다.
"이것은 시합도 아니다. 리스튼은 멍청이이고 나는 챔피언이
다. 늙은 곰은 내가 처치하겠다."
또한 손가락 여덟 개를 펴 보이면서 "8회전에서 우주로 보내
버리겠다. 놔! 놓으란 말이야. 8회전에서 그를 보내 버리겠어."
리스튼을 향해 돌진하려는 그를 붙잡느라고 경관 3명이 땀을
흘리고 있었다.
리스튼은 눈을 가늘게 뜨고서는 트레이너를 보고
"저 자식을 어떻게 해 버릴까? 다음은 저 자식을 박살내겠소."
라고 나직이 말했다.
이 소동 속에서 언제 떨어졌는지 모르는 신문 한장이 링 위에
나뒹굴고 있었다.
언뜻 보이는 그 신문의 머리기사는 '리스튼의 주먹이 클레이의
입을 언제 막을까?'였다.

패터슨이 링을 내려오자 많은 기자들이 그를 둘러싸고 많은
질문을 했다.
그는 꿈 속을 헤매고 있는 사람처럼 대답의 초점이 맞지 않았
고 대답도 하기 싫어했다.
"나는 복싱을 사랑한다. 이제 28살이므로 복싱을 다시 시작하
겠다. 맨 밑바닥에서 다시 한번 시작하겠다"고 마지못해 밝히는
듯했다.

탈의실로 걸어 온 패터슨은 한번 더 도전하겠다고 말했지만, 그의 어떠한 도전에도 리스튼이 응하리라는 가능성은 전혀 없었다.

빨리 집에 갈 수 있으면서 사람도 마주치지 않기 위해서 구입한 세스나기를 향해 패터슨은 빨리 걸어갔다.

테드 한센이 조종한 세스나기는 중량 초과로 엔진이 과열되어 네바다 사막에 불시착했고 수리 후 다시 출발했다.

뉴욕 집에 도착한 그는 목욕탕으로 들어갔다.

'어째서 똑같은 일이 두 번이나 일어났을까? 내가 아직 챔피언인가? 이게 꿈인가?'

몇 십분이 지나자

"패터슨, 빨리 나와, 무슨 일이야?"

놀란 한센의 목소리와 함께 목욕탕 문을 세게 두드리는 소리가 들렸다.

리스튼이 챔피언에 오르기 열흘 전인 1962년 11월 15일 로스앤젤레스의 메모리얼 스포츠 에리너 경기장에서는 20세의 캐시우스 클레이가 47세의 '링의 교사' 아치 무어를 상대로 하여 10라운드 논 타이틀전을 벌이고 있었다.

47세의 노장 아치 무어, 그는 누구나 만만하게 볼 수 있는 상대가 아니었다.

우선 46세 때까지 라이트헤비급 세계 챔피언이었고, 56년 11월 프로이드 패터슨에게 헤비급 타이틀을 빼앗겼을 때는 41세 때였다.

헤비급과 라이트헤비급을 넘나들면서 챔피언 보유기간 4년 8개월, 총 229전 194승(141KO승) 26패 8무승부의 어마어마한

전적을 보유한 '링 위의 교사'였다.

운동과 가정밖에 몰라서 단 한번의 스캔들도 없었고, 술과 담배도 전연 하지 않는 수도승같은 생활을 해왔다.

철저한 체력관리를 하는 '연습 벌레'로서 확실한 '모범 교사'였고 보면 20살 한창때인 클레이도 쉽게 얕볼 수 있는 상대가 아니었다. 실제로 그는 한때 무어의 지도를 받은 적도 있다.

이 시합은 양선수의 나이 차이가 27살이라는 점에서 주목을 받았다. 이는 현재까지도 깨어지지 않고 있는 기록이다.

예상은 클레이가 3대1로 우세했지만, 노장이 이겼으면 하는 의외성을 바라는 보이지 않는 응원도 많았다.

그러다 보니 두 선수는 TV 인터뷰나 각종 모임 등에 초청받는 기회가 많았고 그때마다 으레 치열한 설전을 펼쳤다.

클레이가 "여러분들은 4라운드 이후에는 집에 돌아갈 것이므로 현관 문을 잠글 필요가 없습니다"고 했을 때

무어는 "4라운드에서 나를 쓰러뜨릴 수 있는 유일한 방법은 클레이 당신이 먼저 창녀 품으로 넘어져 있는 경우뿐이다"라고 되받았다.

클레이는 보디를 치지 않고 상체 부위만 공격하는 선수이다. 보디는 잘 치지 못할 뿐만 아니라, 이를 잘 치는 상대에게는 항상 고전해 왔다.

보디 공격이 능숙한 조 프레이저와의 1975년 10월에 있은 3차전은 헤비급사상 가장 치열한 난타전인 '마닐라의 전율'로 불리는 시합이며, 1차전도 복싱사에 길이 남을 만한 명승부전이었다.

그는 두 시합에서 고전했으며, 1차전에서는 판정패했다. 프레

이저와의 세 차례 시합에서 그는 단 한차례의 보디 공격도 보여 주지 못했다.

체구나 보디 공격이 능숙한 점에서 아치 무어는 프레이저와 닮은 점이 많았다.

1라운드가 시작되자 무어는 접근하려고 더킹 모션(motion)을 취하면서 훅을 노렸고, 클레이가 잽으로 견제하자 그의 펀치는 크게 허공을 갈랐다.

잽을 흘리기 위해서는 상대의 공격을 먼저 파악하고 머리와 상체를 상하 좌우로 흔들어서 거리와 타이밍을 주지 말아야 하는 예비동작이 47살 무어에게는 부담이 되었다.

2라운드에서는 클레이의 잽이 불을 뿜었다.

잽은 자연스러운 상태에서 바로 나가는 1차 공격이므로 훅과 같이 사전에 흘리면서 공격해야 하는 부담이 없다.

대신에 체중이 약하게 실리므로 타격효과가 상대적으로 약한 단점이 있다.

클레이가 잽을 두 번 뻗고난 뒤 왼발을 오른쪽으로 옮기면서 다시 잽을 내밀려고 했을 때, 무어가 재빨리 거리를 좁히면서 라이트 스트레이트 카운터를 관자놀이에 히트시켰다.

클레이가 크게 휘청거렸는데 연타로 연결되었더라면 또 하나의 새로운 기록이 추가될 수도 있었겠지만, 무어는 벌써 상당히 지쳐 있었다.

3라운드에서는 서로 소극전이었고, 4라운드가 시작되자 체력을 비축한 클레이는 작심한 듯 발을 캔버스에 붙이고 걸어나왔다.

KO시키느냐, KO되느냐의 배수진을 친 것이다.

잽 잽이 이어지자, 무어는 고개를 숙이며 끌어안았고 그 상태에서 원투를 휘둘렀으나 헛 스윙이 되고 말았다.

클레이가 오른쪽으로 계속 돌면서 잽에 이은 라이트 어퍼컷을 꽂자 무어의 턱이 '쑥' 하고 올라왔고, 올라온 턱에 빠른 원투 훅을 가격하자 무어는 다운되었다.

레프리의 카운트 이후 링 중앙에서 다시 맞섰을 때 무어가 먼저 클레이의 안면에 오른손 스트레이트를 날렸으나 빗나가는 순간, 바로 클레이의 짧은 스트레이트가 무어의 머리에 터지자 다시 다운되었다.

레프리가 카운트를 시작했을 때 왼쪽으로 몸을 돌리면서 스스로 시합이 끝났음을 인정하는 괴로운 표정을 지었다.

KO가 선언되자 클레이는 따뜻하게 무어를 끌어안았다.

비록 4회 KO승을 거두었다고는 하나 그의 말대로 '세계에서 가장 위대한 복서'가 되기 위해서는 몇가지 아쉬움이 남는 경기였다.

우선 레프트 잽이 미스되었을 때 상대의 카운터에 쉽게 노출되었다. 턱을 그대로 들고 있는 상태에서 잽을 내기 때문인데, 턱을 당겨서 어깨 밑으로 묻으면서 잽을 내어야만 했다.

만약 무어의 카운터가 더 강했거나 연타로 연결되었더라면 KO패도 당할 수 있었다.

한편 완전히 자신이 있는 시합일 경우에는 쉴 틈을 조금도 주지 말고 계속 기술을 연결해서 최단시간 안에 끝내 버리거나,

빨리 끝내지 말고 자신의 기술을 계속 테스트해 보는 '살아 있는 샌드백'으로 활용해야 한다.

스파링이 아닌 정식시합에서 이러한 기회는 쉽게 만날 수 없기 때문이다.

클레이는 3라운드에서는 의기소침한 소극전을 펼쳤고, 4라운드에서는 사력을 다하는 어중간한 모습을 보였다.

다음달 WBA본부에서 발표한 체급별 랭킹에서 그는 헤비급 1위로 올라 있었다. 이후 그는 줄곧 랭킹 1, 2위를 유지했다.

헤비급 랭킹 1위에 오른 다음부터는 더욱더 그의 입에서는 '세계에서 제일 위대한 복서'라는 말이 떨어지지 않았다.

언제 어느 곳을 가든 그는 스스로 '세계에서 제일 위대한 복서'라고 부르고, 소개하고, 말했다.

무어와의 시합이 끝난 2개월 뒤인 1963년 1월 24일에는 펜실베이니아주 피츠버그에서 찰리 파웰과 10라운드 논타이틀전을 벌였다.

그는 전에 미식축구 선수였는데 성질이 고약한 사람이었다.

계체 시에 흔히 있을 수 있는 농담을 했는데도 이에 발끈하여 의자를 집어들고 덤볐다.

격분한 알리는 시합에서 그를 응징하기로 결심했다. 스텝이고 잽이고 없이 스트레이트가 처음부터 속사포같이 나왔다.

숙이면 어퍼컷이 터지고 가까이 붙으면 훅이 날았다. 시합이 아니라 고문이고 체벌이었다.

3라운드에서 KO당한 그를 내려다보면서 외쳤다.

"세계에서 가장 위대한 복서에게 이런 자식이 덤비다니!"

선수대기실에서 누워 있으면서 파웰은 목에서 피를 토하고 있었다.

다시 19일 후인 3월 13일에는 뉴욕 매디슨 스퀘어 가든에서 덕 존스와 논 타이틀 10라운드 시합을 벌였다.

당시 뉴욕시는 대규모 시합들이 대거 라스베이거스로 빠져나감에 따라서 이를 막고자 특히 TV홍보 등 대책 마련에 고심하고 있었다.

따라서 많은 지원과 함께 이번 시합이 언론매체의 초점이 되었고, 클레이는 각종 TV 쇼 등에 많이 초청되었다. 그때마다 그는 "6라운드에서 KO승을 거두겠다"고 호언했다.

체중 체크 때 클레이 91kg 존스 86kg였으며, 2대1로 클레이의 우세가 예상되었다.

1라운드 시작 종이 울린 후 클레이가 트레이드 마크인 그 잽잽으로 공격을 시도했다.

항상 허리춤에 내려진 그의 레프트가 존스의 얼굴이 있던 자리에 닿았을 때는 이미 그의 얼굴은 그곳에 없었다. 없었을 뿐만 아니라, 중심이 약간 흔들리며 왼팔이 그의 어깨에 걸쳐져서 회수하려는 순간마다 존스의 짧은 원투 보디블로가 사정없이 꽂혔다.

보디 공격을 막으려고 오른손을 내리면 레프트 훅이 얼굴에 히트되어 몇번을 휘청거렸다.

관중들의 박수와 환호 속에서 끝난 1, 2라운드는 존스의 확실한 우세였다.

트레이너 던디의 눈은 예리했다. 레프트 잽을 끝까지 던지지 말고 유인용으로 2분의 1 거리만 던지는 척하면서 라이트 스트레이트를 짧게 치라고 지시했다.

3, 4라운드는 클레이 우세.

6라운드가 시작된 후 클레이가 레프트 잽을 칠 때마다 존스는 반박자 느리고 한걸음 앞으로 다가가면서 레프트 보디나 라이트 보디를 쳤다.

보디에 네 번을 연속 가격하자 관중들의 함성은 극에 달했고, 클레이는 레프트 잽을 함부로 낼 엄두를 못 내었다.

그후에는 존스의 원투 공격이 히트되기 시작했고, 클레이는 크게 휘청거렸다.

라운드 중반 존스가 원투를 노렸을 때, 카운터로 노린 라이트 스트레이트가 턱에 꽂힌 이후 존스의 공세가 다소 둔화되었다.

7, 8, 9, 10라운드에서 밀고 당기는 용호상박전 끝에 시합이 종료되었을 때 클레이의 얼굴에는 긴장감이 가득했다.

누구의 손을 들어주어도 무난할 것 같은 시합이었지만 96대95, 96대95, 99대92의 3대0 심판전원 일치로 클레이의 판정승이 선언되었다.

그러자 시합장은 난장판으로 변했다.

"집어치워라."

"시합 다시 해."

"사기다."

관중들은 음료수 병, 종이 컵, 땅콩, 담배 개비를 던지고 종이 비행기를 접어서 날리며 난리를 쳤다.

민망한 꼴을 당한 클레이로서는 한순간 난감했지만, 곧 링 위에 쏟아진 땅콩을 한움큼 주워서 먹기도 하고 뿌리기도 하는 여유를 보였다.

심판의 판정에 말썽이 생기는 경우는 크게 두 가지다.

첫 번째는 심판이 실제로 잘못을 저지른 경우이다.

두 번째는 보는 각도와 선호에 따라 달리 보는 경우이다.

링을 보고 세 변의 중앙지점에 앉아서 채점을 하기 때문에 안 보이는 사각이 있을 수 있고, 아웃복싱(out boxing)을 하는 것을 '밀린다'고 봤을 때는 비록 많은 수의 펀치를 내었더라도 득점으로 인정하지 않을 수도 있다.

3대0인 경우에도 점수가 높고 낮은 이유는 이 때문이다.

그날 밤 개최된 축하연에서 클레이의 표정은 내내 어두웠고 지쳐서 쓰러질 것 같아 보였다.

숙소로 돌아오는 차 안에서 그는 혼자 중얼거렸다.

"내가 진 시합이었어. 내가 말한 그대로 믿는 자들은 바보같은 놈들이야. 나는 슈퍼맨이 아니니까."

이번 시합의 연습이 한창이던 어느 날 클레이가 묵고 있던 호텔에 번디니라고 하는 뺨에 긴 상처가 있는 34살의 흑인 사나이가 찾아왔다.

"나의 본명은 드류 브라운이고 슈가 레이 로빈슨 캠프의 치어리더와 어릿광대 배우를 했습니다."

이야기를 계속 들어 보았더니 프로 골퍼, 마사지사 등 수많은 직업을 거쳤다고 했으며, 정신적인 안정을 얻을 수 있을 뿐만 아니라 시합 결과 예언에도 꼭 필요한 사람일 것 같았다.

"신에게 자신을 매어 두어야만 시합 결과를 예언할 수 있습니다. 이번에 예언한 6라운드 KO승을 거두기 위해서는 더욱 그러합니다."

"당신은 신을 필요로 하고 있습니다. 신과 함께 있을 때만 공포에서 벗어날 수 있습니다."

"신과 함께 있게 되면 당신의 힘은 2배로 되어 상대방과 2대 1로 싸우게 되는 것과 같습니다."

"내 속에는 항상 신이 존재합니다."

링에 오를 때마다 극단적인 공포감을 느끼고 있던 클레이는 특히 몇번이나 예언했던 6라운드 KO승을 거두는 데 도움을 받고자 즉각, 이상한 이름의 직업이기는 했지만, 그를 '사기 앙양사'로 채용했다.

그러나 그 첫 결과는 6라운드 KO승은커녕 관중들이 소동을 일으킨 그대로였다.

클레이는 번디니를 좋아했고 말하면서 노닥거리는 것을 좋아했으며 사기를 높여주는 방법을 좋아했다.

그가 말하는 우주인과 공포영화에 대한 이야기를 좋아했고 그가 갖가지 놀이를 할 줄 아는 것을 좋아했으며 세상에 대해 많이 알고 있는 것을 좋아했다.

이후 사소한 문제가 없었던 것은 아니었지만, 은퇴할 때까지 20년 가까이 남들은 조금도 이해하지 못하는 그러한 관계를 유지했다.

덕 존스와의 졸전을 벌이고 난 3개월 뒤인 6월 18일 영국 런던의 웸블리 스타디움에서는 5만 명의 관중이 운집한 가운데 클레이 대 헨리 쿠퍼와의 열전이 벌어지고 있었다.

관중 중에는 미국의 유명한 여배우 엘리자베스 테일러와 그 일행도 보였다.

쿠퍼는 당시 세계 랭킹 3위였으며 세계에서 레프트 스트레이트와 레프트 훅이 가장 강한 선수라고 알려져 있었다.

1라운드 처음부터 클레이는 주저하지 않고 잽공격을 가했다.

쿠퍼가 로프로 밀어붙이려고 했으나, 그는 빠르게 외곽으로 빠지면서 잽공격을 계속했다.

한방을 노리고 계속 밀어붙이던 쿠퍼는 4라운드 종반 드디어 클레이를 코너로 몰고서는 강력한 레프트 훅을 터뜨려서 다운시켰다.

레프리 토미 리틀이 카운트 8을 센 후 다시 경기를 재개시킬 무렵 종료 종이 울렸다.

자신의 코너로 돌아가는 클레이의 다리가 크게 떨리고 있었다.

다운당한 선수에게 가장 필요한 것은 회복시간이며, 그 시간이 길수록 충격에서 벗어나기 쉽다.

종료 직전에 다운되어 휴식시간과 연결된 것이 그에게는 행운이었다.

게다가 던디가 클레이의 글러브 실밥이 터진 것을 발견했다.

1분의 휴식시간이 거의 다 지난 후 5라운드가 시작되기 직전 레프리에게 이 사실을 알렸다.

"레프리, 레프리."

레프리는 즉각 본부석에 "타임"을 요청하고 새 글러브를 받아서 갈아끼도록 던디에게 건넸다.

글러브를 벗고 새로 갈아끼는 데는 제법 시간이 걸린다.

끈을 전부 풀어야 하며, 오픈블로 시 상처가 생기지 않도록 끈매듭이 손등에 오게 매고 너풀거리지 않도록 글러브 안쪽으로 끈을 집어넣어야 하기 때문이다.

의도적으로 시간을 늦추려고 들면 상당한 시간도 늦출 수가 있게 된다.

클레이는 다운의 충격에서 말끔히 벗어난 상태에서 5라운드를 맞았다.

간혹 훅을 섞으면서 빠른 잽과 스트레이트로 공략하던 클레이는 중반쯤 쿠퍼의 양미간에 큰 상처를 내었다.

상처에서 흘러나온 많은 피가 쿠퍼의 양눈으로 번지고 시야를 가리게 되자 레프리가 경기를 중단시켰다.

시합 전에 "헨리 쿠퍼가 아닌 최근에 우주를 비행한 우주인 '고든 쿠퍼'로 이름을 바꾸게 만들겠다"던 그 5라운드였다.

제4장
영광의 대장정

어둠을 비추는 불빛

리스튼이 2차전에서도 패터슨을 KO로 눕혀 버리자 사람들은 차라리 할말을 잃고 멍해졌다.

"저건 분명히 사람이 아닌 사람이다."

복싱의 흥행면에서만 보면 강자가 없어도 곤란하지만, 너무 강해서 도전하려는 선수가 없는 것도 곤란하다.

랭킹 1, 2위를 오르내리던 3년 동안 자신을 피하려고 그토록 애써왔던 챔피언 패터슨을 합계 4분 16초 만에 두 번이나 무참한 KO로 물리친 리스튼에게 감히 도전하려는 선수는 적어도 그 당시에는 없었다.

리스튼은 패터슨과의 2차전 때는 챔피언으로서 100만 달러를 받았다.

앞으로의 방어전은 100만 달러가 아니라 최소한 200만, 300만 달러 이상이 보장되는데 도전자가 없다니!

리스튼의 입 안은 타들어가기 시작했다.

"자식들, 덤비지 않아서 이거 어떻게 해 버릴까?"

이런 리스튼에게도 되도록이면 피하고 싶은 껄끄러운 상대가 딱 한명 있었다.

랭킹 1위인 바로 캐시우스 클레이였다.

우선 '주먹'보다도 '입'이 싫었고 두려웠다.

"나는 세상에서 제일 위대한 투사이다."

"나는 세상에서 제일 위대한 시인이다."

"나는 세상에서 제일 위대한 예언가이다."

"나는 다음의 세계 챔피언이다."

단순하고 거칠게만 살아온 리스튼은 비슷비슷하게 들리는 말의 뜻이 잘 구별되지도 않았고 구별하기도 싫었다.

더구나 랭킹 1위에 오른 다음부터는 자신을 가리켜서 항상 '늙고 못생긴 곰'이라고 부르는 데 리스튼은 신경이 날카로워져 있었다.

'이 자식을 언제든지 한번은 꼭 박살내야만 하는데……'

기회를 노리고 있던 리스튼에게 희소식이 날아들었다.

3월 13일 매디슨 스퀘어 가든에서 관중들이 소동을 일으켰을 정도로 졸전을 했다기에 이를 확인하고자 6월 18일 영국의 웸블리 스타디움에는 매니저 잭 니론을 파견했었다.

그가 전한 바에 의하면 라운드 종료가 아니었으면 KO로 졌을 것이고, 글러브 교체만 아니었어도 확실하게 졌을 것이라는 희소식이었다.

'이참에 말 많은 놈을 아예 날려 버리자. 그리고 최소한 200만~300만 달러 정도가 될 거금도 챙겨야지.'

이미 리스튼의 눈에는 돈 뭉치가 보였고, 패터슨처럼 박살나는 클레이의 모습도 보였다.

리스튼과 클레이 간의 세계 타이틀전은 급속하게 추진되기 시작했다.

캐시우스 마르세르스 클레이는 1942년 1월 17일 켄터키주 루이스빌에서 태어났다.

그의 부친은 성화나 풍경화도 그리는 간판 그리는 사람이었고, 모친은 부업으로 상류가정의 빨래나 부엌일도 거들었다.

루이스빌은 미시시피강의 지류를 끼고 넓게 펼쳐진 구릉 위에 위치한 도시이다.

동쪽구역은 주로 백인들이 사는 부촌이었고, 남쪽구역은 가난한 흑인들이 살았다.

서쪽구역은 흑인 중에서도 중류층들이 많이 살고 있었는데 당시는 비포장도로나 판자집도 많았다.

클레이 부친은 그가 20대였을 때 이곳 서쪽구역에 마당이 딸린 조그만 단층집을 구입해서 계속 살고 있었다.

동생 루디는 1944년생이며, 집안형편은 두 형제를 별다른 어려움없이 키울 만한 수준이었다.

"그 집 형제들은 항상 깨끗한 옷을 입고 다녔어요. 먹는 것도 좋은 것 같았고요."

인근 슈퍼마켓 주인 할머니가 설명한 말이었다.

블랙 무슬림이 된 다음 개명할 때 스스로 클레이는 노예이름이라고 말했지만 그의 부친은 오히려 가문의 유래를 자랑했었다.

"우리 가문은 노예가 아니다"고 항상 말했다.

캐시우스 클레이는 19세기 켄터키주 농부였다.

그는 많은 노예와 화이트 홀이라는 농장을 상속받았고 멕시코와의 전쟁에서는 말단 지휘관으로 복무했다.

전쟁에서 귀환했을 때 노예해방론자가 된 클레이는 켄터키주에서 최초로 농장을 딸려서 자신의 노예들을 해방시켰다.

항상 고고한 자세와 신체적 건강도 함께 유지했던 그는 84세 때 15세인 소녀와 결혼도 했다.

"클레이로부터 재산도 받고 해방되었으므로 우리 할아버지는 노예가 아니다."

클레이는 부친으로부터 이런 말을 항상 듣고 자랐다.

모친 오데사 쪽은 혈통이 좀 복잡했다.

오데사 리 그래디의 조부는 두 명이었는데 흑인과는 거리가 있었다.

한명은 아일랜드 이주민인 애브 그래디였고, 또 다른 한명은 백인과 흑인노예 사이에서 태어난 톰모리 헤드였다.

애브 그래디는 아일랜드 왕손(王孫)이라는 주장도 있으나 확인되지는 않았고, 클레이가 백인의 얼굴형을 가진 것은 이러한 이유인 것으로 추정되었다.

조모는 흑인이었는데, 이들의 아들인 오데사의 부친은 흑인인 모친과 결혼했다.

오데사는 상냥하고 깨끗한 피부와 둥근형의 얼굴을 가지고 있었다.

매주 일요일에는 빠짐없이 두 아들을 교회에 보냈고 열심히

공부하고 어른들을 공경하도록 가르쳤다

뒷날 클레이는 백인 피가 섞인 것은 '강간' 때문인 것으로 추정된다고 말한 적이 있다.

클레이의 부친은 다양한 취미를 가진 열정적인 성격이었다.

부지런하면서 허풍쟁이이고 이야기꾼이었으며 멋쟁이이고 운동애호가였다.

간판장이의 수입이 거의 없는 상태였고 보면 그는 아무 일이나 닥치는 대로 낮이고 밤이고 가리지 않고 하지 않을 수가 없었다.

그의 이야기는 주제·내용·대상·시간에 제한없이 다른 사람이 중단시킬 때까지 계속되었다.

항상 백구두를 신었고 푸른 셔츠를 입었으며

"나는 절대로 안 늙어!"

라는 말을 하곤 했다.

그러나 술을 좋아하고 이로 인한 폭력이 항상 문제였다.

루이스빌 경찰서에 폭력 등으로 7~8차례 입건된 적이 있었고, 오데사가 '남편이 때린다'고 신고했던 적이 부지기수였으며, 한때는 별거를 요구하기도 했었다.

밤새워 이 술집 저 술집으로 옮겨다녔고, 한번은 여자로부터 칼에 찔려서 자신의 와이셔츠를 피로 흥건히 적시기도 했다.

클레이는 이러한 문제로 어려서는 많은 고민을 했지만 성장한 이후에는 애써 언급을 피하려고 노력했다.

꼭 답변을 해야 했던 경우에는 "우리 아버지는 플레이 보이였어요" 정도였다.

어려서부터 같이 자랐던 한 친구는

"어렸을 때는 이 문제로 마음의 상처가 큰 것 같았지만 아무런 말을 안했어요, 커서는 이를 극복해 나가려는 똑똑하고 매력적인 성숙함을 보이더군요."

라고 칭찬했다.

클레이의 부친은 자식들에게 간혹 "백인들이 내가 훌륭한 예술가가 되는 것을 막았다"고 불평했지만, 크게 원한을 가지는 정도는 아닌 것 같았다.

"무슬림이 자식을 세뇌시켜서 뺏아갔다"고 비난한 적도 있지만, 흑인의 긍지를 고취하는 무슬림의 만찬장에는 자주 참석했다.

특히 엘리자 모하메드의 이상적인 선지자 중의 한사람이며 흑인 민족주의자인 마르크스 가비를 존경했다.

비록 가비의 조직원은 아니었지만 흑인의 자존심과 자립을 요구하는 그를 흠모했다.

클레이가(家)는 친가·외가 다 모이면 대가족이 되었다.

어렸을 때 그는 예쁘고 이야기 잘하고 붙임성이 있어서 모든 친척들의 사랑을 받았다.

"쟤는 무엇이든지 열심히 이야기하려고 했어요. 그 다음에는 꼭 '알겠어?' 하고 물었지요. 그러면 모두들 웃음바다가 되곤 했답니다."

라고 오데사는 회고했다.

"알아들은 것 같으면 고개를 끄떡거린 다음 다시 말을 빨리 했는데 마치 번개같았어요"라는 설명도 덧붙였다.

클레이의 부친도

"쟤는 무엇이든지 이야깃거리를 찾아서 일장연설을 했답니다. 학교에 갓 입학했을 때인가 나갔다가 집에 와 보니 수십 명의 아이들이 쟤의 연설을 듣느라고 넋을 잃고 있었어요. 식사때인 데도 그러고 있길래 돌려보냈던 적이 있지요."

라고 거들었다.

태어났을 때부터 클레이는 잠시도 앉아 있지를 못하는 어린애 였다.

생후 6개월쯤 되었을 때 오데사의 입을 주먹으로 쳤는데 앞니 가 흔들거리고 옆니까지 못 쓰게 되어서 결국 이빨 두 개를 뽑 았다고 했다.

"쟤의 첫 KO펀치는 내 입에 가격한 것이었지요."

오데사가 웃으며 말했다

당시 켄터키주, 그중에서도 루이스빌은 흑인차별이 심하게 남 아 있었던 편이었다.

미시시피주나 알라바마주에 비해서는 덜했더라도, 상점이나 호텔 등에서도 심한 차별을 당했다. 통합의 기미가 약간 있기는 했지만 학교도 사실상 흑백이 구분되었다.

백인상점과 흑인상점이 따로 있었으며, 백인공원과 흑인공원 이 별도로 있었다.

극장도 백인극장과 흑인극장으로 구분되어 있었으며, 한 극장 내에서도 잘 보이는 곳은 백인석, 잘 안보이는 곳은 흑인석으로 나누어져 있었다.

대중교통도 앞좌석은 백인석, 뒷좌석은 흑인석이었다.

그러다 보니 루이스빌 속에서 '흑인 루이스빌'과 '백인 루이스빌'이 존재했던 셈이었다.

이러한 사회적인 여건 속에서 클레이는 자연적으로 흑인과 그 차별을 보고, 듣고, 알면서 자랐다.

부친이 참석하는 만찬연설회에 함께 가지 않았더라도 인종과 그 관련 문제들을 자연스럽게 깨닫게 되었다.

불과 네 살이었을 때 그는 오데사에게

"엄마, 버스를 타면 흑인 대접을 받아요? 백인 대접을 받아요?"하고 질문했다.

다섯 살 때는 "아빠 채소가게에 가도 주인은 백인이고 약국에 가도 주인은 백인이며 버스기사도 백인인데, 흑인은 뭘 해요?"라고 물었다.

인종분리 정책이 사회전반에 걸쳐서 무관심 속에 남아 있는 것도, 모친 오데사가 시내 식당에서 물을 마시려다 쫓겨났던 것도, 사탕 하나를 사도 흑인상점에만 가야 했던 것도, 모두 어린 클레이가 인식하기 시작했고 그의 마음에 상처를 주었다.

그는 기회가 있을 때마다 "열 살 때부터는 '왜 흑인이 이렇게 고통을 받아야만 하는가?'라는 생각에 밤에 잠을 못 잤고, 침대에 누워서 울었다"라고 말하기도 했다.

1955년 미시시피주의 소도시인 머니에서 엠메트 틸이라는 14살 흑인 소년이 살해된 사건이 발생했다.

그는 시카고에서 살고 있었는데 이곳 친척집에 잠시 놀러왔었다. 이곳에서 같은 또래들과 어울리면서 이곳저곳에 몰려다녔고, 하루는 식품점 앞에서 놀던 중 그의 백인 여자친구 사진을 보여 주면서 자랑을 했다.

은근히 질투심이 났던 친구들이, "저 안에도 백인 여자가 근무하고 있다"고 하면서 말을 붙여 보도록 부추기자 감히 들어가서 말을 붙였고, 나올 때 "잘 있어"라고 말했다.

며칠 후 그는 잠자고 있던 한밤중에 그녀의 남편 등 남자 두 명에게 끌려 나갔다.

"깜둥이 주제에 이 조그만 새끼가. 빌어!"

무수한 발길질과 주먹이 날아왔어도 소년이 빌기를 거절하자 그의 머리에 총을 쏴서 사살하고는 시체의 목에 끈을 묶어서 부근 강물에 던져 버렸다.

짓이겨진 소년의 얼굴이 흑인 신문에만 게재되었고, 기소된 그녀의 남편 등은 배심원 전원이 백인으로 구성된 법정에서 바로 석방되어 버렸다.

이 사실이 알려지자 클레이 부친은 격분했다.

누구한테 하는지도 모르는 욕설을 하기도 했고 화를 내기도 했으며 클레이에게 그 내용을 이야기해 주기도 했다.

자신과 비슷한 나이였던 이 소년의 죽음은 클레이에게 엄청난 충격을 주었고 많은 생각에 빠지도록 만들었다.

이런 꼴을 당하지 않으려면 루이스빌이 아닌 '넓은 세상으로 나가야 한다'는 강한 의지를 가지게 되었다.

뒷날 "왜 복싱선수가 되었느냐?"는 질문을 받았을 때마다 그는

"많은 한계가 있는 흑인인 입장에서는 이 나라에서 성공할 수 있는 가장 빠른 길이라고 생각했기 때문입니다."
라고 주저없이 대답했다.

계속해서 그는 다음의 설명도 덧붙였다.

"나는 공부를 잘하지 못해서 대학이나 고등교육을 받는 것은 물론, 각종 시험에 합격하고 갖가지 자격증을 따는 데는 이미 문제가 많았습니다, 미식축구나 야구를 할 정도로 빠르지도 못했습니다……. 그렇다고 술 마시고 담배 피우면서 길거리를 배회하는 것도 너무 무의미하다는 생각이 들었습니다.

뭔가 남기고 이루려고 애쓰다 보니 체육관에 가서 운동하고 복싱선수가 될 수밖에 없었습니다. 프로 선수가 되어 계속 이기기만 하면 다른 종목보다 많은 돈을 벌 수 있을 것도 같았고요. 복싱 외의 다른 일에는 전혀 관심이 가지 않았습니다."

복싱 글러브 그리고 끈

"앗! 아니, 내 자전거가 어디 갔어?"

자전거 보관장소에 자물쇠를 채워서 세워 두었던 자전거가 감쪽같이 없어져 버린 것을 발견한 클레이는 기가 막혔다.

"새로 산 자전거인데, 엉엉……"

아깝고 분한 마음에 다른 사람이 있는지 없는지도 모르고 클레이는 큰 소리로 울기 시작했다.

"울지 마, 울지 마."

같이 온 동네친구 브라운이 달랬지만 좀체로 진정되지 않았다.

얼마 전에 브라운이 새 자전거를 타고 다니자 클레이가 부러워하는 것을 본 부친이 며칠을 벼르다가 그저께 사준 것이었다.

새 자전거를 자랑하고 싶어서 좀이 쑤시던 참에 공짜로 아이스크림도 주고 팝콘도 준다는 '바자회가 있다'는 말을 듣자마자 브라운과 함께 즉각 이곳으로 달려왔다.

볼 것도 많았던 데다가 먹는 재미에 **빠졌던** 두 소년은 시간이 가는 줄도 모르고 행사장 구석구석을 이리 갔다가 저리 갔다가

하면서 놀았다.

콜럼비아 공회당에서 열리고 있는 바자회는 다른 해와 마찬가지로 루이스빌 흑인상인회에서 주최하고 있었다.

자전거를 찾겠다고 울면서 이리저리 헤매고 다니는 클레이가 측은해 보였던지 마음씨 좋게 생긴 아주머니가 불렀다.

"애, 너 자전거 잃어버렸니?"

"예."

"저기 가면 경찰관 아저씨가 있어, 한번 가보렴."

그 아주머니가 가리키는 곳은 지하 1층 복싱 체육관이었다.

조 마틴 경사는 복싱 체육관 관장이기도 했다.

그는 만사태평인 마음을 가졌으며 여가시간을 '유익하게 보낸다'는 생각으로 체육관을 운영하고 있었다.

집안형편도 부유한 편이었고 정년이 얼마 남지 않은 지금까지 한번도 승진시험을 치른 적이 없었으나, 복싱에 대한 열의는 남달랐다.

어렸을 때 운동을 하면 적어도 자신의 주업무 대상인 범죄자는 되지 않는다는 확신 아래 형편이 곤란한 회원에게는 회비를 면제하면서까지 복싱을 권장하고 있었다.

클레이의 이야기를 쭉 다 듣고 난 다음 마틴이 물었다.

"꼭 그 녀석을 혼내 주고 싶니?"

"그럼요. 반쯤 죽여 놓을래요."

"너 싸움 잘하니?"

"잘하지 못해요."

"그렇다면 집에 가든지 여기서 복싱을 배우든지 해야지."

"저 복싱 배우겠어요!"

"그러면 오늘은 구경만 하고 내일부터 배우도록 하자. 참, 너 몇 살이니?"

마틴은 나이가 가장 중요한 문제인 것처럼 큰 소리로 물었다.

"열두 살요."

"이상하다. 맞는데……"

체육관 문을 닫으면서 오후에 본 것 같은데 아직도 운동을 하고 있는 녀석을 보자 마틴 경사는 잘못 보았는가 싶은 생각이 들었다.

"너 몇 시에 왔니?"

"오후 네 시쯤 왔는데요."

입관한 이후 2주일이 넘었는데 계속 밤 9시 문 닫을 때까지 운동하는 녀석을 당연히 주시하게 되었다.

"넌 아침 운동은 안 하니?"

"5km 정도 뛰어요"

"몇 시부터 뛰는데?"

"다섯 시부터 시작해요."

어! 뭐 이런 녀석이 있어?

"안 피곤하니?"

"괜찮아요. 재미있는데요, 뭐."

동료들과 항상 잘 어울리고 덤벨 등 운동기구나 신발 등 비품의 정리를 시켜도 한번도 불평을 하지 않기에 대단하다고는 생각했다.

그러나 나이가 어려서 적당하게만 운동하는 줄 알았는데 그게 아니었다.

'독한 녀석인가 보다. 이젠 자전거 도둑은 죽었다.'

그 독한 녀석은 캐시우스 클레이였다.

껑충 큰 키에 근육은 없었어도 주먹이 안 보일 지경이었다.

펀치볼은 전후좌우 사방팔방으로 움직이기 때문에, 훅·스트 레이트·어퍼컷 등을 섞어서 마음대로 치려면 최소한 3개월 정 도 수련하지 않으면 안 된다.

그런데 요즘 보았더니 어느틈엔가 그는 별로 흠잡을 데 없이 펀치볼도 치고 있었다.

"잘하면 한 달 뒤 시장배 시합에 나가도 되겠다."

루이스빌 시장배 시합은 시합이라기보다는 복싱 체육관 간의 '친선 스파링 대회'였다.

불규칙하게 개최되는 체육관 대 체육관의 스파링을 봄 가을로 시기를 고정하고 시내의 전 체육관으로 확대하면서 시청으로부 터 '트로피를 구해다 놓은' 그런 수준이었다.

그 시합에도 클레이보고 출전하라는 권유가 아니라 열심히 하 니 '기특하다'는 뜻으로 그냥 해보는 단순한 혼잣말이었다.

시장배 시합의 첫 상대는 론니 오키프였다.

체중은 둘 다 39kg, 1분 3라운드 시합이었다.

헤비급 세계 타이틀전에서도 10온스인데 14온스 글러브를 낀 소년이 얼굴을 가렸을 때는 완전한 '글러브 얼굴'이 되기도 했다.

주먹이 포물선을 그렸다가는 원을 그리고 손바닥으로 때렸다가는 손등으로 때리고, 껴안고, 밀고, 당기고……, 파울이란 파울은 다 볼 수 있는 그런 시합이었다.

머리와 주먹이 함께 얼떨떨하도록 치고받은 뒤 두 소년은 심판과 함께 본부석을 보고 나란히 섰다.

"청코너"

짧은 발표가 나옴과 동시에 주심이 그의 손을 들어 주는 순간 그는 펄쩍펄쩍 뛰면서 "역사상 가장 위대한 선수가 되겠다!"라고 소리쳤다.

모여있던 체육관 관원과 관계자들은 손가락으로 꼽을 정도였던 일반관중들과 함께 모두들 깜짝 놀랐으나 웃지는 않았다.

뭔가 웃어버릴 수만은 없는 그런 분위기를 느끼고 있었다.

"2대1 판정승"이라는 발표는 클레이가 소리친 다음에 흘러 나왔다.

클레이는 복싱에서 기본이 되는 스피드·용감성·집중력 등에서 많은 장점을 갖추고 있었다.

우선 스피드에서 단연 발군이었다. 발의 움직임이 빨라서 항상 체중을 쉽게 옮겼으므로 타격의 강도가 높았으며, 안정된 자세에서 상대의 공격을 쉽게 피해 버렸다.

상대방 움직임의 시간과 거리에 맞추어 내미는 잽은 정확하고 빨랐으며 스트레이트와 구별이 안될 때가 많았다.

상대의 반격이 나올 때는 주먹과 어깨를 동시에 본 후 즉시 상체를 뒤로 젖혀서 사정권 밖으로 피해 버렸다.

다음은 그의 용감성이었다.

그는 아무리 강한 상대에게도 먼저 겁을 먹지 않았고, 위기 때도 효과적인 방법을 찾아서 반격하는 용감성을 갖추고 있었다.

이는 즉각 반격을 안길 수 있다는 자신감에서 나온 결과였다.

후반기 시장배 시합 때 애기아빠인 스물한 살의 조지 킹과 대전하게 되자 그에게 다가가서 잽을 뻗어 보이며 "나의 이 잽을 당신이 막을 수 있겠소?" 하고 놀렸던 것은 전혀 겁이 없었음을 보여준 것이다.

또한 그는 절대로 눈을 감거나 깜박거리지 않았다. 복싱에서 맨 처음 또한 가장 중요하게 강조하는 기술은 눈을 감지 말라는 주문이다. 눈을 감지 않아야만 상대를 정확하게 볼 수 있고 효과적인 공격과 방어가 이루어질 수 있기 때문이다.

미리 겁을 먹은 선수는 자신이 갖고 있는 능력을 발휘할 수 없게 된다. 리스튼전 때의 패터슨이 그랬고, 알리전 때의 포먼이 그랬다.

가격을 당했을 때 화를 내거나 어쩔 줄 모르는 사람도 용감한 사람이 아니다.

그는 복싱 하나에만 모든 역량을 집중했다.

호기심이 생기기 마련인 담배·술 등은 입에 대지도 않았고 여학생을 집적거리지도 않았으며 링 외에서는 남과 싸움을 하지도 않았다.

사실상 체육관에 살다시피 하면서 트레이닝과 스파링에만 전념했다.

마늘을 담근 음료수병을 가지고 다니면서 '혈압과 스태미나에 좋은 식품'이라고 자랑했으며, 영양에 무척 신경을 썼다.

식사량이 많아서 점심은 2인분을 먹었고 체육관의 운동 중간에 간식을 먹었다.

체육관에 등록하고 난 후 두 달 뒤에 얻은 별명은 '루이스빌에서 가장 열심히 운동하는 소년'이었다.

엘리아사 스윈트라는 예쁜 여학생과 데이트를 했을 때는 고등학교 1학년이었던 열다섯 살 때였다.

데이트를 하면서도 그는 패터슨에게만 관심이 있었고, 그녀의 옷과 머리가 어제와 어떻게 달라진 데 대해서는 무관심한 듯했다.

운동할 시간이 되면 어김없이 체육관으로 돌아갔다.

"관심이 식어 가던 때인 어느 날 그가 키스를 요구했어요. 그러나 키스할 줄도 몰랐어요. 내가 가르쳐 주었더니 마치 기절하는 것 같았어요"

그녀가 얼굴을 붉히면서 알려 주었다.

키스는 할 줄 몰랐어도 이 무렵에는 골든 글러브 대회에서 우승하는 등 그의 실력은 일취월장하고 있었다.

마틴이 가르쳐 주기 이전에 스스로 기술을 개발하고 전략을 세우고 이를 실천해 나갔으며 돌발상황에도 능숙하게 대처해 나갔다.

꽤 알려진 트레이너 안젤로 던디와 라이트헤비급 선수 윌리 패스트라노가 존 호만과 대결차 루이스빌에 왔을 때 클레이는 무작정 그들을 찾아갔다.

"저는 골든 글러브 대회 챔피언 캐시우스 클레이입니다."

그는 동생 루디와 함께 갔었는데 트레이닝, 테크닉, 다른 선수 동향과 올림픽 등 갖가지 화제에 대해 끊임없이 질문을 해대었다.

2년 후 그들이 아론즈 존슨과 대결차 루이스빌에 오자 클레이는 다시 찾아갔다. 이번에는 이야기를 하려는 것이 아니라 패스트라노와 스파링을 시켜달라는 부탁을 하기 위해서였다.

던디는 자신의 선수가 질까 봐서가 아니라 프로와 아마추어의 차이도 있고 별 의의가 없어서 달가워 하지 않았다.

그랬더니 매일 운동 중인 체육관에 나타나서는 스파링을 시켜달라고 계속 졸라대었다.

"하도 열성적이어서 두 라운드만 하도록 했더니 아, 글쎄 굉장했습니다. 치고 빠지고 빠지고 치고 그렇게나 빠르리라고는 생각도 못했습니다."
라고 던디가 감탄했다.

누구나 칠 수는 있지만 클레이는 남이 칠 수 없고 남이 못 치는 것을 쳤다. 남이 안 치리라고 생각할 때 쳤고, 치리라고 생각할 때 안 쳤다.

패스트라노가 링을 내려왔을 때 던디가 "어때 괜찮지?" 하고 묻자 "저 새끼한테 혼났어요" 하고 툴툴거렸다.

클레이는 흑인 학교인 중앙고등학교에 입학한 이후 성적불량으로 퇴학조치가 불가피해진 입장이 되었다.

이를 결정하는 징계위원회에서 애트 우드 윌슨 교장은 적극적으로 클레이를 감쌌다.

골든 글러브 대회 챔피언이기는 했지만, 윌슨 교장에게도 그가 모범적이고 이상적인 학생인 것만은 아니었다.

그러나 새벽에 일어나서 땀복을 입고서 거리를 달리는 열성과 열성을 갖고 한 일은 주저함이 없이 자랑도 하는 당당함에 감동했던 것이다.

인근에서 제일 거칠고 그보다 20kg 가까이 더 무거운 찰스 베이커는 깨뜨려 버렸지만, 링 외에서는 절대로 싸움을 하지 않았던 것도 윌슨 교장은 알고 있었다.

학교 명예를 빛냈다는 점 등이 참작이 되어 그는 퇴학을 면하게 되었다.

이후 클레이와 마주칠 때는

"어이구! 수백만 달러짜리 차기 세계 헤비급 챔피언이시구먼."

이라며 끌어안기도 했다.

3년 후 졸업식이 다가왔을 무렵 성적을 중시하는 학교방침에 따라서 몇몇 교사들은 클레이에게 졸업장을 수여하는 문제에 이의를 제기했다.

음악실에서 개최된 사정위원회에서 윌슨 교장은 일장연설을 했다.

"어느 날 우리가 유명해지는 가장 큰 자격은 클레이를 알고 그를 '가르쳤다'는 것이 될 것이다. 나는 그가 졸업도 못한 학교의 교장이 되고 싶지 않다. 그는 하루아침에 나와 우리 학교 모든 선생님들의 1년치 봉급보다도 더 많은 돈을 벌게 될 것이다."

몇몇 교사들이 동의하는 빛을 보이지 않자 계속해서

"졸업을 못하게 되면 실패도 못하게 된다. 학교 안에서는 실패할 것도 없다. 나는 그를 '가르쳤다'는 말을 가장 듣고 싶다."

고 열변을 토하자 참석한 교사들은 마지못해 동의를 했다.

사실상 이는 스타 플레이어에 대한 학교측의 배려조치였을 뿐 윌슨 교장의 개인적인 편견은 아니었다.

1960년 6월 졸업 당시 그의 성적은 391명 중 376등이었다.

약 두 달 후에 개최된 로마 올림픽의 라이트헤비급에서 금메달을 딸 때까지 클레이는 100승 8패라는 놀랍고도 많은 아마추어 전적을 기록했다.

여기에는 골든 글러버 대회 우승 두 번, 전국 아마추어 선수권 대회 우승 두 번이 포함된다.

평일 낮에 개최되는 아마추어 시합에서 이만한 전적을 거둔 것은 정말 놀라운 일이다.

프로 복싱은 정해진 일시에 정해진 상대와 한번의 시합만 하면 되지만, 아마추어 시합은 각 체급에서 많은 선수가 한꺼번에 참가하기 때문에 낮시간에 개최해야 하고 날짜와 시간이 많이 걸린다.

체급 수는 중등부·여자부·고등부는 각각 14개 체급, 대학일반부는 11개 체급이다.

각종 대회는 각 부를 혼성하거나 간혹 단독으로 연간 평균 5~10개 정도 개최되며 각 대회별로 예선전은 별도로 개최되기도 한다. 일반적으로 참가선수는 체급별 5~20명, 전체는 100~200명 정도이다.

선수보호 차원에서 하루에 두 번 경기를 하는 더블헤드는 가급적 피하고 전체 출전선수를 통합하여 진행하기 때문에 보통 5~6일 정도 걸린다.

각 대회에서 각각 3전 전후의 전적을 쌓는 경우 108전을 기록하기 위해서는 6년 동안 최대 260일 이상이 소요된다.

이를 모두 결석했다고 간주할 때 클레이가 글을 읽는 데 애로가 있다는 것은 이상한 일이 아니라 당연한 일인지도 모른다.

학교 문제만을 놓고 본다면 정해진 시간에 한번만 시합을 하게 되는 프로 선수가 시간상 유리할 수가 있다.

올림픽의 정복

　세계 챔피언이 프로 복서의 꿈이듯이 올림픽 금메달은 아마추어 선수에게는 최고의 목표이다.

　1960년 3월 미국 올림픽 대표팀 복싱 최종선발전이 시카고에서 열리고 있었다.
　모두 1~4차 선발전에서 입상한 선수들이어서 그 실력이 만만치 않았다.
　클레이와 1회전에서 맞붙은 지미 존스는 3차 선발전에서 3승 2KO승을 거둔 강타자였다.
　시합 당일 존스가 보이자 그가 들을 수 있는 큰 목소리로 마틴에게 물었다.
　"선생님, 오늘 바쁘세요?"
　"아니 별로…… 왜?"
　"바쁘시다면 저 친구를 1라운드 안에 KO시켜 버리고, 아니면 3라운드까지 데리고 놀려고요."
　"바쁘지 않아."

클레이는 3라운드 판정승을 거두었다.

나중에 "왜 그런 쇼를 했느냐?"고 마틴이 묻자,

"두 가지 목적이 있습니다. 첫째는 상대가 겁을 먹게 만드는 것입니다. 둘째는 나에게 대한 관심을 끌게 만드는 것입니다." 라고 대답했다.

마틴이 지도는커녕 언급조차 안했던 일을 클레이는 스스로 연구하여 자신의 전략으로 개발했던 것이다.

1960년은 동서냉전의 골이 깊어져서 모든 분야에서 미국과 소련의 대결이 극에 달했던 시기였다.

베를린 장벽은 더욱 굳어져 갔고, 쿠바의 공산정권은 미국의 안방격인 위치에 미사일을 배치하기 시작했다.

올림픽은 사랑과 평화의 제전이 아닌 국력과시를 위한 일종의 전쟁터가 되어 버렸다.

8월 25일부터 9월 11일까지 개최되는 제17회 로마 올림픽을 앞두고서 각국의 체육계와 관련 분야에서는 그 준비에 몹시 분주했다. 대표선수의 선발 및 훈련, 각국의 관련 정보에 대한 수집과 분석, 로마 현지 조직위원회와의 연락 등으로 눈코 뜰 새가 없었다.

클레이 자신도 금메달을 따겠다는 열의에 불타고 있었고, 이미 미국 체육계에서도 확실한 금메달후보로 점찍어 둔 상태였다.

TV·신문 등에서 유력한 금메달후보를 소개할 때면 으레 클레이는 복싱팀의 대표로 등장했다.

"어떠한 각오로 싸우겠습니까?"

"미국인의 명예를 걸고 미국을 위해 싸우겠습니다."

맨발이라도 뛰어나가서 맞아들일 만한 '말'이었다.

소련보다 한개라도 많아야 하는 금메달의 확실한 후보이며 인종차별의 불만을 터뜨리지만 않아도 고마워해야 할 흑인이 이렇게 말하다니! 전 미국인의 갈채가 쏟아졌다.

흑인을 차별했던 백인들로부터는 자성의 목소리도 높아졌다.

"미국은 흑백의 차별이 없는 나라다."

"흑백의 차별을 없애려는 노력을 하려고 노력하고 있는 나라다."

18살 금메달후보의 말이 미국 전체를 뒤흔들었다.

"어떻게 싸우겠습니까?"

그런 질문은 기다리고 있은 듯 신이 났다.

"이런 선수는 이렇게 저런 선수는 저렇게 해서 '무찔러'버리겠다"고 자신있고 수다스럽고 확실하게 말했다.

"끝으로 하고 싶은 말은?"

"나는 역사상 가장 위대한 복서입니다."

클레이는 흑인의 마음뿐만 아니라 전 미국인의 마음을 읽고 있었다. 로마까지 가서 올림픽에 참가하는 것은 흑인의 대표가 아니라 미국의 대표라는 것을 알고 있었다.

인터뷰를 했던 「뉴스위크」의 주선으로 슈가 레이 로빈슨과 자리를 같이 할 기회가 있었다.

그는 권투를 하기 전부터 클레이의 우상이었다.

현란한 몸놀림과 빠른 발, 가드를 보디 부근으로 내리는 것까지 그를 닮고 싶었고, 닮았으며, 닮으려고 많은 노력도 했다.

그러나 그는 "반갑소" 하는 한마디와 악수를 나눈 다음에는 일어서서 혼자 괜히 왔다갔다 하면서도 말을 걸지도 않았고 거드름까지 피웠다.

"내가 그를 얼마나 존경해 왔는데……"

"나는 유명해지더라도 이런 식으로 사람을 대하지 않겠다."

라고 몇번을 되뇌었다.

클레이는 사소한 일에도 마음의 상처를 입는 순진한 면도 있었다.

로빈슨의 태도에 자존심이 상했던 클레이는 거리 산책에 나섰다.

한참을 돌아다니다가 보니 많은 사람들이 모여있는 곳이 보였고 궁금하기도 해서 다가가 보았다.

나무로 만든 연설대 위에서 말쑥하게 차려입은 젊은이가 '흑인의 자립'에 대해서 설교하고 있었다.

그의 연설에는 급진주의적인 색채도 없었고 흑백분리 주의를 제창하지도 않았고 백인을 '푸른 눈의 악마'로 저주하는 낌새도 없었다.

부친이 수없이 이야기해주던 주제였으며, 엘리자 모하메드의 연설에서도 감지할 수 있는 내용이었다.

클레이는 젊은 부흥사의 말에 끌려서 오랫동안 경청한 후 같이 갔던 동료에게 물어보았다.

"경찰에서 못하도록 안하니?"

"아니, 길거리에서 설교하는 일은 자주 있어."

흑인들의 주장과 표현은 같지만 내용은 완전히 다른 백인 분리주의자들이나 경찰에서 길거리 설교를 막지 않는다는 새로운 사실을 알게 되었다.

로마로의 출발이 임박해지자 지금까지 생각도 하지 않았던 문제가 심각하게 대두되었다.

막상 로마까지 비행기를 타야 된다고 하자 공포감 때문에 도저히 못 타겠다는 것이었다.

대표선수를 사퇴하는 문제로까지 이어지자 질겁을 한 쪽은 오히려 마틴 경사였다.

"비행기는 자동차사고로 죽을 확률보다 낮다. 세계 챔피언은 세계를 다녀야 한다." 등 몇시간씩의 설득이 몇 차례 반복되자 마지못해 응하면서도 내놓은 단서조항은 '군용 낙하산을 구해서 가지고 타는 것'이었다.

다음날 군용품가게에 같이 가서 튼튼하고 신품인 낙하산을 골라서 준비했다.

제17회 로마 올림픽의 올림픽선수촌은 고대로마 구역 반대방향으로 카피틀리노 언덕에서 한참을 내려간 구릉 위에 자리잡고 있었다.

고대로마와 뒤에 중세로마를 따로 세워서 발전한 로마시는 도시 전체가 예술품이고 유적이다.

특히 고대로마 구역은 아직도 미발굴상태로 보존하고 있어서 말 그대로 '보물의 창고'이므로, 이와 뚝 떨어진 곳에 선수촌을 세웠던 것이다.

클레이는 미국 선수단 1진으로 도착했다.

선수촌은 외부와의 경계경비가 엄격하고 삼엄할 뿐 내부에서는 모든 것을 자율에 맡길 따름이었다.

굳이 찾아가고 만나고 할 것도 없이 휴게실·벤치 등에서는 각국의 선수들이 자연스럽게 만나서 이야기를 나누기도 하고 배지 등 기념품을 교환하기도 했다.

항상 친절한 태도, 자연스러운 말씨, 든직한 체구 등으로 클레이는 곧 누구에게나 호감을 샀고, '선수촌의 시장'으로 통하게 되었다.

이때 그의 눈에 확 띄는 여성이 있었다. 같은 미국팀의 여자 육상선수인 윌마 루돌프였다.

이름과 같이 '사슴'처럼 잘 달리는 그녀였지만 초등학교 입학 당시만 해도 목발을 짚고 다녔던 소아마비 환자였다.

초인적인 의지와 노력으로 이를 극복하고 마침내 미국 대표팀에 선발되었던 그녀는 경기가 시작된 이후 100m, 200m, 400m계주를 석권하여 3관왕이 되었다.

이미 마음을 홀딱 빼앗겨 버렸던 클레이는 그녀가 눈에 보일 때마다 접근했다.

"안녕하십니까? 오늘은 날씨가 좋습니다."

"시합은 언제부터 시작합니까?"

"차 한잔 합시다."

항상 같은 질문이요, 항상 비슷한 이야기였다. 루돌프도 클레이가 싫지는 않았다. 오히려 호감이 갔다.

그러나 그녀는 연상의 여인이었고, 같은 동료 육상선수가 이미 오래전부터 애인으로 자리잡고 있었다.

복싱경기는 8월 25일~9월 3일간 원형의 파라조 실내체육관에서 개최되었다.

총 15명이 출전한 라이트헤비급(75kg 이상 81kg 미만)에서 클레이의 1차전 상대는 호주의 케인 호프였다. 그는 바다의 선원 출신답게 다부지고 겁이 없었다.

경기가 시작되자 호프는 일직선으로 달려나왔다. 클레이가 잽을 내밀자 관심조차 두지 않는 듯 라이트 훅을 관자놀이에 히트시켰다.

클레이는 왼쪽 무릎이 비틀거렸지만 다행히 바로 연결된 연타가 없었다. 호프는 잽이 나올 때는 꼭 훅이나 스트레이트로 반격했다.

2라운드에서 코피를 흘리기 시작한 클레이가 일정한 거리를 두면서 반격했다.

그는 백스텝을 밟으면서 원투 스트레이트를 노렸고, 호프는 양훅으로 보디를 노렸다.

3라운드에서도 비슷한 양상으로 진행되다가 종료 종이 울렸다.

공격의 숫자는 클레이가 많았지만 충격의 강도면에서는 호프가 높았다.

클레이의 2대1 승리가 선언되자 관중석에서는 박수와 함께 야유도 쏟아졌다.

프로 복싱이었다면 결과가 달라졌을지도 몰랐다.

프로와 아마추어 복싱 사이에는 차이점이 상당히 많다.

우선 채점기준이 다르다.

아마추어 복싱에서는 히트 수가 우선이다. 약하고 센 것은 별로 상관이 없고, 히트 수가 많으면 득점이 많아진다.

프로에서는 히트 수보다는 충격 정도에 따라 득점이 결정된다. 약하게 세 번 때리는 것보다 강하게 두 번 때리는 쪽이 승리하게 된다

채점은 프로에서는 10점 만점제이나, 아마에서는 득점 수만큼 올라간다.

프로에는 무승부가 있으나, 아마추어에는 없다. 아마추어에서 무승부인 경우는 '보다 공격적이었던 선수'가 승리한다.

체급의 구분에서, 프로에는 47.625kg(105파운드)이하의 미니멈급에서부터 86.18 0kg(190파운드)이상의 헤비급까지 17개 체급이 있고,

아마에는 대학일반부는 51kg미만의 플라이급에서부터 91kg이상의 슈퍼 헤비급까지 11개 체급이 있다.

중등부·고등부·여성부 등은 그 체급 수와 기준체중이 각각 다르다.

다운은 아마추어에서는 한번의 히트로만 간주되어 1점 득점되나, 프로에서는 중요한 기술로 간주되어 2점 득점된다.

다운되었을 때 충격이 심하여 선수의 안전에 위험을 느낄 때는 즉시 경기를 중단시키고 KO(TKO. RSC)로 처리하는 것은 모두 같다.

레프리의 최대 역할과 목표는 선수보호이다.

시합의 진행보다도 유사 시 선수보호를 위해서 링 위에 올라가 있다고 보면 맞다.

한 라운드에서 두 번 다운되면 시합을 중지시키는 조치도 동일하다.

최소한 두 번 중에서 한번은 충격이 크고 선수보호에 문제가 있다고 판단할 수 있기 때문이다.

체중이 실리지 않는 펀치 특히 백스텝을 밟으면서 내미는 펀치는 아마에서는 득점이 가능할 수도 있지만, 프로에서는 단순한 방어동작으로 보고 득점이 안 된다.

물론 가격하는 쪽의 어깨가 수평의 축을 넘어 체중이 실린 펀치가 나올 때는 득점이 된다.

레프리는 채점을 하지 않고 경기만 진행하며, 3명의 부심이 채점하는 것도 서로 동일하다.

클레이는 2차전에서 벨기에 선수, 3차전에서 소련 선수를 물리친 후 결승전에서 폴란드의 커피숍 매니저인 지그니프 피트르츠코프스키와 대결하게 되었다.

그는 탕탕한 체격에 양훅이 강했다. 1라운드에서 한번은 보디에 한번은 안면에 양훅 공격을 당했으나, 클레이는 그때마다 짧은 스트레이트로 반격했다.

호주 선수와의 1차전과 다소 비슷한 양상이었지만 폴란드 선수는 둔했고, 클레이가 3대0 판정승을 거두었다.

로마 올림픽에서 미국은 금메달 34개 은메달 21개 동메달 16개로, 금메달 43개 은메달 29개 동메달 31개를 딴 소련에 이어 종합 2위를 차지했다.

4년 전 1956년 오스트레일리아 멜보른 대회에서 소련에게 1위(금 37 은 29 동 30)를 내주고 2위(금 32 은 26 동 17)를 차지하고서는 4년 동안 절치부심했는데도 그 벽을 넘지 못했다.

미국으로서는 금메달 한개가 그렇게나 소중할 수밖에 없는 입
장이었다.

시상대에서 금메달을 걸고 내려오자 어느틈에선지 소련 기자
가 달려와서는
"당신 고향에서도 흑인·백인을 구별하는 국가에게 영광을 가
져다 준 소감은 어떻습니까?" 라고 물었다.
클레이는 즉각
"그런 문제를 들추려는 저의를 우리는 이미 알고 있다고 당신
들의 독자들에게 전해주시요" 라고 면박을 주었다.
그래도 그가 "흑백분리주의에 대해서도 한말씀 해주시죠"라고
억지를 쓰자,
"나는 그 문제는 관심도 없고 당신들 나라와 비교해서는 물론
미국이 세계에서 가장 좋은 나라라고 생각하고 있소. 어떤 때는
먹을 것을 구하기도 어려운 적도 있었지만, 나는 악어처럼 싸우
지도 않았고 진흙 구덩이에서 살고 있지도 않소." 라고 대답했다.
즉각 수많은 미국의 신문에는 클레이의 인터뷰기사가 대문짝
만하게 보도되었고 전 국민적인 갈채가 쏟아졌다.
이와 함께 '클레이는 보기만 화려하고 매력적인 「접촉」만 할
뿐, 위대한 복서에게 꼭 필요하고 조 루이스나 로키 마르시아노
가 가졌던 결정타가 없다'고 평가절하한 기사도 있었다.

미국의 금메달리스트들은 모두 귀국보고회 겸 해단식에 참석
해야 했으므로 함께 귀국하기로 되어 있었다.
9월 11일 폐막식까지의 8일간은 그에게 가장 여유롭고 행복

한 시간이었다.

'역사상 가장 위대한 선수'가 되기 위한 첫 번째 관문으로 꼽았던 올림픽 금메달의 목표를 달성한 그로서는 금메달이 그렇게나 소중했다.

그는 금메달을 목에서 벗어놓지 않았다. 잠잘 때도 목에 걸고서 잤다.

수없이 많은 피와 땀을 흘리고 난 뒤에 얻은 결정에 대한 애착이었을까? 아니면 자부심이었을까?

"그는 식당이나 선수촌이나 어디서도 항상 메달을 걸고 있었어요."

윌마 루돌프는 몇 년 뒤에도 생생하게 기억했다.

"생전 처음으로 등에 깔고 자 보았어요. 할 수만 있다면 가슴 속에라도 넣고 싶었어요."

클레이의 말이었다.

여유시간이 있는 대로 로마시내 관광에 나섰던 클레이는 항상 금메달을 목에 걸고 다닌 그에게 악수를 청하고 때로는 박수까지 쳐주는 사람이 있자 더욱 감격해했다.

발굴되지 않은 상태로 있는 고대로마 시가지뿐만 아니라 관공서나 은행 등으로 사용되고 있는 대로변의 건물들까지 최소한 1천 년 이상의 역사를 가진 '유물'이라는 설명을 듣자 자신의 뿌리를 생각해 보기도 했다.

웅장한 석조건물인 콜로세움 앞에서 2천 년 전에 세워진 이 경기장은, 호노라스 황제가 404년 복싱을 금지하기까지 약 600년간을 가죽끈에다가 금속 캐스터스를 박은 공격용 글러브를 낀

노예투사들이 '목숨을 건 시합을 펼쳤던 장소'이며,

지하로 연결되는 거대한 화강석 통로는 노예투사와 사투를 벌였던 사자 등 '맹수들의 이동 통로'라는 안내원의 설명을 듣고는 노예가 아닌 '세계에서 가장 위대한 복서'라고 스스로 생각하고 있는 클레이 자신의 시합모습을 오버랩시켜 보고 있었다.

등용의 문

　미국 대표팀 해단식을 마치고 클레이가 귀향하던 날 스탠디포드 필드 공항 안팎에는 '루이스빌의 건아 세계 제패' '축 올림픽 금메달 획득' 등의 플래카드가 곳곳에 걸려 있었다.

　공항 활주로에는 십여 명의 치어리더들이 흥을 돋우는 가운데 브루스 호브리젤 시장 등 300~400여 명의 환영객들이 나와 있었다.

　30여 대의 자동차에 나누어 탄 환영객들은 환영식장이 마련된 클레이의 모교 중앙고등학교까지 자동차 퍼레이드를 펼쳤다.

　경찰 오토바이가 에스코트를 한 가운데 맨 앞 무개차에 호브리젤 시장과 함께 탄 그는 연도의 시민들이 손을 흔들고 박수를 쳤을 때 손을 흔들어 답례했다.

　교문 앞에는 중앙고교 밴드부가 팡파르를 울리고 있었고, 교문에는 '경축 올림픽 챔피언 래교', '장하다! 올림픽 챔피언 캐시우스 클레이'라고 쓴 큼직한 플래카드가 걸려 있었다.

　휴일인데도 불구하고 환영식장에는 학생, 학부모, 체육계 관계자 등 2천여 명이 운집했다.

먼저 호브리젤 시장이 환영사를 통해

"클레이 당신은 루이스빌의 자랑이자 희망의 상징입니다. 사람의 의지력이 얼마나 강한가를 당신은 보여 주었습니다. 이 도시의 젊은이들은 당신으로부터 새로운 용기와 의욕을 얻었을 것으로 확신합니다."

라고 말하자 환영객들도 큰 박수로 공감했다.

다음은 클레이가 몇번씩 곤경에 처할 때마다 힘이 되고 이끌어 주었던 윌슨 교장의 인사말 순서였다.

클레이가 졸업생이 못 될 뻔했던 일이 생각나는 듯 목소리가 상당히 떨리고 있었고 감회가 새로운지 안경을 두어 번 올렸다 내렸다를 반복하고서는

"공들여 쌓아 올린 미국의 자존심이 훼손될 때 그는 이탈리아까지 가서 우리 나라의 국위를 선양했습니다. 외교관이 몇 년 동안 노력해도 이루기 어려운 것을 그는 짧은 시간에 완수했습니다. 이러한 업적을 달성한 그가 우리 학교 졸업생인 것을 자랑스럽게 생각하면서 이러한 기회를 주신 하느님께도 감사드립니다"

고 말하자 운집한 환영객들의 환호성이 터졌다.

흰 구두에 푸른 셔츠와 빨강 상의를 입고 있던 부친은 오데사와 함께 계속 기쁜 표정을 감추지 못했다.

그랜드 애브뉴가에 있는 집에 도착하자, 클레이 부친은 감격에 넘친 목소리로 미국 국가를 큰 소리로 불렀고 최근에 배운 새로운 댄스 스텝을 멋지게 선보이기도 했다.

모친은 칠면조 등 푸짐한 음식을 내놓았다.

몇 주 후 클레이는 한번 더 시내 퍼레이드를 펼쳤다.

루이스빌시와 모교가 주최한 것이 아니라 그 스스로가 주최한 핑크빛 캐딜락 한 대의 퍼레이드였다.

"나는 클레이다."

"세계에서 가장 위대한 복서 클레이다."

그는 천천히 차를 몰면서 계속 외치고 있었다.

테네시주로부터 그를 만나러 왔던 루돌프를 가리키면서도 소리쳤다.

"육상 금메달리스트 윌마 루돌프다. 그녀도 위대하다."

지나가는 사람들이 박장대소를 하면서 박수와 환호성을 보내자 루돌프는 부끄러워서 어쩔 줄 몰라했다.

"그만 해, 제발."

얼굴을 붉히면서 그녀는 의자 밑으로 몸을 웅크렸다.

"루돌프, 어서 일어서."

"싫어, 난 부끄러워."

클레이가 몇번이나 "루돌프도 위대하다"고 외친 뒤에야 수줍게 일어서서 손을 흔들고는 다시 앉았다.

올림픽 금메달리스트에게는 포상금·성금 등이 제법 두둑했다.

1인 퍼레이드에 동원한 캐딜락 역시 그것에서 나온 것이었으며, 이날이 바로 그 시승식을 한 날이었다.

로마에서 소련 기자가 인종갈등을 부추기는 질문을 했을 때 그런 말은 꺼내지도 못하게 했지만, 흑인 차별이 만연한 루이스빌에서는 그의 금메달이 아무것도 바꾸지 못했다.

루이스빌 상공회의소에서는 그에게 기념품과 함께 표장장은 수여했으나 그를 위한 만찬의 스폰서가 되는 것은 거절했다.

'시간이 없어요'가 유일한 이유였다.

귀향한 지 얼마 안 되어서 음료수를 마시러 레스토랑에 간 적이 있었다.

"안 돼."

주인이 냉정하게 말했다.

"그는 올림픽 챔피언입니다"라고 한 웨이터가 말했으나, "상관 없어. 빨리 내쫓아."하고 소리쳤다.

클레이는 프로로 전향하겠다는 마음을 굳혔다.

세계를 정복하여 '역사상 가장 위대한 선수'가 되겠다는 야심을 달성하기 위해서는 프로로 전향해야 한다고 결심했다.

올림픽 금메달 획득 등으로 그의 상품성은 충분했다.

헬싱키 올림픽 금메달리스트 패터슨이 그동안 쌓아 올렸던 명성은 그대로 클레이에게 계승되었다.

올림픽 금메달리스트가 세계 챔피언이 될 수 있다는 사실을 부정할 사람이 없었던 것은 패터슨의 덕분이었는지도 몰랐다.

프로로 전향하기도 전에 그의 상품성은 이미 챔피언급이 되었다. 재정적 지원을 담당해 나갈 매니저로는 오랫동안 갖가지 지원을 아끼지 않았던 윌리엄 레이널드가 자연스럽게 선정되었다.

그는 루이스빌에서 알루미늄 회사를 경영하는 거부이며 올림픽 전후에도 상당한 금전적 지원을 해주었다.

사실은 로마올림픽 출전 직전 프랭키 카르보의 부하 한사람이

저녁식사에 초대하고서는 클레이에게 놀랄 만큼 좋은 조건을 제시한 적이 있었다.

그 제안을 받아들였다면 범죄조직의 일원이 되었을 것이고 틀림없이 다른 범죄자들처럼 갖가지 곤욕을 치렀을 것이다.

자신을 후원해 줄 매니저를 직접 선택할 수 있었던 것은 이미 그의 위치가 일정한 경지에 도달했던 결과이며 행운과 축복이기도 했다.

클레이측은 알버타 존스라는 변호사를 고용하여 레이널드의 변호사인 고든 데이빗슨과 협의하여 계약안을 만들도록 했다.

데이빗슨 변호사는 레이널드의 사심없고 따뜻한 인간성에 감명을 받고서는 "그는 필요한 돈은 다 갖고 있으면서 지역의 유망주들을 발굴하고 키우는 데 보람을 느끼는 것 같았다"라고 자주 말했다.

두 변호사는 당시로서는 들어본 적도 없는 클레이의 월급까지 포함된 후원의 뜻이 듬뿍 담긴 계약서를 만들었다.

양측의 동의를 얻어서 서명절차만 남겨 두고 있었을 때 하루는 존스 변호사로부터 데이빗슨에게 전화가 왔다.

계약서에 마틴이 수석 세컨드를 맡도록 되어 있는 것을 클레이 부친이 적극 반대한다는 것이었다.

"마틴은 프로 복서를 지도한 경력이 전연 없소"라는 것이 표면적 이유였다.

무척 당황했으나 계약을 취소할 수밖에 없었다.

나중에 알고 보니 클레이의 부친이 마틴 경사에게 두어 번 입

건당했다는 지극히 사소하고 황당한 앙금 때문이었다.

체육관에 유명한 '간판' 선수가 있으면 그 체육관 관장은 횡재하게 된다.

굳이 홍보에 신경을 쓰지 않아도 입관지망생들이 줄을 잇게 되고 자연적으로 훈련체계가 잡혀서 관원지도도 자율적으로 이루어지기 때문이다.

더구나 이제부터는 올림픽 금메달리스트가 된 클레이의 시합 때마다 상당액수의 수당까지 보장받게 되어 있는데 손을 떼라니 마틴은 툴툴거릴 수밖에 없었다.

"클레이가 유명해진 게 하루아침에 되었나? 그동안 쌓아 온 공을 싹 무시해 버리면 나는 뭐야?"

키워 온 거위가 황금알을 낳으려고 하는 순간 이를 놓치게 되는 마틴 경사는 입맛이 썼다.

며칠 후 마틴 경사가 매니저 역할을 겸하는 윌리엄 패버샘으로 바뀌었고, 마틴의 입장을 고려해서 레이널드도 후원회에서 손을 떼었다는 사실이 루이스빌에 알려졌다.

패버샘은 클레이를 초청해서는 몇 차례 축하연을 열어 주기도 했는데 규모가 큰 양조회사의 부사장이며 영화배우로 활동하기도 했다.

레이널드측에서 만들었던 초안에 루이스빌의 유지 11명으로 구성된 후원회가 있었는데 대부분이 패버샘의 친구이자 교분이 있는 사람들이었으므로 그대로 후원회 회원이 되기로 했다.

이들은 공동으로 매니저 역할을 맡게 되었다.

아키볼드 맥기 포스터	광고회사 부사장
윌리엄 리 리온즈 브라운	자유업
로버트 워스 빙햄	빙햄 출판 방송 그룹 2세
테디 베이터즈	브라운 윌리엄슨사 이사
윌리엄 솔 캇친스	브라운 윌리엄슨사 사장
패트릭 칼 흔	종마업
스텟슨 콜만	플로리다 버스회사 사장
앨버드 개리 삿크리프	자유업
버터너 디가모 스미스	소매업
제임스 로스 토드	자유업
조지 워싱턴 노턴 4세	웨브TV 이사

11명 전원이 백인이며 루이스빌을 대표하는 기업들의 대표이거나 핵심간부들이었다.

모두 대규모 저택에 살고 있었으며, 겨울에는 플로리다 등 유명한 휴양지를 찾았고, 고급인 백인전용 시설만 이용하면서 주로 해외여행·승마·사업 등을 화제로 삼았다.

그들은 시민운동 등에는 무관심하거나 반감을 가지고 있었으며, 복싱에는 문외한이었다.

패버샘은 복싱에 관해 약간의 인연이 있다고 할 수는 있다.

동료 영화배우와 시합장면을 찍기 위해 필라델피아 잭 오브리엔 체육관에서 복싱 훈련을 받은 적이 있었다.

윌리엄 리 리온즈 브라운도 인디아나폴리스에서 몇번 스파링을 해 본 경험은 있다.

그들이 복싱을 많게 알든 적게 알든 그들의 사업이나 사회활동에 유익한 홍보활동이 된다는 점이 큰 매력이 되었다.

그들에게 클레이는 오락거리이자 즐거움이었으며 용병이자 투자처였고 또 다른 사회활동의 끈도 되었다.

'클레이가 불행의 늪에서 방황하지 않고 복싱 재질을 충분히 연마하여 루이스빌의 훌륭한 청년이 되도록 뒤에서 지원하기 위해' <루이스빌 후원회>는 10월초에 발족되었다.

올림픽에서 돌아온 지 채 한 달도 안 되어서 후원회가 발족한 것은 그에 대한 지역주민들의 기대와 배려도 컸다는 것을 나타내었다.

또한 리스튼이나 앞서의 수많은 복서들이 자신도 모르는 사이에 갱단에 연루·착취당한 것과는 비교할 수 없는 모습이었다.

이날 그는 규정에도 없는 '조인식 보너스'라는 명분으로 1만 달러를 받았는데 부친에게 뷰크 승용차를 사드리고도 돈이 남았다.

후원회와 클레이측 간의 계약서 주요 내용은

<계약일로부터 2년간 클레이는 매월 4,800달러를 지급받는다. 그 뒤 66년까지 4년간은 매월 6천 달러를 지급받는다.

시합에서 벌게 되는 클레이의 수입은 후원회와 반반씩 분배한다. 이때 훈련비·여행경비 등은 후원회에서 부담한다.

클레이의 몫 중에서 15%는 그의 연금으로 충당하며 35세가 될 때까지 해지하지 못한다>

등이었다.

후원회원으로서는 기금 조성을 비롯해서 사무실 구비 등 목돈이 드는 부분도 있었으므로 각자 매월 2,800달러 정도를 부담하게 되었다.

1년 뒤쯤 예상되는 균형을 이룰 때까지는 회원당 25,000~30,000달러 정도를 부담해야 할 것으로 판단되었다.

그러나 후원회원들도 손해를 볼 염려는 없었다.

클레이·리스튼전 승자는 300만 달러 정도를 차지할 것으로 추측되었는데, 클레이가 이긴다면 150만 달러가 후원회의 몫이 되어 각자 5만~10만 달러 정도를 챙길 수도 있다는 계산이 나왔다.

사실 "궁극적인 목적은 목돈 한번 잡는 것이었다"고 말하는 회원도 있었다.

연금규정에 대해 클레이는

"나는 눈에 보이는 부동산에 투자하고 싶은데 볼 수도 없는 은행에 예치시키자니 화가 난다."라고 말했다.

그러나 많은 복서들이 은퇴할 때는 상처나 흐려진 기억력만 남았고, 가족·친구 등 항상 매달리는 사람들에게 매정하지 못하는 그의 성격을 고려해 봤을 때 훌륭하게 대비한 현명한 조치였음이 뒤에 밝혀졌다.

처음 2년간의 결산은 후원회원의 입장에서 봤을 때 수입보다 지출이 많았다. 뿐만 아니라 다른 유망주들과 비교해서 클레이가 챔피언이 될 가능성도 낮아 보였다.

1963년 후반 한 회원은

"누가 1년 전에 클레이가 세계적인 선수가 될 것이라고 말했다면 뜬구름 잡는 소리라고 말하고 싶었다."라고 말했다.

데이빗슨 변호사는

"그래도 계약을 파기하거나 재정지원을 중단하는 일은 없을 것으로 보았다. 조금씩 투자하는 25,000달러로 6년 동안 기분 좋게 활동하다가 맨 나중에 다소 손해보는 경우가 있더라도 감당할 만한 재력가들이었기 때문이었다."라고 밝혔다.

제5장
동트는 여명

클레이의 프로 데뷔전은 1960년 10월 29일 루이스빌 프리덤 홀에서 거행된 웨스트 버지니아의 현직 경찰관 터니 헌세이크와의 6회전이었다.

충분히 KO승이 가능한 시합이었지만 상대가 현직 경찰관이니만큼 판정승에 만족했다.

트레이너는 경험이 있는 지방 복싱인인 프레드 스토너가 맡았는데, 흑인인 이유로 클레이 부친은 이전의 마틴보다 더 좋아했다.

그러나 클레이나 후원회에서는 모두 야심에 찬 올림픽 챔피언이 목표를 달성하는 데는 그가 미흡하다고 생각했다.

데뷔전인 이때부터 클레이는 헤비급 선수로 출전했다.

81kg 미만인 아마추어 복싱의 라이트헤비급에서 86.18kg 이상인 프로 복싱 헤비급으로 출전했으며, 그의 체중은 90kg선이었다.

프로 복싱의 17개 체급별 체중은 다음과 같다.

미니멈급	47.627kg 미만	
라이트플라이급	48.980	〃
플라이급	50.800	〃
슈퍼 플라이급	52.160	〃
밴텀급	53.520	〃
슈퍼 밴텀급	55.340	〃
페터급	57.150	〃
슈퍼 페터급	58.970	〃
라이트급	61.230	〃
슈퍼 라이트급	63.504	〃
웰터급	66.680	〃
슈퍼 웰터급	69.850	〃
미들급	72.570	〃
슈퍼 미들급	76.204	〃
라이트헤비급	79.380	〃
크루즈급	86.180	〃
헤비급	86.180kg 이상	

후원회측은 새로운 트레이너로 슈가 레이 로빈슨을 영입하려
고 했으나 쉽게 응하지도 않았고 관심도 없는 듯했다. 그러자
당시 라이트헤비급 세계 챔피언이면서 트레이닝 캠프를 운영하
고 있던 아치 무어와 연결되었다.

샌디에고 외곽에 자리잡은 트레이닝장은 선수들이 훈련에 하
도 많은 땀을 흘려서 '소금 광산'이라는 별명을 가지고 있었으며
경치가 아주 좋았다.

정문에는 해골그림이 그려져 있었고, 마당에는 잭 존슨, 조 루이스, 슈가 레이 로빈슨 등 위대한 복서들의 이름을 새긴 많은 자연석들을 쭉 배치해 놓았다.

이를 본받아서 훗날 클레이도 자신의 펜실베이니아 트레이닝 캠프에 많은 자연석을 세웠다.

같이 훈련하는 과정에서 적어도 처음 몇 주 동안 무어는 클레이의 진지함에 많은 감명을 받았다.

트레이닝장 주변의 가파른 언덕을 그렇게나 빨리 오르내릴 수가 없었으며, 무어가 "그만"이라고 해야만 멈출 정도였다.

손을 내리는 특이한 그의 스타일에도 결점을 발견할 수가 없었으며, 번개처럼 빠른 스피트에 감탄하고서는 '조 루이스도 KO시킬 만하다'고 생각했다.

그러나 두 사람 사이에는 몇가지 문제점이 있었다.

우선 무어는 현역 챔피언으로서 완전한 인파이팅형이었고, 클레이는 프로에 갓 데뷔한 복서형으로 선호하는 공격형태와 수비형태가 달랐다.

또한 클레이가 트레이너에게 바라는 포용성과 유연성이 무어에게는 결여되어 있었다. 그는 챔피언으로서 자존심이 강한 편이었고, 클레이가 이를 건드리자 불쾌하게 생각했다.

초반 KO승을 거두기 위한 작전으로 "펀치를 흘리고는 안으로 접근하라. 치고서는 바로 오른쪽으로 돌아라"
고 가르치자 클레이는

"나는 제2의 무어는 안 될래요, 헤비급의 슈가 레이 로빈슨이 되고 싶어요"라고 반발했다.

수도승같은 무어의 취향에 맞추어서 트레이닝장에는 운영인력이 아무도 없었다. 청소·설거지 등을 스스로 해야만 하는 셀프서비스식은 클레이의 취향과는 맞지 않았다.

"접시나 닦으려고 여기 온 게 아니에요."

마지못해 자기 몫을 하기는 했어도 그는 불만이 많았다.

그의 트레이닝장에는 지도받기를 희망하는 미래의 챔피언감들이 줄을 서서 기다리고 있었다.

그렇지만 후원회에서 지급하는 훈련비에 대한 미련뿐만 아니라 자신의 운동에도 도움이 될 것 같아서 무어는 클레이를 붙잡아 두고 싶어했다.

그러나 선수와 트레이너가 될 수 없는 관계가 되고야 말았다.

"클레이를 데리고 가시오."

루이스빌의 패버샘은 무어로부터 트레이너 계약을 파기하자는 전화를 받았다.

"나는 물론 마누라·애들까지 성의를 다했지만 시키는 대로 안하려고 합니다. 그는 내가 스타일을 바꾸려고 한다고 했지만 나는 단지 추가시키라고만 했습니다."

후원회에서는 적어도 공식적으로는 이를 문제삼지 않았다.

'클레이는 열성적이다. 간혹 수다스럽기는 하지만 그것으로 그의 기를 꺾고 싶지 않다. 그는 자신의 이미지를 창조하고 이를 높이기 위해서 애쓰고 있다'는 입장이었다.

　다시 트레이너를 수소문한 후원회에서는 패버샘을 통해서 안
젤로 던디에게 맡아 달라고 요청했다.

　당시 마이애미는 TV붐과 함께 급증한 관광객 등으로 복싱의
새로운 메카로 떠오르고 있었다. 그 중에서도 '5번가 체육관'의
활동상은 두드러졌다.

　그 소유자인 크리스 던디는 동생인 안젤로 던디에게 운영을
맡기고는 자신은 컨벤션 홀이나 다른 지방 도시에서 복싱과 레
슬링 쇼를 개최하고 있었다.

　고든 데이빗슨은 당시를 이렇게 회고했다.

　"트레이너를 구하려고 보니 입에 맞는 떡이 없었어요. 당시
특히 크리스는 상당히 미심쩍었어요. 다른 사람과 비교해 보니
그래도 던디가 나았어요."

　던디는 패스트라노 등 복서들을 데리고 루이스빌에 왔을 당시
클레이에 대한 좋은 인상이 남아 있었다.

　따라서 영입교섭은 빠르게 진행되어 갔다.

안젤로 던디는 본명이 안젤로 미레나였다.

무식한 이탈리아 이민의 7형제 중 다섯 번째였는데, 그의 형 크리스가 유명한 이탈리아 페터급 챔피언 던디를 존경하는 의미로 조 던디라는 이름으로 선수생활을 하자, 자신도 던디로 성을 바꾸었다.

2차대전 중에는 항공 레이더병으로 근무했고 1948년에는 뉴욕으로 가서 매니저로 활약 중이던 그의 형 크리스와 합류했다.

크리스는 당시 미국 복싱계의 상당한 주목을 받고 있었으며 마이애미에서도 체육관을 운영하면서 프로모터를 겸하고 있었다.

안젤로는 50년대 중반에 마이애미로 옮겼다.

처음 합류했을 때 워싱턴 광장과 5번가를 마주하고 있는 '5번가 체육관'은 쥐가 득실거렸고 흰개미가 자주 보일 정도로 운영이 어려웠다.

재빨리 쿠바나 라틴 아메리카의 난민들을 중심으로 선수를 확보하여 세계 챔피언 등으로 육성하자, 체육관 운영은 정상궤도에 올라섰고 TV시대의 도래와 함께 황금기를 맞게 되었다.

체육관은 2층에 자리잡고 있었는데 길에서 보이는 창문에는 '5번가 체육관'이라는 인쇄된 큰 글씨가 붙어 있었다.

체육관 안쪽에는 많은 글러브가 벽에 걸려 있었고 마루는 관원들의 슈즈가 매일 닦는 셈이어서 반질반질했다.

마루 위에는 링·스피드볼·샌드백 등이 자리잡고 있었고 한쪽 구석에는 던디의 책상이 있었다.

'5번가 체육관'은 당시 슈가 라모스, 맨티퀴라 나폴레스, 루이스 로드리게즈 등 세계 챔피언들과 프로렌티노 페르난데즈, 로빈슨 가르시아 등 유망주들의 체육관이자 집이기도 했다.

마땅한 거처가 없었던 선수들은 체육관에서 먹고 자는 경우가 많았다. 대부분의 오후에는 운동을 하는 것 외에 동료들의 스파링을 보고 서로 평가하기도 했다.

던디는 체육관과의 거리와 후원회의 지원금 등을 고려해서 뚜쟁이·창녀·술꾼들이 득실거리는 흑인 빈민가에 있는 매리 엘리자베스 호텔에 클레이를 투숙시켰다.

클레이는 주변의 유혹에는 전연 관심을 두지 않고 운동에만 전념했다.

새벽 5시에 일어나서 비스케인 광장을 지나 마이애미 비치까지 달렸다.

그는 로드워크 옹호자였다. 시합이 없을 때는 8km 시합을 앞두고는 10km 정도를 달렸다.

상대방의 사정권에 들어가고 나올 때 믿을 수 없이 빠른 동작은 이런 달리기에서 나온 것이었다.

특히 동료이며 마사지사인 루이스 사리아가 충분히 몸을 풀어 주고 관절의 수축운동을 강화하여 최고의 유연성을 가지도록 만들어 주었다.

하루는 경찰서에서 던디에게 전화가 걸려 왔다.

"새벽에 비쩍 마른 흑인이 매일 달리고 있는데 아는 사람이오?"

"그럼요. 그는 우리 체육관의 선수요. 아무런 불평도 하지 않고 훈련하고 시합하고 시합하고, 훈련만 하는 사람이오. 세상에서 제일 단순하고 행복한 사람이오."

던디는 체육관 홍보를 겸해서 열성적으로 답변을 했다.

사실상 클레이는 새벽부터 저녁까지 운동밖에 몰랐고 운동 속에서 행복을 발견했다. 달리고 치고 스파링하고 보조 운동하고…… 하루 종일 운동으로 시작해서 운동으로 끝마쳤다.

다른 트레이너들처럼 던디도 매 경기마다 만나는 새로운 상대와의 정신적·육체적 문제에 클레이가 잘 적응해 나가기를 바랐다.

던디가 처음 주문한 것은

"자신의 스타일을 뜯어고치지 말라. 시합 전 자신이 해왔던 쇼를 중단하지 말라. 다른 스타일은 추가만 하라"였다.

던디는 클레이가 스스로 필요를 느끼고 스스로 노력해서 깨우칠 수 있도록 만들었다.

예를 들면, 스파링을 마친 다음

"너의 잽이 잘 따라나오더군. 왼쪽 발과 동시에 잽이 들어가니 공격도 효과적이고 상대의 전진을 막는 일석이조의 효과를 거두었어"라고 말하면 다음번에는 더욱 그가 최선을 다해서 집중하게 되었다.

그는 당시의 일반적인 방법인 "나는 이렇게 싸웠고 이렇게 쓰러뜨렸다"고 말하는 강압적인 스타일이 아니었다.

복서가 아무리 바보일지라도 주인공은 복서이고 그는 쇼에서 필요한 소품이라고 생각했다.

던디는 강한 것이 요구될 때는 강했고 약한 것이 요구될 때는 약했다.

그에게는 강한 복서였던 형 크리스로부터 배운 적자생존의 본능이 있었다.

그러한 자세는 클레이와 잘 맞았다.

맞지 않는다면 고집쟁이는 아니지만 그를 지배할 생각은 누구라도 꿈도 꾸지 못했다.

한번은 클레이가

"던디는 반은 흑인이기에 나는 그를 좋아한다"고 말했던 적이 있다. 계속해서,

"그는 이탈리아인이고 백인이지만 흑인을 이해하려는 '본능'이 있다. 나를 지배하려고도 하지 않고 언제 달리고 얼마만큼 주먹을 뻗는 것만 말해준다. 나는 내가 가고 싶은 대로 가는 자유인이며, 그와는 잘 지내는 훌륭한 친구와 같다"고도 말했다.

마이애미로 온 이후 첫 시합인 허버 실러와의 대전을 앞두고서는

"나는 프로이드 패터슨을 격파할 것이다. 나는 챔피언이 될 것이다"고 외치기도 했다.

이때 그의 체중은 91kg을 넘고 있었다.

꾸준한 운동을 통하여 형성된 근육이었기에 강철처럼 단단했고 파워가 넘쳤으며 가젤처럼 날렵하게 달릴 수 있었다.

12월 27일 마이애미 공회당에서 허버 실러에게 4라운드 KO승을 거두었다.

그 시합에서 던디는 클레이가 부자연스럽게 교정된 흔적을 발견하지 못했다.

"다른 스타일은 추가만 하라"고 말했을 때 사실은 복부 공격을 추가해 주기를 바라고 있었다.

상대의 자세는 굽혔다가 바로 섰다가 하면서 항상 변하므로 이에 대응하는 복부 공격이 필요했다.

모든 복싱인들도

"복부 공격이 최상의 특효약이다"고 말하고 있지만, 실러를 KO시킬 때도 복부 공격은 없었다.

클레이는 확고한 소신을 가지고 있었다.

"머리는 주먹이 가장 빠르게 닿을 수 있는 지점에 있다. 그래서 머리를 때린다. 머리를 때리면 상대는 정신이 혼미해진다."

던디는 개혁자가 되기를 원하는 클레이를 격려했다.

그는 저명한 복싱 해설가인 차리 골드만이 말했던 대로 "짧은 선수는 더 짧게, 큰 선수는 더 크게 만들라"고 한 말을 실천하고 있었다.

'처음에는 링 위에서 너무 뛰는 것도 자제하도록 할 생각이었지만 그 자신이 스스로 느끼고 고치도록 지원만 하겠다'는 것이 그의 생각이었다.

클레이의 쇼맨십에 대해서는 심리적으로나 홍보적으로 해로울 것은 없다고 판단하여 격려하지는 않았지만 옹호하는 분위기를 조성해 주었다.

이후 클레이는 10회전 선수가 되었고 마이애미에서만 3KO승을 추가했다.

1961년 1월 17일에는 마이애미 공회당에서 토니 에스퍼티를 3라운드 KO로.

2월 7일에는 마이애미 컨벤션 홀에서 짐 로빈슨을 1라운드 KO로.

2월 21일에는 마이애미 공회당에서 도니 프리먼을 7라운드 KO로 이겼다.

시합을 마친 선수는 얼굴이 붓고 특히 눈가에 멍이 남는다.
20세 전후의 4라운드 선수에게는 부은 얼굴이 빠지고 멍이 가라앉기까지 약 1주일이 소요된다.
시합의 강도도 중요한 변수이기는 하지만, 10라운드 선수는 이보다 많은 일수가 소요된다고 보면 틀림없다.
클레이는 20일, 14일 만에 연속 경기를 가짐으로써 초인적인 스태미나를 과시했다.
그는 확실히 '세계에서 가장 위대한 복서'가 되는 데 필요한 기본적인 요건은 이미 갖추고 있었음이 틀림없는 것 같았다.
그가 계속 KO승을 거두자 '그는 복싱에서 금메달을 따고 입에서도 은메달을 딴 선수이다'라는 지방신문의 평가와 함께 관중 수는 계속 증가하고 있었다.

프리먼과의 시합 때는 일부 기자들이 '그는 너무 많이 움직이므로 효과적인 공격찬스까지 놓치는 경우가 있었다. 입만 있고 기술은 없는 것 같다'고 비판한 적이 있었다.
이는 조 루이스나 로키 마르시아노처럼 발이 느리면서 결정타가 있는 고전적 복서에 익숙한 사람들의 논리였을 따름이었다.
클레이는 이야기하는 자세에서도 그들과 달랐다.
조 루이스는 항상
"내가 할 말은 매니저가 다 해준다. 나는 링 안에서 싸우기만 한다."라고 말했다.

로키 마르시아노도 이와 비슷한 이야기를 한 적이 있지만 클레이는 상대가 질문을 안하면 먼저 질문했다.

"내게 할 이야기가 없어요? 내게 할 이야기가 정말 없어요?"

그런 다음 그는 말하고 상대는 앉아서 듣기 시작했다.

던디는 이런 방법도 좋다고 생각하면서

"모든 복서는 독특한 특기가 있기 마련이다."라고 말했다.

프리먼과의 시합 직후인 3월에는 스웨덴의 헤비급 세계 챔피언 잉게마르 요한슨이 패터슨과의 리턴매치를 위해 마이애미에 왔다.

요한슨이 클레이와 공개 스파링을 하게 되면 패터슨전의 인기가 올라가리라고 생각했던 한 관계자가 이를 주선했다.

요한슨은 스파링 파트너를 구하던 참이라 쉽게 응했고, 클레이도 자신에 대한 홍보를 위해서 흔쾌히 응했다.

그의 대답은 그냥 "좋다"가 아니라, "요한슨과 춤이나 한번 춰야지"였다.

챔피언 요한슨은 그에 비해 프로 경력이 훨씬 짧은 이 소년을 잡을 방법이 없었다.

나간 줄 알면 들어왔고 들어오리라고 생각한 시간의 절반도 안 되어 벌써 들어와서는 잽이나 스트레이트를 뻗고 금방 사라져 버리는 그를 잡을 수 있는 방법이 챔피언에게는 없었다.

"들어와, 뭐야?"

"잡아 봐."

계속 놀리면서 두들기는 그를 잡으려고 요한슨은 계속 따라다녔다. 하지만 히트되는 잽과 스트레이트의 수는 증가되기만

했고 챔피언은 더욱 화가 나고 당황해지기만 했다.

마침내 챔피언의 트레이너 빔 스타인이 2라운드에서 서둘러 종료시켰다.

「스포츠 일러스트레이티드」지의 한 기자는

"정말 내 평생 가장 놀라운 장면을 보았어요. 그에 대해서 조금은 듣고 있었지만 그렇게까지 놀라우리라고는 생각하지 못했습니다."라고 말했다.

'5번가 체육관'의 관원 중에는 흑인과 히스패닉계 빈민가에서 개업하고 있는 퍼디 파체코라는 백인 의사가 있었다.

직업에서 받는 스트레스를 해소하기 위해서 간혹 체육관에 나와서 샌드백도 치고 줄넘기도 하고 벤치프레스를 밀기도 하면서 시합 때는 선수코너에서 던디를 돕고 있었다.

파체코는, 평소 의사가 질병을 치료하면서 환자가 회복과정에서 최대의 능력을 발휘할 수 있도록 심리요법을 쓰는 것처럼, 던디도 선수들에게 심리요법을 쓰고 있는 것을 보았다.

"그는 선수들에게 자신감을 갖게 하고 자연발생적인 생동감이 충만해지도록 했으며, 자유재량을 주어 스스로 깨우치도록 했다. 이러한 지도방식을 클레이는 잘 따랐고 던디를 존경했다." 고 파체코는 말했다.

이어서 클레이의 당시 신체상태를 이렇게 회고했다.

"클레이는 1961~1963년경에 가장 완벽한 신체를 소유했다. 건강적인 면, 해부학적인 면, 예술적인 관점에서까지 보았을 때 더 이상 완벽한 사람이 없을 정도였다. 완벽한 신체의 구성 비율, 수려한 용모, 번개같은 순발력, 이상적인 스포츠인의 자세

등에서 지구를 대표할 만한 인간의 샘플이었다."

4월 19일 루이스빌 프리덤 홀에서 라마 클라크와의 경기가 개최되었다.

그는 근래 5연속 KO승을 거두고 있는 강타자였다.

클레이는 프로에서는 처음으로 "2라운드에서 KO시키겠다"고 예언했다.

2라운드가 시작되면서부터 집중포화를 퍼부어 클라크의 코를 부수고 두 번이나 캔버스에 쓰러뜨리자 레프리가 경기를 중단시켰다.

"그의 언행은 모든 것이 흥미로워 보였어요. 그에게는 길이 환히 보이는 것 같았어요. 누구도 그렇게 하지 못했고 또한 그의 입을 막지 못했어요. 예언하고 이기고를 계속했는데, 다른 사람이 그랬다면 그렇게 흥미롭지 않았을거예요."
라고 파체코가 말했다.

6월 26일에는 라스베이거스 컨벤션 센터에서 듀크 사베동과의 시합이 거행되었다.

거구의 사베동은 하와이 출신으로 프로 데뷔전이었다.

첫 라운드부터 실력차이가 뚜렷하여 클레이를 때릴 수 없게 되자 로우블로로 일관했다.

클레이가 10라운드 판정승을 거두었다.

클레이는 본 경기에서보다도 사전홍보 쇼에서 아주 소중한 교훈을 얻게 되었다.

시합 전에 홍보활동의 일환으로 지방라디오 쇼에 출연했는데 대담자는 당시 유명한 프로 레슬러인 고오저스 조지였다.

그는 과장된 자기도취와 유연하고 섹시함을 밑천으로 TV시대에 부합하는 레슬링의 새로운 활로를 찾고 있던 첫 번째의 인물이었다.

링에 입장할 때는 머리를 말아서 핀을 꽂은 상태로 입장했다.

링에 올라서는 "얏!" 하는 기합소리와 함께 핀을 빼면 황금빛 머리채가 어깨까지 '척' 흘러내렸다.

이때 옆에서 보조원이 머리칼을 천천히 곱게 빗기고, 다른 보조원이 링매트에 살충제를 뿌릴 때, 또 다른 보조원은 향수를 조지의 몸에 뿌렸다.

스포트 라이트를 받으면 그의 몸은 말 그대로 번쩍번쩍 빛나는 '화려한 조지'가 되었다.

라디오 쇼에서 클레이는 조용히 있지는 않았지만 조지만큼 혀가 거칠지는 못했다.

시합에 대한 예상을 물었을 때 클레이는 "사베동을 태평양으로 날려 버리겠다"고 대답했다.

조지 자신과 시합을 하면 어떤 예상을 하느냐는 질문에

"이번에는 북극으로 날려 버리겠다"고 대답하는 순간 그는 책상을 손바닥으로 치고 벌떡 일어나면서 길길이 뛰었다.

"이 새끼 죽여 버리겠다."

"이 새끼 팔을 잘라 버리겠다."

"이 자식이 나를 때릴 수 있다면, 나는 링을 기어서 다니고 내 머리채를 자르겠다."

"그러나 그런 일은 일어나지 않을 것이다. 왜냐하면 나는 세계에서 가장 위대한 레슬러이니까."

조지는 벌써 46세나 되었지만 몇 년째 이런 상투적인 쇼를 해오고 있었다.

그의 이런 '쇼'를 본 클레이는 깊은 감명을 받았다.

라디오 쇼가 끝난 뒤 탈의실에서 그를 만났을 때는 친절하게도

"나의 시합 때는 항상 관중이 만원이다. 나의 황금빛 머리채, 향수를 바른 번쩍번쩍 빛나는 몸이 관중을 끌어모으고 있다."

"자랑과 욕과 건방을 담은 당신의 입을 보려고 관중들이 모여든다. 관중들은 누군가 당신의 입을 닫게 만들 것도 기대한다. 당신은 입 하나로 15,000명을 모으고 있는 것이다"라고 설명했다.

클레이는 이러한 그의 가르침을 링에 서는 날까지 유용하게 사용하리라고 마음먹었다.

처음에는 루이스빌과 마이애미에서 시작하여 얼마 뒤에는 「스포츠 일러스트레이티드」 같은 전국적인 매스컴에서도 점차 클레이의 '홍보술'에 대한 관심을 보여주었다.

사실 클레이의 이 방법은 이미 알려진 사실이었고 이론이었다. 복싱스타일은 슈가 레이 로빈슨과 빌리 콘에서 왔고, 말솜씨는 그의 부친에게서 물려받았으며, 그의 화려한 행동은 잭 존슨, 아치 무어, 고오저스 조지를 본뜬 것이었다.

클레이는 이러한 대상들에 스스로의 창의력을 결합하여 가장

최근에 가장 화려하게 등장한 쇼맨의 결정이었다.

클레이는 언젠가 루이스빌의 친구들 이야기를 한 적이 있었다.

"내 오토바이가 고장이 났을 때 그들의 차로 체육관까지 데려다 준 친구들이 있었죠. 최근에 그들은 내가 부자가 되면 '우리들을 잊지 말라'고 합니다."

그의 부친도

"다른 사람들의 말은 듣지 마라. 나는 너에게 하루도 일을 시키지 않았다"고 말했다.

그러나 그는

"나는 사실상 하루도 일은 안하고 복싱만 했습니다. 그러나 나를 만든 것은 바로 나입니다. 잘 되었든 잘못 되었든 나를 책임질 수 있는 것은 나밖에 없습니다"고 밝혔다.

파이터와 복서에 필요한 스피드와 기술을 더욱 향상시킨 클레이는 이후 연전연승을 거두어 갔다.

7월 22일에는 루이스빌 프리덤 홀에서 아론조 존슨을 10회판정으로,

10월 7일에는 루이스빌 프리덤 홀에서 알렉스 미테프를 6회 KO로,

11월 29일에는 루이스빌 프리덤 홀에서 윌리 베스마노프를 7회 KO로 이겼다.

1962년 2월 10일에는 뉴욕 매디슨 스퀘어 가든에서 소니 뱅크스를 4회 KO로,

2월 29일에는 마이애미 컨벤션 홀에서 돈 와너를 4회 KO로,

4월 23일에는 로스앤젤레스 메모리얼 경기장에서 조지 로간을 4회 KO로,

5월 19일에는 뉴욕 니코라스 경기장에서 빌리 다니엘을 7회 KO로,

6월 20일에는 로스앤젤레스 메모리얼 경기장에서 아레잔드로 라보란테를 5회 KO로 눌렀다.

가장 위험한 순간은 소니 뱅크스와의 경기 중에 있었다.

1라운드 시작과 동시에 마음놓고 들어가다가 뱅크스의 카운터·펀치에 다운되었다.

트레이너 던디도 '끝났구나' 하고 생각했을 정도였다.

바로 일어선 클레이는 놀라운 충격흡수력과 회복력으로 4라운드에서 KO로 이겼다.

시합 후 던디는

"그는 믿을 수 없는 회복력을 보였다. 자신의 힘과 화려함 속에서 자기 암시를 만들고 그것을 실현할 수 있는 재주를 보태서 계속 에너지를 얻어 간다"고 말했다.

뱅크스의 세컨드 해리 윌리는

"클레이는 그가 어디에 있는지 상대가 모르게 될 때까지 끊임없이 괴롭힌다. 쪼고 괴롭히고, 괴롭히고 쪼면서 어느 순간에는 끝을 내 버린다"라고 평했다.

이러한 복싱경기 외에 클레이는 또 다른 경험을 하게 되었다. 안소니 퀸이 주연한 폐인이 된 은퇴 복서를 그린 영화 〈챔피언 애가〉에 500달러를 받고 단역으로 잠깐 출연했다.

많은 시합에 출전을 강요받는 챔피언 안소니 퀸에 도전하는
새 얼굴의 도전자 역이었다.

'구석기인(人)'과의 조우

    리스튼이 생각해 보니 클레이는 그야말로 넝쿨째 굴러들어 온 호박이었다.

    우선 도전자가 없어서 안달이 나던 참이었는데 도전자가 생겨서 좋았고, 존스전이나 쿠퍼전에서 졸전을 했다는 것도 안심이 되었고, 말 많은 애송이 녀석을 박살내고 나면 몸값이 아무래도 300만 달러대로 뛸 것이고 보면, 환영 정도가 아니라 자다가도 웃음이 나올 지경이었다.

    클레이는 리스튼의 이러한 마음을 잘 알고 있었다. 그래서 심리적인 만족감이나 균형을 깨뜨릴 수 있는 1차적인 사전 작전을 궁리했다.

    빠른 시일 내에 곰을 동면에서 끌고 나와서는 그의 맵디매운 '입'맛을 보여주기로 결심했다.

    「플레이 보이」지와의 인터뷰에서 클레이는 다음과 같이 밝혔다.

    "누구나 자기와 싸우는 상대를 연구하듯이 나는 그가 랭킹에 오른 이후부터 그의 스타일·힘·펀치 등을 연구해 왔습니다.

내 입장에서 가장 큰 관심사는 리스튼이 링 위에서 어떻게 나올 것인가 하는 점이었습니다. 그의 심리를 어떻게 움직일 것인가를 연구하려고 그 주위에 있는 사람들과 계속 대화해 왔습니다."

우선 그의 신경을 날카롭게 만들어 버리기 위해서 리스튼을 전격 '방문'하기로 결정했다.

당시 리스튼은 "필라델피아 시장보다는 덴버에서 가로등 지주라도 되겠다"고 하면서 그곳으로 이사했다.

클레이는 리스튼을 방문할 때 사용하고 움직이는 캠프와 광고 차량으로 활용할 목적으로 1953년형 30인승 버스를 구입했다.

버스외부 색깔은 어렸을 때 잃어버렸던 자전거와 같은 빨갛고 흰색이었고 거기에는 큰 글씨로 다음과 같이 써붙였다.

'세계에서 가장 개성있는 복서'

'리스튼 8라운드 KO패'

회교도 친구인 아치 로빈슨, 사진사 하워드 빙햄 등과 함께 리스튼의 마음을 뒤흔들어 놓고자 덴버로 출발했다.

그의 주소는 이사할 때 신문에 보도되었으므로 이미 알고 있었다.

새벽 2시경 덴버시 경계에 도착하자 신문사 및 지국 등에 전화를 걸어서

"리스튼의 집에서 재미있는 쇼가 벌어질 테니 취재하십시오." 라고 알렸다.

3시쯤 리스튼의 집 앞에 도착했을 때는 이미 꽤 많은 보도기관들의 차량과 기자들이 모여 있었다.

"빵ㅡ빵"

이른 새벽의 고요를 깨는 버스의 경적 소리가 요란하자 모두들 무슨 일인지도 모르고 잠에서 깨기 시작했다.

"리스튼은 들어라. 나는 당신을 8회에 KO시키겠다. 지금 나오라. 당장 KO시키겠다."

버스에 설치한 마이크 소리는 인근 2km까지도 들릴 정도였다.

"빨리 나오라. 안 나오면 쳐들어간다. 대문을 부수고 쳐들어가겠다."

"뭐야, 이 새끼들!"

실크 가운을 걸치고 마루에 나온 리스튼은 버럭 소리를 질렀다.

그는 어떻게 해야 할지 몰라서 난감해했다.

우선 이른 새벽에 마이크로 떠들어 대는 것이 이웃에게 창피했다.

만약 나가서 길 한복판에서 싸움이라도 한다면 그의 전과가 문제가 될 것이고, 언론에서도 나쁜 여론이 조성될 것이 분명했다.

계속 울려퍼지는 마이크 소리에 화도 나고 당황했지만 어찌할 도리가 없었다.

밤중에 억지로 잠을 깬 주민들도 툴툴거리면서 몇 명씩 버스 주위로 모여들기 시작했다.

그때 경찰차가 나타났다.

잠을 깬 주민 중 누군가 신고했던 모양이다.

"빨리 가지 않으면 입건하겠소."

하는 수 없이 그 자리를 떠나지 않을 수 없었지만 목적을 달성하고 돌아오는 마음은 그렇게나 유쾌할 수가 없었다.

"나쁜 일이 생기면 리스튼같은 사람은 빨리 반응을 보이지 않는 대신 오래 가거든, 아마 오늘 일도 몇 달은 갈거야."

클레이는 버스 안에서 계속 쾌재를 불렀다.

클레이가 덕 존스, 헨리 쿠퍼와 싸우는 동안 리스튼은 한번도 싸우지 않고 챔피언에게 주어지는 호화스럽고 기름진 쾌락에만 탐닉했다.

각종 파티에 참석하고 술과 여자에도 빠지다 보니 자연적으로 훈련에는 소홀해졌다.

"리스튼이 참석하는 모임이 신문에 보도될 때마다 나는 박수를 쳤습니다. 그는 패터슨과의 2차전 때 이미 트레이닝 부족이었습니다. 패터슨이 워낙 저조했던 것이 오히려 그를 자만에 빠지게 만든 것입니다. 패터슨보다 못한 것으로 나를 평가하고는 쉽게 사인을 한 것 같습니다."

사실상 리스튼은 클레이의 입 외에는 심리전까지 모든 준비를 완벽하게 갖춘 구체적인 사실들을 보지 못하고 있었다.

1963년 11월 5일 덴버에서 리스튼과 클레이 간의 타이틀전 조인식이 열렸다.

다음해 1964년 2월 25일 마이애미 컨벤션 홀에서 타이틀전을 개최하며 폐쇄회로 TV로 전국에 중계한다는 내용 등이었다.

리스튼측과 루이스빌의 후원회측은 모두 리스튼의 KO승을 점쳤다.

데이빗슨 변호사도 이렇게 말했다.

"솔직히 말해서 시합 종료 시까지 클레이는 리스튼을 못 때릴 것으로 보았어요. 계약서를 체결할 때까지 내가 가진 모든 자료들은 클레이가 KO패할 것으로 나왔어요. 나의 유일한 소원은 클레이가 다치지만 않는 것이었죠."

「뉴욕 타임스」의 한 칼럼니스트는 "어린이와 어른 간의 대결과 같은 그 시합은 잔인한 범죄가 될 것이기에 도덕적으로 반대하고 싶다"고 했다.

리스튼은 체구가 큰 것에 비하여 예리했다. 또한 세계 정상급의 근육질을 갖추고 있었지만 사소한 문제에 쉽게 허물어지는 여린 마음을 가지고 있었다.

그는 나이 문제에 항상 민감했다.

또한 왕에게나 해당됨 직한 존엄성과 클레이가 무시하는 '존경'을 엄격하게 요구했다.

바보라고 놀리면 그는 참을 수 없는 모욕으로 느끼고 돌이킬 수 없는 위험지역으로 빠지고 말았다.

클레이는 그의 감정이 쉽게 상처나고 혼란되고 쉽게 허물어지는 아킬레스건을 알고 있었다.

클레이의 본격적인 전략은 리스튼이 훈련차 마이애미에 도착하는 순간부터 전개되었다.

비행기가 도착하기 전부터 기다렸다가 그가 활주로로 내려왔을 때 큰 소리로 맞이했다

"어이 챔피언! 못생긴 큰 곰, 지금 당장 패 주겠다."

그가 클레이에게 다가오면서,

"이봐 보기 싫은 놈! 이건 농담이 아니야"라고 말하자

"농담?"

클레이가 맞받았다.

"퍼석한 챔피언, 여기서 바로 패 주겠어."

리스튼은 클레이를 위로 아래로 쳐다보았다.

그러나 그가 확인할 수 있었던 것은 자신보다 키가 크고, 웰터급 정도의 빠른 스피드를 가진 데 비해서도 훨씬 크다는 사실이었다.

리스튼은 매니저 잭 니론, 조 루이스 등과 동행했다.

조 루이스는 트레이너가 아닌 잡무를 맡고 있었으며 챔피언이 훌륭한 사람이라는 것을 홍보하는 대가로 유흥비 정도를 지급받고 있었다.

리스튼 일행은 대기해 놓은 고급 승용차를 타고는 해변가에 임대해 놓은 주택으로 출발했다.

그러나 클레이는 그들이 그냥 갈 수 있도록 내버려두지 않았다. 그들의 뒤를 따라서 그도 차를 몰고 갔다.

상당 시간 계속 따라가자 갑자기 길가에 차를 멈추고서는 흥분한 리스튼이 밖으로 나와서 소리를 질렀다.

"잘 들어! 이 조그만 새끼야. 네 입을 갈겨 버리겠어. 알겠어."

클레이도 소리를 지르면서 그의 윗도리를 벗으려고 했다.

"좋다, 이 자식아 덤벼라!"

정말로 난투극이 일어나려는 순간이었다.

다른 사람들이 중간에서 떼어놓았지만 리스튼으로서는 참자니 속이 부글부글 끓었다.

이 소문은 몇시간 내에 마이애미 전체에 퍼졌다.

그 내용도 '챔피언 리스튼이 클레이에게 모욕당했다'는 말이고 보면 리스튼으로서는 펄펄 뛸 만큼 기분이 나빴다.

리스튼은 마이애미 북쪽에 있는 서프 사이드 시립 공회당에서 훈련을 했다.

조금 추운 아침에는 히터를 틀었고 조금 더운 오후에는 에어컨을 틀었다.

스케줄을 소개하는 아나운서가

"다음은 챔피언이 샌드백을 치는 시간입니다"고 알리면 리스튼은 샌드백을 쳤다. 그것도 잠깐만.

샌드백을 치는 시간이 끝나면 윌리 레디시가 이끄는 그의 트레이너 등이 타월을 가지고 나와서 클레오파트라를 시중들 듯 정성껏 땀을 닦아 주었다.

레디시가 리스튼의 보디에 메디슨볼을 몇 십 분 치고 나면 리스튼은 야간열차 곡에 맞추어 고무줄 피하기를 했다.

"챔피언의 뒤꿈치가 마루에 닿지 않았음을 유의하십시오. 그는 발끝으로만 고무줄 피하기를 합니다."

스케줄 소개 아나운서는 계속 홍보에 열을 올리고 있었다.

그가 훈련할 때는 유명한 피아니스트 러브레이스가 피아노를 연주했다.

복서가 시합을 앞두고 연습할 때 보기 힘든 화려함이었다.

리스튼의 약점은 시합을 위한다고 라스베이거스에서 온 애시 레즈닉과 휴식시간 등에 이야기를 나눌 때마다 마음이 해이해졌다는 점이었다.

보조 트레이너 조 폴리노는 그의 스파링 파트너였던 잭 매키니에게 "레즈닉이 리스튼에게 창녀를 알선했다"고 말했다.

매키니는 "리스튼의 자세에는 먼저 매니저 니론의 책임이 크다. 그는 실속없이 마음이 좋기만 한 사람이다. 복서의 매니저로서 선수관리가 우선인데도, 번창하는 사업가 역할만 하고 싶어했고 무엇이 옳고 그른지조차 몰랐다"고 했다.

또한 레즈닉이 리스튼 자신도 모르는 채 리스튼에게 주선한 두 가지 분명한 갈고리를 지적했다.

하나는 '창녀 문제'이고, 또 하나는 '정신적인 해이 문제'였다.

그는 "복싱선수는 누구와 싸우는 것이 문제가 아니라 무슨 일이 일어날 수 있다는 것까지 염두에 두어야 한다. 비록 식은 죽 먹기같은 상대일지라도 항상 트레이닝을 해야 한다"고 강조했다.

스파링 파트너 중 한명인 포네다 콕스는

"리스튼은 마이애미에 왔을 때 클레이를 죽이게 될 것이라고 확고하게 믿고 있었다. 시합 한 달 전까지도 사실상 클레이는 안중에도 없었다"고 언급했다.

그의 동료 한명이 "클레이가 엄청나게 실력이 좋아졌다는 소문이 있더라"고 걱정스럽게 말했을 때 리스튼은

"걱정 마. 그 자식 눈에 악마를 씌우고 링에서 쭉 뻗게 만드는 작전을 쓰겠어"라고 자신만만해했다.

그의 동료는 계속

"나는 리스튼이 최고의 컨디션이 아니라고 생각한다. 그가 시합 직전에도 핫도그·팝콘·맥주 등을 먹는 것을 흔히 보았다."라고 덧붙였다.

알라신(神)의 품

　이슬람교는 7세기초 모하메드라고도 부르는 마호메트가 아라비아 반도 메카에서 알라의 예언자라는 자각을 얻고서 창시한 종교이다.

　'신에 비교할 수 있는 것은 아무것도 없다'는 엄격한 유일신의 원리와, 본질·속성 등에서 사람을 넘어서며 다른 피조물과의 대비도 거부하는 초월신의 원리에서 나왔다.

　따라서 종족분리를 인정하지 않으며, 그들의 신은 알라로, 이슬람교도들은 '귀의한 사람'을 뜻하는 무슬림으로 부르고 있다.

　'블랙 무슬림'은 '무슬림' 또는 '이슬람 민족주의'이라고도 부르며, 이슬람교와는 전연 다르게 1930년 디트로이트에서 윌리엄 파드가 정립·체계화한 미국적인 흑인 종교집단이다.

　흑백분리주의와 흑인우월주의를 부르짖고 백인에 대한 적개심을 감추고 있다.

　루이스빌에서는 1959년까지 거의 알려지지 않았고, 흑인이 운영하는 예배장소인 조그만 모스크가 있었으나 아무도 관심을 두지 않는 상태였다.

클레이가 고등학교 때 그의 학기 과제물을 블랙 무슬림 용지에 기록하고 싶다고 하자 여선생님이 거절했다.

이에 호기심 이상의 반발적인 흥미가 생겼고, 경전·체계·조직 등 무슬림에 대한 모든 것을 알고 싶은 충동에 빠졌다.

17살이었던 1959년 그는 골든 글러브 대회에 출전하기 위해 시카고에 갔다가 엘리자 모하메드가 이끄는 무슬림 본부를 방문하고는 교리·설교집·홍보물 등을 구했다.

이를 읽고 나서부터 그는 무슬림에 대한 이론·자존심·인종분리 등에 대한 개념을 분명하게 정립하게 되었다.

로마에서 돌아온 후에도 각지에서 개최되는 무슬림 모임에 참가했으며 깊은 인상을 받았다.

"무슬림에서 알게 된 가장 확실한 사실은 흑백분리주의를 발견한 것입니다"라고 그는 말했다.

마이애미로 옮긴 후 얼마 되지 않았던 1961년초 클레이는 우연히 샘 색션으로 통하는 캡틴 샘이라는 50대 중반의 남자를 만났다.

그는 최고 지도자인 엘리자 모하메드의 연설을 들은 후 무슬림에 가입한 수영장 종업원이었다.

시카고에서 책임구역을 할당받은 후 그는 마이애미로 왔으며, 이곳의 최고 책임자는 이스마엘 사바칸이었다.

샘은 엘리자가 자신에게 사바칸의 '오른팔'이 될 것을 원한다고 말했다.

그는 "새로운 무슬림을 확보하지 못하거나 '모하메드 말씀'을 팔지 못할 때는 마이애미 경마장, 트로피칼 공원 등에서 '회개 활동'을 해야 한다"고도 했다.

샘은 클레이가 무슬림에 대해서 이미 상당히 많이 알고 있는데 대해 놀랐다.

자신을 곧 세계 헤비급 챔피언이 될 것이라고 소개한 클레이는 자신의 스크랩북을 보러가자고 초대했고 샘이 따라나섰다. 그들의 대화 중에서 클레이가 어떻게 생각하고 있는지 알았고 큰 흥미를 가지고 있는 것이 분명했으므로 지역 모스크의 모임에 초대했다.

그 모임에서 브라더 존이라는 설교자는 흑인의 자존심에 대해 설교했다.

"왜 우리를 니그로라고 부릅니까? 그것은 우리의 자존심을 없애려는 백인들의 술수입니다.

중국인을 보면 그가 중국에서 왔음을 알고, 프랑스인을 보면 프랑스에서 왔음을 아는데, 니그로라고 부르는 나라는 어디에 있으며 어떤 나라입니까?"

그는 계속해서,

"미국 흑인의 이름은 노예임을 나타내고 있으며 조상의 관념도 없고 사실상 조상을 지워버린 이름입니다.

그 이유는 흑인의 조상들이 나일강 유역에서 경이적인 문화를 건설했을 때 백인들은 동굴에서 원시인 생활을 했는데, 이러한 사실을 말살하고자 하는 백인들이 그렇게 만들었기 때문입니다."
라고 말했다.

클레이는

"그의 말이 명확하게 이해되었으며 감명을 받았다"고 밝혔다.

그후부터 그는 '모하메드 말씀'을 읽고 '백인의 천국은 흑인의 지옥'이라는 레코드를 들으면서 블랙 무슬림에 더욱 빠져들었다.

애틀란타에 자리잡은 블랙 무슬림의 지역 책임자인 제레미아 샤바즈가 클레이를 만나러 마이애미에 왔다.

그는,

"중국의 불상이 중국 것으로 보이는 것처럼 인류의 시조가 아프리카에서 발견된 사실에서 신이 흑인이라는 것을 알 수 있는데도, 유럽인과 미국인은 어떻게 백인 크리스트를 숭배하는지 아십니까?" 하고 물었다.

"왜 미국의 흑인이 흑인 신을 믿지 않으며, 클레이 부친같은 흑인이 백인 예수의 벽화그림을 그리는 데 시간을 소비하는지 아십니까?"라는 질문도 덧붙였다.

"그것은 신이 흑인이기 때문입니다."라고 스스로 대답했다.

"흑인인 신을 믿지 못하게 만들려고 흑인을 탄압했습니다. 아버지와 아들을 노예로 만들어 쇠사슬로 묶고서는 미국을 건설하는 데 동원했습니다."

라고 하며 이러한 악마보다 더 나쁜 악마는 없다고 했다.

계속해서 자연적인 그들의 권리인 자유를 백인들에게 구걸하기 위해서 가스를 맞고 거리에서 폭행당하고 개에게 물리고 소방호스에 쓰러지고 하는 시민권리운동도 대단히 어리석은 짓이라고 했다.

그는 어떤 의미에서는 필요한 반대인 강경한 반대를 요구했다.

엘리자의 참모인 말콤X도 마틴 루터 킹 목사의 자유승차를 위한 버스승차거부운동과 민권운동을 위한 연좌농성을 비난하면서 '그것은 누구나 할 수 있는 일'이라고 비꼬았다.

이어서 "블랙 무슬림은 연좌하고 폭행당하는 것을 거부하며 원천적으로 이를 타파·혁신하고자 한다"고 밝혔다.

이러한 강한 메시지는 클레이에게 더욱 큰 공감을 불러일으켰다.

그는 분리주의 지역인 루이스빌에서 성장했고, 분리주의 도시인 마이애미에 살고 있었기 때문에 더욱 그러했다.

이후 클레이와 그의 동생 루디는 창조신화를 되새기기 위하여 자주 모스크나 각지에서 개최되는 무슬림 집회에 참석했다.

클레이의 내재되어 있던 자존심에 불길을 당긴 블랙 무슬림은 자마이카 벽돌공의 아들인 마르크스 가비에 의해서 사실상 태동되었다.

당시에는 공식적인 명칭은 없었지만 실질적인 활동을 했고, 이후 우주론 등이 전체적으로 혹은 부분적으로 확립·체계화되었다.

그는 1914년 세계흑인지위 향상협의회를 결성했으며, 「주간 흑인세계」의 편집장과 「민족주의 이상」 발행인 등 화려한 활동을 전개하고 난 뒤 1916년 미국으로 이주했다.

그의 정신적 스승은 신이 흑인이라고 주장한 헨리 맥닐 터너 주교, 흑인의 동아프리카나 남아메리카에 대한 대규모 이주가능성을 연구한 마틴 R.디레니, 이상주의자인 이사이아 모트고머리 등과 같은 19세기 민족주의자들이었다.

가비는 백인들이 동굴에서 야만인 생활을 하고 있었을 때 흑인은 나일강 유역에서 경이적인 문화를 건설했음을 제기했고, 아프리카로 귀환하자는 설교를 통해 흑인들에게 자존심을 심어 주려고 애썼다.

"흑인의 정부는 어디에 있습니까?"

"흑인의 왕과 왕국은 어디에 있습니까?"

가비가 뉴욕을 근거로 카네기 홀에서 집회를 개최하는 등 대단한 인기를 누리자, FBI는 끊임없이 그의 뒤를 파헤쳐 마침내 우편사기죄를 포착했다.

그는 2년을 복역한 후 1927년 자마이카로 추방되었고 이후 다시 미국에 돌아오지 못했다.

윌리엄 파드는 1930년 디트로이트에 정착한 뒤 그의 소관인 이슬람 모스크를 알라의 화신으로 하고, 코란을 그의 성서로, 자신을 무슬림으로 칭하고, 흑인을 위한 이론·역사·세계관 등을 정립하여 블랙 무슬림을 세웠다.

메카와 가까운 곳에서 출생했다고 했지만 그곳에는 가 본 적도 없었고, 캘리포니아와 시카고를 거쳐서 디트로이트에 왔으며, 방문 세일즈맨 출신이었다.

그는 흑인이 가진 고대이슬람 유산과 문화의 우수성을 발견했다고 설교했으며, 자존·자립·청결·근면 등의 규범을 제창했다.

그러나 이러한 규범은 그가 처음 제창한 것이 아니었다. 올바른 도덕적 행동의 제창은 무수한 흑인 교회의 설교에서 들을 수 있는 흑인 민족주의 이론에서 나온 것이며, 아프리카로 귀환하자는 흑인의 자존심은 가비로부터 나온 것이었다.

파드는 세계에 통용되는 이슬람교의 코란과는 완전히 다른 다음과 같은 우주론을 개발했다.

76조 년 전에 우주가 공허하고 생물이 없었을 때 하나의 원자가 회전·분리되어서는 우리가 알라라고 알고 있는 원조인간인 흑인이 되어서 아프리카로 왔다.

알라는 지구의 세계를 창조하고 그다음에는 흑인 종족을 창조했는데, 그들의 생활은 풍요로웠고 정의로움이 충만했다.

6,600만 년 전에는 '큰 머리의 과학자'로 알려진 특별하게 큰 머리를 가진 야곱이라는 흑인 어린이가 태어났다.

야곱은 비범한 인간이었으며 해부학적으로 천재였다.

그는 18살 무렵에 우주항로에 대한 공부를 마쳤으나, 위험한 이론을 설교했다는 이유로 59,999명의 추종자들과 함께 에게해(海)에 있는 팻모스로 추방되었다.

야곱은 악마의 유혹에 빠져서 추종하는 흑인들을 죽이고 거짓과 시기와 살인의 와중에서 악마의 종족을 창조했다.

흑인은 열성인 백인 배아나 유전자 및 약한 갈색 유전자를 가지고 있다는 것도 알았다.

이러한 흑인에게 야생동물을 먹이거나, 뇌에 바늘을 찌르거나, 혹은 피부색이 '밝은' 남녀를 결합함으로써 백인이나 황인종을 창조할 수 있었다.

200년 후 야곱이 죽자 팻모스에서는 흑인이 없어졌다.

팻모스의 남녀들은 흑색에서 갈색이나 황색으로 거기서 또 백색으로 진화되었다.

엷은 머리와 푸른 눈을 가진 백인을 '백인 악마'로 불렀다.

백인 악마는 비정상적으로 빈약한 180g의 뇌를 가졌기 때문에 병약하고 엷은 핏줄과 약한 뼈를 가졌으며 정의로움이 결여된 사람들이었다.

백인은 이슬람의 은총을 누리는 동쪽으로의 이주를 거부당하고 서쪽인 유럽으로 보내졌다. 모세가 그들을 구원하러 올 때까지 오랫동안 백인들은 원시인 생활을 했다.

그러나 그들은 처음에는 유럽에서 다음은 신천지에서 지배자로 신분이 바뀌었다.

아프리카에서 흑인을 쇠사슬로 묶어서 끌고 와서는, 노예로 만들고 돼지처럼 다루며 기독교 교리를 주입하고 원조인간의 빛나는 문화와 관계를 끊도록 만들면서 이들을 잔인하게 취급했다.

신을 두려워하는 사람들에 대한 구출신화는 다음과 같다.

모 비행체는 원형이면서 폭이 반마일인 우주선인데 가장 훌륭한 흑인이 조종하며 그들의 심리적 힘을 추진력으로 사용한다.

무슬림의 축제인 순례월의 '희생제' 8~10일 전에 모 비행체는 임박한 하늘의 공격으로부터 신을 두려워하는 옳은 사람들이 숨을 수 있는 장소를 알리는 아랍어와 영어로 된 팜플렛을 지구에 뿌린다.

하늘의 공격은 잔인하고 완벽하다.

1,500대의 비행기가 모 비행체로부터 발진해서 끊임없이 폭탄을 투하하지만 정의로운 흑인만은 살아남게 된다.

자신들의 계시록에 의하면, 미국은 불의 바다에서 390년간 불탈 것이며 610년 후에야 원상회복되고 마지막에는 정의로운 인간인 흑인이 잿더미 위에서 새로운 문화를 건설할 것이라고 한다.

파드의 후계자였던 엘리자 모하메드는 1897년 조지아주 농촌에서 출생했다.

당시는 어린 흑인에 대한 린치가 너무나 만연하여 아무도 모른 채 죽어나가는 경우가 다반사였다.

그의 할아버지는 노예였고, 어릴 때 이름은 엘리자 풀레였다.

도저히 가난을 벗어날 길이 없자 1923년 디트로이트로 이주하여 가장 가난한 한구석에 정착하였다. 디트로이트에서의 가난은 여러 의미에서 조지아에서보다 더 비참했다.

초라한 임금을 받기 위해서 자동차공장을 왔다갔다하는 자신을 발견하고는 풀레는 절망 속에서 술에 절어 세월을 보냈다.

풀레는 다른 가난한 흑인들처럼 파드로부터 설교를 듣기 시작했다.

그는 30년대 초반 파드를 추종하는 8,000명 중의 한사람이었다. 무슬람식 이름인 엘리자 모하메드로 개명한 그는 자신의 임무를 철두철미하게 완수해서 곧 파드의 수석 보좌진이 되었다.

풀레는 1934년 상당한 잡음이 있은 끝에 물러나지 않으면 안될 입장으로 내몰았던 파드로부터 블랙 무슬림을 인계받았다.

그는 자녀들을 공인된 학교에 보내지 않았다. 이로 인해 어린 이보호태만 혐의로 체포되었고, 이후 가족과 함께 그의 책임지역을 시카고로 옮겼다.

그의 전설적인 제스처 중의 하나는 군대의 징집을 거부하고 대신 징역형을 받겠다는 것이었다.

클레이가 무슬림에 깊이 빠져든 것을 감지할 수 있는 사례들

은 점차 많아졌다. 그렇다고 해서 놀라거나 이상하게만 볼 일이
아니었다.

초기에 그는 무슬림이론에서 무엇이 유익하고 유익하지 않는
가를 구분하는 데 신경을 쓰지 않았다.

그러나 시간이 지남에 따라 느끼는 점이 있었고 가급적 언급
하는 것을 피하기도 했다.

그의 관심은 블랙 무슬림의 우주론이 아닌 자존심, 올바른 행
동, 정신적 안정 등에 있었다.

시카고에서 열렸던 블랙 무슬림의 집회에 갔을 때 몇몇 기자
들이 "당신은 무슬림 신자입니까?"라고 질문했지만, 클레이는 자
꾸 딴전을 부리고 트집을 잡기만 했다.

"무슬림은 돼지고기를 먹지 않고 술을 마시지 않습니다. 깨끗
하고 열심히 일하며 배우자를 속이지 않고 마약도 하지 않습니
다."

재차 교도인지를 질문받자,

"현재는 아닙니다, 그러나 될 수도 있습니다. 그들은 신 다음
으로 가장 깨끗한 사람들입니다."라고 말했다.

"클레이는 힘을 이해하고 이를 필요로 했습니다. 리스튼이 마
피아를 필요로 했듯이 그는 블랙 무슬림을 필요로 했던 것입니
다."
라고 파체코는 말했다.

그러나 무슬림에 많은 전과자가 있었고, 그들과 갈등이 있을
때는 추적을 담당하는 사람들도 폭력적이라는 사실을 알고서는

당황해하기도 했다.

　1962년 12월 디트로이트의 지역 모스크에서는 대규모 집회가
열리고 있었다.
　동생 루디와 함께 참석한 클레이는 캡틴 샘의 주선으로 엘리
자 모하메드를 만났다.
　그 무렵에는 무슬림의 활동이 활발했고, 엘리자는 조직의 확
고한 리더가 되어 있었다.
　그는 '복싱은 백인의 즐거움을 위해서 존재하는 가치없는 스포
츠이며 음주와 비슷하다'는 인식을 가지고 있었다.
　그러나 클레이에게는 따뜻하고 자상하게 대해 주었다.
　뒷날 그는 "엘리자는 나의 마음을 정복했고, 진심으로 존경심
을 느낀다"고 말했다.

　집회가 시작되기 전 본부의 간부와 대화를 나누고자 무조건
식당 옆에 있는 사무실에 들어갔다.
　클레이는 거기에 있던 본부 간부에게
　"나 캐시우스 클레이입니다."라고 하면서 악수를 청했다.
　말콤X는 이 잘생긴 젊은이가 누구인지 별로 관심이 없었으나,
그는 헤비급 타이틀의 상위도전자라고 자신을 소개했다.
　무슬림들은 충성심을 나타내고 백인 사회를 거부한다는 표시
로 새로운 무슬림식 이름을 만들거나 성 뒤에 X를 붙였다.

　복싱이래야 글러브를 끼고 놀았던 경험이 전부이고, 수년간
너무 바빠서 신문의 스포츠면에조차 관심을 주지 못했던 말콤X

는 이 자신에 찬 젊은이에게 흥미를 느끼기 시작했다.

그가 이슬람의 분리주의·자존심 등을 이야기했을 때, 클레이는 전문적인 복싱 지식이나 개인적인 비밀까지 고백하기 시작했다.

"클레이는 그냥 좋았고 친구 같았고 분명한 젊은이였다. 순진하면서 사소한 일에도 정성을 쏟았다"고 말콤이 말했다.

클레이는 무슬림과의 관계를 발표하는 것이 타이틀 도전에 손해가 될지도 모른다고 생각했지만 감추려 하지는 않았다.

감추고 은폐하고 거짓말하는 것은 그의 기질과도 맞지 않았다.

1963년 9월 30일 필라델피아「데일리 뉴스」는 엘리자 모하메드가 시민권리운동에 반대하고 백인에게 저항하도록 요구하는 3시간의 긴 연설을 한 집회에, 클레이가 참석했다고 보도했다.

계속하여 그는 자신이 무슬림이 아니라고 하지만 '엘리자는 위대하다'고 생각하고 있다고 썼다.

「데일리 뉴스」가 모르고 있었던 것은 엘리자가 클레이의 복싱에 대해 양면성을 두고 있는 데 비해, 말콤X는 무조건적인 클레이 옹호자라는 점이었다.

50년대 무슬림 본부의 많은 인물들처럼 말콤X도 가난과 범죄와 감옥을 거치고 난 뒤에 합류했다.

선천적으로 머리털의 색깔이 붉어서 붙여진 '디트로이트의 빨강 머리'인 그는 절도·마약밀매 등의 전과가 있었으며, 찰스타운 형무소와 콩코드 갱생원을 거쳤다.

그는 유창하고 지적이며 수사학적인 연설을 자신감있게 구사하여 엘리자의 주목을 받았고 본부의 상위직으로 급격하게 승진했다.

연례 구원자의 날 집회 등에서는 엘리자 앞에서 대중연설을 했고 참석자들을 열광시켰다.

그는 범죄 경력·젊음·갱생·절제·위트·분명함·조리있는 말 등으로 무슬림을 결집할 수 있는 강력한 매개체가 되었다.

50년대 후반부터 블랙 무슬림 내에서 2인자의 자리로 인정받는 뉴욕 제7모스크의 책임자가 되었고, 언론에도 고정출연하는 인사가 되었다.

폭력과 푸른 눈의 악마에 대한 선입견에도 불구하고 그는 많은 백인 기자들을 따뜻하게 대했다.

중진기자 한명은

"말콤X의 기묘한 일은 백인을 악마로 부르는 그의 연설에도 불구하고 1대1로 만날 때는 가식없는 존경심을 느꼈고 유머도 있었습니다."라고 말했다.

어떤 의미에서는 그는 첫 번째의 흑인 민족주의자는 아니다.

그러나 엘리자까지 포함하여 아무도 그만큼 아메리카 흑인의 이상을 대중화시킨 사람은 없었다.

제랄드 어리라는 언론인은

"엘리자로부터 나온 흑인민족주의나 분리주의 이론은 변덕스럽고 진부한 데 비해서 말콤X로부터 나온 이론은 혁명적이었고 생동적이었다"라고 말했다.

엘리자는 말콤X를 잠재적인 라이벌로 간주했지만 연사로서, 조직자로서, 부흥사로서, 매스컴과의 가교로서의 그의 가치를 높게 인정하고 있었다.

이것은 클레이에게도 사실로 와 닿았다.

그가 첫 번째 무슬림 설교를 마이애미와 애틀란타의 지역 모스크 간부로부터 들었다고 하더라도 당시는 말콤X로부터 감명을 받고 있었다.

엘리자를 신성한 존재로서 존경했지만 말콤과는 서로가 존경하고 존경받는 깊은 관계를 맺고 있었다.

말콤은 그의 정신적인 지주이자 친구이며 스승이었다.

파체코도

"말콤X와 클레이는 친한 형제같았고 서로 사랑하는 것 같았다. 말콤은 그가 만났던 사람 중에서 클레이를 가장 위대한 사람으로 알았고, 클레이도 그가 말하는 것은 모두 의미가 있었으므로 말콤을 지구상에서 가장 똑똑한 흑인으로 생각했다"라고 회고했다.

클레이는 말콤과 아내 베티 및 세 딸을 그들의 결혼 6주년 기념으로 마이애미로 초청했다.

말콤으로서는 무슬림간부가 된 후 첫휴가였고, 베티로서는 결혼 이후 첫나들이었다.

다른 복서들에게는 심각한 컨디션저하를 가져올 우려가 있었으므로 시합 전 한달 이내에 훈련을 중단하는 것은 생각조차 못하는 일이었다.

클레이는 던디에게 "며칠간 훈련을 중지하겠다"라고만 말했고, 그도 단지 "그렇게 하라"고만 했다.

1964년 1월 14일 말콤과 그의 가족은 마이애미 공항에 도착했다. 클레이는 그들을 햄튼 하우스 모텔에 머무르게 하고서는 거의 매일 서로 만났다.

밤에는 간혹 마이애미 흑인가에서 산보를 하곤 했으며, 말콤은 수십 장의 클레이 사진을 찍었다.

임신 중인 베티는 휴식이 필요했지만 세 딸들은 클레이 주위에서 깡충거렸다.

말콤은 패터슨이나 리스튼이 백인 신부와 함께 찍은 사진을 클레이에게 보여주면서 리스튼과의 시합은 단순한 스포츠행사가 아닌 종교전쟁이라는 생각을 심어주고 싶어했다.

"이 시합은 사상 처음으로 기독교와 이슬람교가 상금을 걸고 싸우는 시합입니다. 텔스타를 통하여 세계에 중계되며 TV에서 서로 마주보고 벌이는 현대의 성전입니다. 알라신이 챔피언 외에 무엇을 당신한테 남기려고 이런 역사를 일으켰다고 생각하십니까?"

말콤의 마이애미 출현은 클레이에게 엄청난 힘과 자극제가 되었다.

체중 체크 시에 클레이는

"모든 것은 내가 성공하리라는 알라신의 계시다."

라고 외쳤다.

록랜드 팰리스볼 룸에서 개최되는 무슬림 집회에 참석하기 위해서 1월 21일 클레이는 말콤 가족들과 함께 뉴욕 공항에 도착했다.

이틀 뒤 「헤럴드 트리뷴」지는

'세계 타이틀 도전자인 클레이는 비록 자신이 확인하기를 거부하지만 블랙 무슬림의 열렬한 추종자이다.'

라고 1면에 자세히 보도했다.

이에 대해 리스튼은

"그가 무슬림인지 아닌지 하는 문제는 나와 상관없다. 다만 계약서에 명시된 것처럼 흑인을 입장시키지 않으려는 극장에서는 이번 시합을 중계하지 말아야 한다."

고 말했다.

말콤과 함께 다시 마이애미로 돌아온 직후인 2월 3일자 루이스빌의 「쿠리어 저널」에는 클레이 스스로 무슬림임을 밝히는 기사가 게재되어 있었다.

'나는 무슬림을 좋아합니다. 백인들은 인종통합을 좋아하지 않습니다. 인종통합은 강요할 문제도 아니고 잘못된 것입니다. 블랙 무슬림도 인종통합을 옹호하지 않는데, 무엇이 잘못된 것입니까?'

시합 17일 전인 2월 8일자 「마이애미 헤럴드」지에는 클레이 부친이 무슬림에 대해 화가 나서는 그의 아들이 어떻게 해서 '파괴'된 데 대한 장광설이 실려 있었다.

'무슬림이 아들로부터 돈을 빼앗고 그의 이름을 악용했다.'

라고 주장했다.

시합 3일 전 프로모터 맥도날드는 클레이에 관한 신문보도 문제로 그를 불렀다.

근간 신문들은 블랙 무슬림관련 문제는 클레이가 타이틀에 도전하는 기회를 박탈당하게 할 수도 있다고 보도했다.

"클레이 당신은 무슬림 신자입니까?"

라고 질문한 맥도날드는 "시합을 취소할 준비도 하고 있다"고 말했다.

이번 시합을 취소하는 경우 헤비급 챔피언에 도전하는 다른 기회도 못 가질 수 있다고 했다.

그는 맥도날드에게 정정당당하게 맞서기로 했다.

챔피언 타이틀은 그가 열두 살 때부터 꿈꾸어 왔던 것이며 인생의 목표였지만, 이를 볼모로 무슬림과의 관계를 끊게 만들려는 음모는 분쇄하기로 결심했다.

만약 맥도날드가 타이틀전을 취소한다면 그것은 그의 사업상 문제일 따름이었다.

"나의 종교는 나에게는 시합보다 소중합니다."

그들의 면담이 끝난 뒤 프로모터측의 홍보담당자인 헤럴드 콘라드는 즉시 '5번가 체육관'으로 가서

"시합이 취소되고 클레이는 짐을 꾸리러 집으로 갔다."

고 던디에게 알렸다.

다시 맥도날드를 만났을 때 콘라드는 시합을 취소하는 것은 불가능하다고 말했다.

이미 팔린 티켓이나 전국 극장의 폐쇄회로 상영 계획을 수습할 수 있는 방도가 없다는 것이었다.

"제기랄 취소할 수도 없겠군."

"맥도날드 당신은 종교적인 이유로 타이틀에 도전하는 권리를 부정하고 프로모터로서의 역할을 포기하고 있어요."

"그렇기는 하군. 이런 말썽이 일어난 책임은 클레이 캠프를 조종하는 말콤에게 있어. 그가 문제야."

"그렇다면 그가 즉시 마이애미를 떠나도록 만들면 어떻겠습니까?"

맥도날드는 그렇게 하도록 허락했다.

말콤을 찾아간 콘라드는

"지금 문제가 심각합니다. 시합이 취소되었어요. 클레이는 챔피언이 될 수 있는 기회를 잃을 것입니다만 당신은 그를 구할 수 있을 것 같습니다."

고 말했다.

그가 어떻게 하면 되느냐고 묻자,

"당신이 지금 마이애미를 떠나는 것입니다"

라고 대답했다.

매스컴의 초점이 링 위로 모여지는 시합 당일에는 돌아와도 괜찮다고 하면서 클레이의 코너 옆에 위치한 좌석의 입장권을 말콤에게 주었다.

면담이 끝났을 때 콘라드가 손을 내밀었으나 그는 악수를 하는 둥 마는 둥하고서는 서둘러 공항으로 출발했다.

지은이 소개 및

등기신청서 '기입' '접수'에 대한

부조리의 시정(2002년 11월) 추진

지은이 김 현 근 (1948년생)

진주고등학교 졸업

건국대학교 축산가공학과 및 동 교육대학원 체육교육학과
졸업 (체육 교육학 석사)

민주공화당 공채 9기 요원 (1975~1981년)

민주정의당 부장 부국장 국장 (1981~1990년)

민주자유당 국장 (1990~1993년)

국민체육진흥공단 국장 (1993~2000년)

미국 발명특허 2건 (No 4.984.838, No 4.989.966)

태권도 2단, 검도 2단

제21회 서울시 아마추어 복싱 신인선수권대회 라이트헤비
급 준우승

대한 아마추어복싱연맹 및 한국권투위원회 심판 (1986~
2000년)

WBA(세계권투협회) 국제심판 (2000~현재)

등기신청서 「기입」 「접수」에 대한 부조리의 시정(2002년
11월) 추진

등기신청서 「기입」「접수」에 대한
부조리의 시정 (2002년 11월) 추진

　민원서식은 국민의 필요에 따라서 국민의 세금으로 제정된 국민의 재산임. 따라서 정당하고 정확해야 하며, 누구나 쉽게 이해하고 「기입」「접수」할 수 있어야 함.

　소유권이전등기 신청서의 「기입」은, 행정부기관인 구청의 「준공필증」내용인 구조·면적·용도 등을,

　1차적이며 민원인의 별도 신고없이 자동적으로 구청의 「건축물대장」에 「등재」하는 것과는 달리,

　2차적으로 사법부기관인 등기소 「등기부등본」에, 「준공필증」내용 외에, 매매 등으로 이미 성립된 「이전」관련 사항만 추가하여 「기입」신고하는, 단순한 절차일 뿐임.

[첨부 1. 소유권이전등기 신청서 (A등기소 2건+B등기소 3건 + C등기소 1건)]

　실제로 「건축물대장」에는 민원인의 신고없이도 「등재」되고,

　출생신고서 「기입」은 가장 중요하면서 사생아입적 등의 위험도 있는데도, 「기입」내용이 단순하고 쉬워서 누구나 「기입」할 수 있으며, 「대리 기입」도 가능하고, 현장에서 바로 「접수」처리

237

되고 있음.   **[첨부 2. 출생신고서]**

　현 등기신청서의「기입」과「접수」는

　－세금은 국가와 지방자치단체만이 부과할 수 있는 데도, 구청
소관 업무인 등록세·교육세 등을 민원인이 직접 부과「기입」하
도록 요구하고,   **[첨부 3. 세금부과 관련 법조문]**

　－민원서식 비치용 대형탁자는 비워두면서도, 등기신청서·견
본 기재양식 등의 비치를 거부하여,「기입」에 참고하지 못하게
하고,

　－불가능한 항목 등을 이유로 할 수밖에 없는 등기관이 자동적
인「각하(결정)」을 하면서도「각하(결정)문」을 교부·고지하지
않고,「답변 불가」라고 하며,

　－신청서에「○○지방 법무사회」라는 표기 등 많은 문제점으
로, 고액의 위탁료를 요구하는 법무사에게 위탁할 수밖에 없도
록 만듦.

　이는 크게 다음과 같은 7가지의 문제점이 있음

**첫 번째 문제점은, 서식 자체에 불가능하거나 모순된 항목 등
이 많음.**

　등기신청서에,

　－수납은행에서 구청으로 발송하여 민원인이 소지할 수 없으
며,「구청보관용」으로 명기되어 있는「등록세영수필 통지서」를
「첨부서면」에 명기·요구하고 있으며,

                    [첨부 4. 등록세영수필 통지서]

　－등록세·교육세·국민주택채권매입금액 등에 대해, 담당 기
관인 구청 등에서 의무적으로 부과한다는 일체의 안내나 표기가

없음.

 세금납부의 의무가 있는 민원인인 국민은, 세금부과의 권리나 의무가 없으므로, 당연히 삭제하거나 민원인의 「기입」항목에서 제외해야 함에도,

 ● 신청서 서식에, 「기입」을 요구하는 공란으로 표기되어 있고,

 ● 「부동산등기신청 안내」에

 「각종부동산 등기신청서와 인감증명신청서의 용지는 접수창구직원에게 요청하시면 무료로 교부하여 드리며, 기재양식과 등록세 세율표 및 국민주택채권 매입금액표 등은 접수창구에 비치되어 있습니다」 및   **[첨부 5. 부동산 등기신청 안내서]**

 ● 「소유권이전등기신청 안내서」에서

 「등기민원인이 등기신청에 앞서 당해 부동산의 대장등본과 토지가격확인원을 첨부하여 관할 등기소에 과세시가표준액 및 국민주택채권 매입금액의 계산을 신청하면 그 등기소의 등기 민원 담당공무원이 해당금액을 계산해 주고 있습니다」등을 명기하여,   **[첨부 6. 소유권이전등기신청 안내서]**

 세 번씩이나, 민원인이 부과 「기입」하도록 요구하거나 민원인이 직접 부과해야 하는 것처럼 표기하는 등

 소유권이전등기 신청서 1건(2매)에만 47개 부분 정도의 부당한 내용 · 항목 · 표기방식 등으로, 이해와 「기입」및 첨부서류 구비를 혼동되거나 불가능하게 만들어 놓았음.

 등록세 · 교육세 등을 구청에서 부과하고 있다는 안내나 별도 표기가,

 「소유권이전등기 신청서」,

소유권이전등기신청서 끝부분에 있는 「신청서 작성요령 및 등기 수입증지 첨부란」,

별지로 된 「부동산 등기신청 안내」등에는 한 단어도 없음.

별지의 안내서가 있다는 안내가 신청서 등에 없으며, 내용·표기번호 등이 서로 다르고, 양면이면서 분량이 많은

「소유권이전등기신청 안내서」한 곳에만

과세 기관, 기입 여부 등에 관한 안내는 없고, 「등록세 영수필 확인서 및 통지서. 시·구·군청 등에 자진 신고해서 납부를 하여야 하며, 영수필 확인서 및 통지서는 시장, 구청장, 군수 등이 발급합니다.」라고만 언급되어 있음.

국민주택채권 매입금액에 대한 안내도

「소유권이전등기신청 안내서」한 곳에만 「유상으로 인한 소유권이전인 경우에는 가세시가 표준액이 500만원 이상일 때, 무상으로 인한 소유권이전인 경우에는 과세시가 표준액이 1,000만원 이상일 때만 첨부합니다.」와

「국민주택채권은 주택은행에서 매입합니다」는 안내만 있어서,

부과담당 기관에 대한 안내가 없으므로 매입하지 않아도 상관없는지 여부,

「가세」시가 표준액과 「과세」시가 표준액이 다른지 여부 등에 혼란을 주고 있음.

「첨부서면」 중에서,

-주민등록 등(초)본·통으로 표기하여, 등본인지 초본인지 또는 등본 초본 두 가지 모두 다인지, 또한 몇 통인지 혼동이 가게

만들었음.

실제로, A등기소는 ·통으로, B등기소는 2면 ②면에는 ·통, ②면에는 1통으로, C등기소는 각 1통으로 표기하고 있음.

－등기필증은 발행기관이 명시되지 않아서 혼동되며, 등기필을 위해서 등기신청서를 「기입」「제출」하는 것이므로, 새로운 등기필증은 발급조차 불가능하고, 이전의 등기필증은 등기부등본에 기재된 내용이 증명함.

등기부등본과 구별되는 별도의 「등기필증」이 있다면, 기능이 중복되고 혼란만 초래함. (세부 내용은 다섯 번째 문제점에 있음)

실제로, 등기필증이 A등기소 2 ②면, B등기소 ② ②면, C등기소 2면에는 첨부서면에 포함되어 있으나, B등기소 2면에는 포함되지 않았음.

－첨부서면의 수는 현재 10~11건을 요구하고 있음.

그러나 「준공필증」에 내용이 이미 결정되어 있기 때문에 「이전」관련 사항만 증명하면 충분하고, 「검인 계약서」속에 다른 서면의 기능이 모두 있다고 볼 수 있으므로 이것 정도로도 충분할 수가 있음.

출생신고서의 첨부서면은 「출생증명서」 1건뿐임.

용어도 일반국민을 위하는 민원서식에는 일반적이고 대중적인 용어가 필요함.

「영수증」과 「고지서」는 오래전부터 사용하여 일반화되었고 모든 기능이 있는데도, 굳이 「등록세영수필 확인서」「등록세영수필 통지서」로, 신청서 중 몇 개 항목을 단순히 「기입」하는 것을 「등기신청사건」 등으로 표기하는 것은, 혼란을 초래함.

[첨부 7. A등기소 소유권(일부)이전등기 신청서의 문제점]

작성에 대한 안내는

등기신청서와 그 속에 있는「신청서 작성요령 및 등기 수입증지 첨부란」이 전부인 것으로 알 수밖에 없음.

그러나 소유권이전등기신청 안내서[첨부 6]처럼 아무런 안내 없이 별도로 제작되어 있거나, 같은 안내서인데도 내용·표기번호 등이 서로 다른 실정임.

이는 신청서 속에 표기된 내용대로 단일화해야만, 빠짐없이 확인할 수 있고 혼란을 일으키지 않음.(분량이 많은 경우는 별지 ○매 등으로 표기)

따라서, 소유권이전등기 신청서 끝부분에 있는「신청서 작성요령 및 등기 수입증지 첨부란」

별지로 된「부동산등기신청 안내」

별지 양면으로 된「소유권이전등기신청 안내서」등은 종합·통일해야 함.

「신청서작성요령 및 수입증지 첨부란」은 세 개 항목 중에서 두 곳이나「첨부」로 표기하여 혼란을 일으키고 있음.

반대로, 신청서별로만 필요한 첨부서면은, 별지에 손으로 교정·복사를 가미하여 합쳐 놓았기 때문에 혼란을 일으키고 있음.

「소유권이전등기 신청서」에는 10~11개의 첨부서면을 표기했음에도,「등기신청에 필요한 서면」에서는

· 대법원 등기수입증지(1필 8000원),

· 양도신고 확인서(취득 후 3년이 미경과),

·호적등본, 제적등본(상속),

·협의 분할 계약서(상속)등을 추가하고, 2개 서면을 통합하여 13개의 서면을 기록해 놓았고,

10개 서면 중에서도

·I. 인감증명·통이 → 6. 등기의무자의 인감증명(용도 : 부동산 소유권 이전용)

(매도인, 증여자) - 유효기간 : 발행일로부터 6개월. 으로

·I. 토지·임야·건축물 대장·통

I. 토지가격 확인원 ·통 등 2개 항목이 → 8. 토지대장, 건축물대장 및 토지가격(개별공시지가) 확인원 (각1통)으로 변경되고,

첨부 요구만으로 충분한데도 복잡한 설명을 첨가했으며, 누락되거나, 합치기도 했음.

등기필증은「구 권리증(등기의무자의 권리에 대한 등기필증)」으로 표기했음.

신청서에 이미 표기된 첨부서면 외에는 전부 필요없고 혼란만 주므로, 별도의 제작 교부는 다시 검토해 볼 필요가 있음.

[첨부 8. 등기신청에 필요한 서면]

두 번째 문제점은, 같은 등기대상에 대한 신청서인데도, 등기소간에 그 내용·형태 등이 다르며, 한 등기소 내의 신청서도 수시로 바뀌고 있음.

동일한 등기대상이고 서울시내에 소재한 인근 등기소의 소유권 이전등기 신청서인데도, 첨부서면의 종류와 통수 등 내용이 서로 다름.

B등기소는, 1면에「○○지방 법무사회」가 별도로 표기되어 있고, 2면의 첨부서면에 교육세·개별공시지가 확인서가 추가되었으며, 2종류가 분명한 주민등록 등(초)본과 등록세 영수필 확인서 및 통지서는 ②면에 이를 포함하여 모두 1통으로 표기되어 있는 등, A등기소와 59개 부분이 서로 다름.

C 등기소는, 첨부서면에 부동산양도신고 확인서가 추가되고, 교육세·개별공시지가 확인서는 없으며, 2종류가 분명한 등록세 영수필 확인서 및 통지서는 1통으로 같은 표기이나. 주민등록 등(초)본은 각 1통으로 표기되어 있는 등, B등기소와 50개 부분이 서로 다름.

[첨부 9. A등기소 대비 B등기소 신청서의 차이점]
[첨부 10. B등기소 대비 C등기소 신청서의 차이점]

한 등기소 내에서도 등기신청서가 수시로 바뀌어, 2000년말 시정건의 이후 **[첨부 1]**에서처럼, A등기소는 2회, B등기소는 3회 바뀌었음.

이는 개별 등기소 단위에서도 서식을 임의로 만들고 있음을 나타냄.

양면으로 된「소유권이전등기신청 안내서」속에서,

Ⅲ 등기신청서에 첨부할 서면중 10항 (또는 ※표시)의

「그 밖에도 다른 법률의 규정에 의하여 첨부하여야 할 서면이 추가될 수 있습니다」는 안내나

Ⅳ 기타 중 3항의

「등기의무자나 권리자가 법인인 경우, 법인 아닌 사단·재단인 경우, 재외국민이나 외국인인 경우에는 신청서의 기재사항과

첨부서면이 다르거나 추가될 수도 있으므로 전문가나 민원담당 공무원 등과 상담하시어 착오없기를 바랍니다.」는 안내도

국민을 위하는 전제하에, 전국적으로 통일되고, 정당한 절차를 밟은 후 결정할 수 있는 내용일 뿐, 개별 등기소 단위에서 임의로 처리·결정하거나,「기입」「제출」을 어렵게 할 수 있는 내용은 아니며, 그러한 「법률의 규정」이 있다면 바로 잡아야 할 것으로 보임.

위 첫 번째와 두 번째의 문제점에 대한 시정요구를 부패방지위원회에 진정한 데 대해서는, 법원행정처로 이송했다는 통지를 받았으나, 이에 대한 답신이 없었음.

[첨부 11. 진정사항 처리결과 통지서]

이를 다시 부패방지위원회에 진정하여 법원행정처에 이송했다는 통지를 받은 데 대해서는

2002. 9. 17자 「문서번호 등기1831-512」로

「귀하가 제기하신 등기신청서의 양식 개선 등에 관한 사항은 앞으로 우리 처의 등기업무 개선시 참작할 것을 알려 드립니다.」는 답신을 받았음. **[첨부 12. 진정사항 처리 결과 통지서]**
[첨부 13.민원에 대한 회신서]

세 번째 문제점은, 민원실에 민원서식과 견본 기재양식을 비치하지 않고 있음.

모든 민원서식은, 특정한 집단이나 개인의 소유물이 아니며, 민원서식에서부터 민원업무가 시작되므로, 반드시 민원실에 비치해야 하는 대상임.

그 상급기관인 법원을 포함한 모든 민원실에서는, 민원인이 보면서 쉽게 기입하도록 소관 서식과 견본 기재양식을 당연히 비치하고 있음.

유독 등기소에서만, 「서식이 없거나 공간이 좁다」는 등의 이유로 이의 비치를 거부하면서, 쉽게 기입할 수 있는 것을 어렵게 만들고 동시에 표준서식과 문제점도 모르게 만듬.

「소유권이전등기신청 안내서」에서는

II등기신청서 기재요령중 1항 (3)의 「집합건물(예. 아파트, 연립주택)의 경우에는 등기소에 별도로 비치해놓은 신청서 기재례를 참조하여 기재하십시요」라는 안내를 하지만

기재항목이 나열된 서식이 아닌 기입내용을 기재한 「집합건물의 기재례」는, 민원회신서 **[첨부 20]** 내용처럼, 등기소 「민원실」의 어느 장소에도 비치하지 않고 있는 실정임.

「부동산 등기신청 안내」에서도,

「각종 부동산등기 신청서와 인감증명 신청서의 용지는 접수창구직원에게 요청하시면 무료로 교부하여 드리며, 기재양식과 등록세세율표 및 국민주택채권 매입금액표 등은 접수창구에 비치되어 있습니다」고 안내하지만, 역시 **[첨부 20]** 내용처럼 기재양식도 「민원실」에는 없음.

2002년말 현재도 일부 서식은, 보편적인 서식임에도 「서식이 없다」면서, 「백지에 그냥 쓰라」고 하며, 관련 자료라고 복사(A4지 12장) 해주고 있음.　　　**[첨부 14. 서식 참고용 복사 자료]**

이는 시간적・경제적으로 낭비이며, 민원실에 민원서식이 없다는 것은 있을 수 없는 일임.

「공간이 좁다」는 이유도 민원실의 서식비치용 대형탁자는 비워두고 이보다 몇분의 1도 안되게 적은 담당자의 책상 위에 보관하고 있는 실정임.

비어 있는 민원서식 비치용 대형탁자의 서식보관함에는, 등기부 등(초)본교부 신청서 한가지만을 비치하기도 하고,

[첨부 15. 등기부 등(초)본교부 신청서]

등기 등초본교부 신청서로 사용하도록 주소 성명 등이 명기된 법무사사무실 용지(이면지)를 비치하기도 함.

[첨부 16. 등기 등(초)본 교부신청용 법무사사무실 용지(이면)]

민원실 공간이나 서식비치용 대형탁자가 좁다면, 확장 추가해야 하고 그럴 경우 즉시 해결되는 단순한 문제임.

「민원서식 비치용」으로 전국의 각종 각급 민원실에 비치되어 있는 대형탁자도 등기소만 「모필용」이라고 주장하지만, 「민원서식 비치용」은 큰 목적이며 필수적이므로, 「모필용」만 있다면 「민원서식 비치용」으로 교체해야 할 것임.

민원인에게 「친절한 안내와 함께 교부」한다고도 하지만, 교부담당자가 별도로 있다는 안내·표시가 없고, 비치하는 것만큼 확실하고 효과적인 친절은 없으며, 다른 모든 민원실보다 더 「친절」하다는 근거도 없고 강조할 필요도 없는 당연한 자세임.

또한 서식을 비치하고 있는 다른 모든 민원실은 친절하지 않다는 근거도 없으므로, 이는 비치를 거부하는 정당한 이유가 못됨.

「친절한 안내」는, 민원서식과 견본 기재양식을 비치한 후에,

의문이 있는 소수에게만 해당될 수 있음.

2002년 정기국회 국정감사 자료인 등기접수현황에서 보듯이, 다른 내용의 「안내」인지는 몰라도, 1.8~2.2 % 뿐인 것으로 보아 민원인이 신청서를 「기입」 「접수」하는 데 도움이 되는 「친절한 안내」는 있지도 않는 실정임.

특히 「부동산 등기 신청안내」에서 「일반적인 등기신청절차에 대하여는 답변하여 드릴 수 있으나 구체적인 등기신청사건에 대하여는 답변하여 드리거나 대필하여 드릴 수 없으니 이점 양지하여 주시기 바랍니다. 이는 등기신청행위가 등기권리자와 등기의무자 간의 이해가 상반될 뿐만 아니라 이해 관계인이 있고 등기함으로써 권리의 발생 변경 소멸을 가져오므로 등기관이 이에 관여할 수 없기 때문입니다」라고

「일반적인 등기 신청절차」와 구별한 「구체적인 등기 신청사건」의 상담이 불가능함을 스스로 밝히고 있어서,

친절한 안내의 실체와 범위 등이 무엇인지 의심스럽게 만들고 있음.

서식과 견본 기재양식 등을 민원서식 비치용 대형탁자에 비치하지 못한다는 이상의 제반 이유는, 납득할 수 없고 보완·참고 정도의 고려 사항일 뿐, 「비치 거부」와 대등하거나 이를 정당화할 정도의 내용은 못됨.

2000년말경에는 아예 '모든 서식이 없고 또한 모르니 법무사에 맡기라'고 했으며, 민원서식 비치용 대형탁자도 없었고, 등기등초본 교부신청용 이면지는 줄에 꿰어서 매달아 놓은 상태였음.

법무사 개인 사무실에 있는 민원서식이 담당 관공서의 민원실에 없다는 것은 말조차 성립되지 않음. 그러나 민원인은 신청서조차 구할 수 없으므로「법무사에 맡기라」는 강제적인 지시를 거부할 수 없는 형편이 됨.

이 부분의 시정요구에 대해서는,

2001.1.12자로 법제체로부터,

2001.4.23자로 감사원으로부터, 법원행정처로 이송했다는 통보를 받았음.　　　　　　　　**[첨부 17. 질의서 이송 통지서]**

[첨부 18. 민원접수 처리 통보서]

이에 대한 답신을 받기 이전에, 전연 필요없고 결과에도 전연 반영되지 않았으면서도,「민원에 대한 답신」도 아니고「감사민원실(대법원 청사 동관 249호) 출석요구」도 아닌 서신이 있었음.

[첨부 19. 서신]

이후, 2001. 6. 28자「문서번호 감민 1823−1014」로

「귀하의 민원서를 접수한 후 전국 등기과(소)에 대한 특별기강 및 업무 감사를 실시한 결과, 대부분 등기과(소)에서는 등기 신청서 양식을 준비 비치하고 있었으나, 관리상 어려움이 있어 민원실이 아닌 민원창구 안쪽 사무실에 비치하여 담당 공무원이 양식을 필요로 하는 민원인에게 교부하고 있음을 알려 드리며」라는 시정을 기피하는 답신을 보낸 후에,**[첨부 20. 민원회신서]**

두 달 뒤인 2001. 8. 27자로「등기과(소)장은 등기예규 제842호에서 규정한 각종 부동산 등기신청서와 등기예규 제793호에서 규정한 인감증명서 신청용지 및 민원인의 이용빈도가 높은 부동산 등기신청에 관한 안내서를 항시 비치하여 민원인의 요구

가 있을 때에는 즉시 이를 교부하여야 한다」는 등기예규 제1034호를 제정했음.

[첨부 21. 등기예규 제1034호 제정일 관련자료]

이는 연간 1,000만명의 민원인이나 전 국민이, 조금도 부담감을 느끼지 말아야 할 서식에 대해,

- 담당자가 배치되어 있다는 안내 등이 없어서 서식도 없는 것으로 알게 되고, 아는 경우에도 힘들게 물어서 찾아야 되는 점,
- 담당자에게 빚진 것처럼 부탁해야 하는 점,
- 전혀 필요없고 도움이 안될 수도 있는 상담이 있는 경우, 이를 일방적으로 당해야 되는 점,
- 담당자의 이석 시, 귀중한 시간을 낭비하며 기다려야 되는 점,
- 서식이 있으면서도 담당자가 없다고 하는 경우, 이에 대처할 수 있는 방법이 없는 점,
- 불필요하고 지극히 단순한 업무에 담당자를 배치해야 되는 점,
- 유사한 사례가 전국에 있는 각종 각급의 민원실 중에 단 한 곳도 없어서 일반적인 관행과 어긋나는 점,
- 위탁을 유도한다는 오해를 벗어나기 어려운 점,

등의 단점이 많고, 장점은 발견하기 어려운 조치임.

2001. 6. 28자 답신[첨부 20]의 「민원창구 안쪽 사무실에 비치」하는 것은, 담당 공무원이 보관하는 것인 점 등 제반 문제점이 그대로 상존하므로, 감사원에 다시 이의 시정을 촉구하자, 법원행정처로 이송했다는 통보를 받았음.

[첨부 22. 민원 접수 처리 통보서]

이에 대해 2001. 8.「중복민원이므로 내부 청원 규정에 의하

여 답변을 할 수 없다」는 답신을 보내 왔음.

건의사항과는 전연 다른 답변을 한 후, 이후에는 중복민원이므로 답변을 하지 못한다는 것은 일반상식으로도 있을 수 없는 일이어서

2001. 9. 11일자, 10. 5일자, 2002. 3. 29일자 내용증명 편지로 이의 시정을 촉구했으나, 일체의 답변이 없었음.

부패방지위원회에 제출하여 이송한데 대한 2002. 9. 17일자 답변에서도 이 부분에 대해 아예 누락했음.   (참고. **첨부 13**)

9. 25일자 내용증명 편지로, 이의 누락사실을 알리고 시정을 촉구했으나 역시 답변이 없었음.

2002년도 정기국회 국정감사에서 원희룡 국회의원이 질의한 데 대해서는,

1차 답변에서, 「부동산 등기는 그 유형이 다양하므로 그러한 등기신청서 견본 및 작성안내서를 민원인이 직접 볼 수 있도록 모두 모필용 책상에 게시하기에는 등기과·소 민원실의 공간이 좁아 어려우므로, 대법원에서는 2002. 7.경 일선 등기과·소에 각종 '부동산 등기 신청서 견본 및 작성안내' 책자를 배포하여 접수창구 또는 민원안내 직원 책상에 항상 비치하면서 민원인의 요구가 있을 경우 즉시 친절한 안내와 함께 신청서 양식을 교부토록 하고 있음」이라고 밝혔음.

다시 제기된 질의에 대한 2차 답변에서, 「민원인들의 등기신청서 편의를 도모하는 방안의 하나로 가장 많이 접수되는 등기신청 유형 중 2~3개를 선별하여 그에 대한 등기신청서 작성 안내문 및 신청서식 견본을 민원인이 직접 참고할 수 있도록 하는

251

방안은 현재 등기소 민원실의 여유공간이 허락하는 한 적극적으로 검토하겠음」과

「다만, 대법원에서는 등기신청절차에 대한 제반규정 및 제2차 등기전산화 계획에 맞추어 등기신청서식 및 관련서류의 간소화 등을 지속적으로 추진함과 동시에, 대법원 홈페이지를 이용한 등기신청 절차의 안내 등을 적극 홍보하고, 아울러 일선 등기과·소의 민원실에 이미 비치된 위 안내서 이외에 등기신청에 관한 안내서류 유형의 추가게시 등을 적극 검토 하겠음」이라고 밝혔음

네 번째 문제점은 등기 신청서에 「○○지방 법무사회」라는 표기를 하거나, 사실상 불가능한 「쌍방 출석」의 요구 등으로, 민원인은 법무사에게 위탁할 수밖에 없게 됨.

관공서의 민원서식, 안내문 등에는 특정 민간인에 대한 언급이 있을 필요도 없고, 있어서도 안되는 문제임.

그러나

─ 「소유권이전등기 신청서」에 「서울지방법무사회」라는 표기,

─ 「소유권이전등기신청 안내서」에 「등기신청은 등기권리자, 등기의무자 쌍방이 본인임을 확인할 수 있는 주민등록증을 가지고 직접 등기소에 출석하여 신청하여야 합니다. 다만 법무사 등에게 위임한 경우에는 등기소에 직접 출석할 필요가 없습니다.」는 안내문,

─주소·성명 등이 명기된 「법무사사무실 용지(이면지)」를 등기 등(초)본교부 신청서로 사용하도록 민원서식 비치용 대형탁자에 비치하는 등으로,

필요없이 「법무사」를 거론하며 고액비용을 요구하는 「법무사」에게 위탁하지 않을 수 없게 만듦.

등기의무자와 권리자 쌍방의 의사에 대한 확인은, 본능적인 애착이 가게 되는 대금이 오고가면서 쌍방이 작성한 계약서는 물론, 관련 관공서에서 발급한 인감증명, 주민등록 등(초)본 중에서, 하나만으로도 당연히 확인할 수 있음.

「쌍방 출석」은 거주지, 활동시간 등 모든 면이 서로 달라서 이에 대한 조정과 시간, 비용, 건강, 개인이 아닌 법인·단체인 경우 등 제반 문제로, 사실상 불가능함.

그러나

― 「소유권이전등기신청 안내서」에서는 「등기권리자 의무자 쌍방」과 「신청인이 직접」으로,

― 「부동산등기신청 안내서」에서는 「원칙적으로 등기권리자와 등기의무자」로,

안내서의 규정 자체도 혼동되어 있기도 하지만 「쌍방 출석」을 요구하여, 「소유권이전등기신청 안내서」 맨 앞에 기재된

「다만, 법무사 등에게 위임한 경우에는 등기소에 직접 출석할 필요가 없습니다.」는 「위임 안내」를 따르지 않을 수 없게 만듦.

「쌍방 출석」의 이유가 검인계약서, 인감증명, 주민등록등(초)본 등을 인정하지 못한다는 의미라면, 이들을 첨부서면에 포함시킬 이유가 없음.

비슷한 내용과 절차인 출생신고서 「기입」시는, 한집에 사는 부부라도 「쌍방 출석」을 강제하지 않고, 부부 외의 「대리 기

입」도 인정하고 있음. 은행의 입·출금신청서 기입 시에도 관련 상대방과의 「쌍방 출석」을 강제하는 규정은 없음.

등기신청서 「기입」도, 첨부서면으로 모든 문제를 확인할 수 있고, 이미 성립된 매매계약서 등에서 몇 개 항목을 「옮겨 적는 것」일 뿐인 사후의 요식행위이며, 쌍방이 의견을 발표하는 기회나 발표할 내용 및 발표할 필요도 없으므로, 「쌍방 출석」을 강제할 필요가 없는 것으로 보임.

「쌍방 출석」은 당사자마저 「출석하지 않아도 되는」 관련서류의 무인 발급제도, 인터넷 민원제도, 입·출금의 홈뱅킹제도 등 시대적 발전추세와도 맞지 않는 규정임.

법무사의 「대리 기입」도 3자가 「기입」하는 것이며, 위탁료를 주고받는 것 외에는 다른 3자가 「대리 기입」하는 것과 다른 점이 전연 없으므로, 관련자의 「대리 기입」까지도 인정하지 못할 이유가 없음.

등기 등초본교부 신청서[첨부 15]의 비치를 거부하면서, 법무사의 주소·성명 등이 명기된 이면지를 쓰게 하는 것도, 등기소 단위에서 결정할 수 있는 내용이 아니므로, 물자절약 차원 등 선의적으로만 볼 수 없음.

다섯 번째 문제점은, 첨부서면 중 「등기권리증」은 등기신청서 내용 그대로인데도, 표지 등만 합쳐서 상기 이름의 문서를 만들고, 하단에 찍힌 「등기필」 도장대로 「등기필증」이라는 문서로도 만들었음.

표기상단에 법무사의 성명·전화번호 등이 인쇄되어 공문서인지 불분명한데도 민원인의 지문을 찍고, 「○○지방법원인」의 대형 사각도장이 찍혀있음.

A등기소 2 ②면과 B등기소 ② ②면 및 C등기소에서는 요구하지 않으나 B등기소 2면에서는 이의 첨부를 요구함.

등기신청에 필요한 서면**[첨부 8]**에서도, 「7.구 권리증(등기 의무자의 권리에 관한 등기필증)」으로 기록되어 있음.

등기권리증의 내용은
 - 「소유권 이전등기 신청서」
 - 신청서의 첨부서면에 표기된 「검인 계약서」
 - 부동산의 표시인 「확인서면」.

신청서 속에 있는 항목이지만, 「준공필증」 내용 그대로이며 이미 「건축물대장」 등에 1차적으로 「등재」 되어 있음.

 - 과세담당 기관에서 숙지할 내용인 「부동산과세시가 표준」.

신청서 항목이지만, 일반 국민과는 직접 관련이 없음.

 - 민원인의 증명 사본
 - 수입인지 첨부 면을, 단순히 합쳐 놓은 것임

[첨부 23.등기권리증]

따라서, 소유권이전등기 신청서의 내용과 동일하므로, 첨부서면에 별도로 포함시킬 필요가 없음.

또한 새롭게 발생하는 권리가 없고, 낭비, 혼란, 부작용 등만 우려되므로 별도로 「등기권리증」을 만들 필요도 없음.

출생신고서를 별도로 「출생신고필증」 「출생권리증」으로 만들고, 예상은 되지만 「교육권리증」 「참정권리증」 등 별도 문서로 만들어서, 낭비와 혼동을 일으킬 필요가 없는 것과 같은 문제임.

그런데도

— 「등기권리증」의 명칭이 일반적으로 새로 발생하는 권리를 담당 기관에서 증명한다는 의미이며,

— 표지상단에 법무사 개인 이름이 크게 인쇄되어 있고

— 표지하단에 등기소 접수도장과 붉은 인주로 「등기필」 및 「서울지방법원인」이라는 대형 사각도장이 찍혀 있어서

법무사 개인이 발행하는 「등기권리증」을 「서울지방법원인」에서 증명하는 것으로 볼 수 있음.

특히, 법무사가 작성하는 「확인서면」 중에는,

지문(우무인)을 찍게 하고, Cm로 표시되는 키, Kg으로 표시되는 몸무게, 특징을 나타내는 얼굴모습 등을 기록하며, 사진을 첨부하게 하고, 주민등록 사본·여권 사본·자동차운전면허 사본 중에서 복사·첨부하도록 하여 인권침해의 소지도 있음.

또한 공문서인지 아닌지 구별이 안 되고, 이로 인한 피해도 우려됨.

공문서인 경우, 표지상단에 법무사 개인 이름이 크게 인쇄되어 있는 것은 있을 수 없는 일이며, 내용이 중복되고 부작용만 우려됨. 「접수」「등기필」도장은 날인할 필요가 없으며 「서울지방법원인」의 대형 사각도장은 시각적으로도 문제가 있는 것으로 보임.

표지하단에 「등기필」 도장이 찍혔다고 해서, 등기권리증과 「등기필증」으로 같이 부를 수는 없는 문제임.

남의 집에 「음식점」 스티커를 붙여놓고 「음식점」으로 부를 수

없는 것과 같으므로, 공문서로 만들어야 할 정당한 필요성이 있다면 별로도 제작해야 할 것이나 등기부등본의 「기입」 사실과 동일함.

공문서가 아닌 경우, 「권리증」이라는 표지를 개인이 사용해서는 안 되며, 「등기필」「서울지방법원(인)」이라는 대형 사각도장도 사용해서는 안 된다고 봄.

무인을 찍고 신체의 특징을 기록하고 사진을 첨부하는 행위는, 공문서인 경우에도 문제가 있지만, 공문서가 아닌 경우에는 더 큰 문제가 있는 것으로 보임.

여섯 번째 문제점은, 이상의 불가능하거나 모순된 문제점들을 근거로 할 수밖에 없는 등기관의 자동적인 「각하(결정)」, 「답변 불가」 등으로 더욱 심각한 피해를 끼치고 있음.

현 등기신청서에서, 「구청보관용」인 등록세영수필 확인서 및 통지서를 첨부하도록 규정하고,

민원인인 국민이 부과해서는 안 되는 등록세, 교육세, 국민주택 매입금액 등을 민원인이 스스로 부과하여 「기입」하도록 요구하는 내용 등은, 원천적으로 성립할 수 없는 불가능한 내용임.

등기관은 이와 같은 문제점들을 이유로 삼을 수밖에 없으므로, 민원인이 「기입」제출한 신청서는 자동적이고 조건없는 각하결정의 구실밖에 되지 못하는 실정임.

민원인이 담당하는 단 두 가지 사항인 신청서 「기입」에 착오가 있거나 「첨부서면」에 미흡한 점이 있는 경우라도, 이는 「친절한 안내」와 함께 보완·시정해야 할 대상일 뿐, 특이한 경우

외에는 「각하(결정)」의 사유로는 불충분한 것으로 보임.

　법정에서는 판결문을 당사자에게 교부·고지 하고 있으나, 등기관이 「즉석」에서 「각하(결정)」하는 「등기신청사건」은, 「각하(결정)」의 사유 등이 기재된 「각하(결정)문」을 즉석은 물론 사후에도 교부·고지하지 않으며, 「답변 불가」라고 스스로 밝히고 있음.

　그런데도, 「부동산 등기신청 안내」에,
　「등기관이 등기신청사건에 대하여 각하(결정)한 경우에는 그 각하결정이 부당하다고 생각되면 관할지방법원에 이의신청을 할 수 있습니다.」고 규정한 점,
　「일반적인 등기신청절차에 대하여는 답변하여 드릴 수 있으나 구체적인 등기신청사건에 대하여는 답변하여 드리거나 대필하여 드릴 수 없으니 이점 양지하여 주시기 바랍니다.
　이는 등기 신청행위가 등기권리자와 등기의무자 간의 이해가 상반될 뿐만 아니라 이해관계인이 있고 등기함으로써 권리의 발생 변경 소멸을 가져오므로 등기관이 이에 관여할 수 없기 때문입니다」는 안내 등으로
　각하결정의 원인과 피해를 민원인에게 돌리며, 불필요한 시간적·경제적·정신적 부담이 요구되는 안내를 하고 있음.

　일곱 번째 문제점은, 불가능한 항목이 있음에도 불구하고 수탁 받는 일부 계층만 집중하여 「접수」를 받고 있으며, 그 피해금액 등이 막대함.

첨부가 불가능한 서면 등의 사유로 요건구비가 안된 상태에서는 누구한테서라도「접수」를 받아서는 안 되는 문제임.

이러한 상태에서도, 일부 계층만 집중하여「접수」를 받는 것은 현재의「기입」「첨부」규정을 스스로 어긴 것임. 그 결과 민원인들과 국민들의 금전적·정신적 피해 등은 엄청나고도 심각한 형편임.

등기접수현황(2000. 1. 1~2002. 6. 30)

2002년 국정감사자료

년 도		촉탁사건	직접 제출 신청사건				합 계
			법무사	변호사	당사자	소계	
2000	건수	3.064,603	6,222,355	94,734	170,037	6,487,126	9,551,729
	비율(%)	32.1	65.1	1	1.8	67.9	100
2001	건수	2,318,713	7.989.743	124,204	237,034	8,350,981	10,669,694
	비율(%)	21.7	74.9	1.2	2.2	78.3	100
2002	건수	1,132,740	4,691,640	79,899	130,536	4,902,075	6,034,815
	비율(%)	18.8	77.8	1.3	2.2	81.2	100

2002년 국정감사 자료에서 볼 수 있듯이 등기건수는 연간 평균 1,000만건으로, 200만~300만건의 촉탁건수와 20만 전후인 당사자 신청건수를 제외하는 경우, 위탁건수는 연간 700만건으로 추정됨.

건국 이후 55년간 총 5억5,000만건 중에서 촉탁과 당사자신청건수 1억 6,500만건을 제외하는 경우, 위탁으로 인한 피해는

2003년 현재 총 3억8,500만건이며 건당 위탁료가 20만~80

만원(2002. 10. 3일자 D일보, 2003. 5. 13일자 J일보)이므로,

총 피해금액은 77조원~308조원으로 추산되어, 최고액인 경우 우리나라 1년예산의 약 3배에 가까운 액수로서,

건국 이후 최대의 부조리사건이 될 수도 있음.

이 문제는, 년간 1,000만장의 20만원~80만원권 위조수표 또는 위조화폐가 유통되고 있는 것과 같이, 전 국민에게 엄청난 금전적·정신적 피해와 국가위신에도 악영향을 끼치고 있음.

이의 시정·해결을 위해서는, 최소한 다음 8가지의 대책이 검토·확인되어야 할 것임.

1. 불가능한 항목이나 잘못되고 모순된 문제점 등은 삭제·개정해야 함.

불가능한 항목 등 잘못된 서식의 문제점은 즉시 삭제하고, 요식행위에 걸맞지 않게 어렵고 복잡한 내용이 있는 경우는 등기주체인 국민 누구나 쉽게 이해하고 「기입」「접수」할 수 있도록 개정해야 함.

작성안내문 등도 간결하고도 명확한 내용이어야 하며 중요도에 따라 선택해야 함.

2. 등기소간에 서식이 서로 다른 점은 국가의 공신력을 뒤흔드는 문제이므로, 전국적으로 통일된 표준서식을 제정·공개해야 함.

동일한 등기대상에 대한 서식내용이 등기소별로 다른 점은, 화폐나 수표를 위조하는 것과 같이 심각한 문제라고 판단됨. 한 등

기소 내의 서식이 수시로 바뀌는 것도 같은 내용의 문제임.

그 원인과 실정을 시급히 파악·대처하고, 표준서식을 제정·공개하여, 이와 같은 사태를 막아야 한다고 사료됨.

3. 민원실에는 기본 구성요소인 민원서식과 견본 기재양식을 반드시 비치해야 함.

공무원이 근무하지 않는 관공서를 관공서라고 할 수 없듯이, 민원서식을 비치하지 않는 민원실은 민원실이라고 할 수 없음.

관련서식이 없다거나 참고용 자료라고 복사해 주는 것도 동일한 성격임.

관할 업무의 모든 민원서식과 견본 기재양식 등을 비치하는 것은 민원실의 기본 요소이므로, 등기소 민원실도 이를 따라야 할 것임.

4. 등기관의 자동적이고 이유없는 「각하(결정)」은 없어야 하며, 등기관이 「각하(결정)」을 결정한 「등기신청사건」인 경우에는, 「각하(결정)문」을 교부·고지해야 함.

「즉석」에서 등기관이 「각하(결정)」을 결정하는 「등기신청사건」인 경우에도, 「답변 불가」라고 밝힌 상태에다가,

「즉석」에서는 물론 추후에까지도 「각하(결정)문」을 교부·고지하지 않는 것은 심각한 문제가 될 수도 있음.

이 경우에는, 법정에서 판결문을 교부·고지하는 것과 같이, 등기관의 「각하(결정)문」을 「각하(결정)하는 현장」에서 함께 교부·고지해야 함이 타당함

5. 소유권이전등기 신청서, 별지의 작성요령, 등본발급용 이면지 등 일체의 서식과 비품에는, 특정 민간인인 「법무사」라는 단어 자체를 삭제해야 함.

관공서의 민원서식에 법무사라는 단어 자체가 있을 필요도 없고 있어서도 안 된다고 생각됨.

고액의 비용을 요구하는 법무사에게 위탁하도록 유도하거나 유도한다는 인상을 주는 것은, 관련 담당자나 국민 모두에게 불행한 일이 될 수밖에 없음.

신청서 「기입」에 대한 위탁 여부는,

민원서식, 견본 기재양식 등을 확인한 후에, 그 비용을 부담하는 민원인이 스스로 결정하는 문제임.

「등기권리증」에 대해서도 공문서인지 아닌지를 규명하고, 불필요한 경우에는 통합·폐기해야 하며, 공문서가 아닐 경우에도 폐기 등 그에 합당한 조치가 요망됨

6. 구청과 등기소에 분산된 유사하거나 관련된 업무를, 원스톱 서비스화하고 발전적으로 통합하는 방안이 요구됨.

등기부등본과 토지대장, 가옥대장, 관련 법인업무 등은, 목적, 내용, 기능 등에서 국가기관이 확인, 기록, 증명한다는 유사점이 많음. 실제로 「등기부등본」의 핵심 기록 내용인 면적, 구조, 용도 등은 「준공필증」 내용 그대로이므로, 「건축물대장」과 동일함.

[첨부 24. 등기부 등본]

[첨부 25. 건축물 대장]

「준공필」심사를 거쳐 자동적이고 1차적으로 행정부기관인 구청 「건축물대장」에 「등재」된 대상에 대해,

사법부기관인 등기소 「등기부등본」에 「이전」만 추가된 2차적으로 「등기」하기 위해서는,

 - 핵심기록 내용이 동일한 건축물대장을 첨부하여
 - 「쌍방」이 등기소로 출석하여 등기신청서를 교부받고
 - 구청으로 가서 「세금 고지서」를 교부받고
 - 다시 등기소로 가서 「접수」해야 하는,

내용, 절차등이 중복되고 낭비적인 요소가 많음.

국민의 입장에서는,

등기부등본과 건축물대장의 차이점, 동일한 내용에 대한 행정부소관업무와 사법부소관업무의 구분 기준 등은 간접적인 관심사 정도일 뿐이나,

등기를 위해 소요되는 막대한 경비, 시간 등의 낭비는 직접적으로 손실을 당해야 하는 문제임.

매매, 근저당 설정 등 추가적인 사항의 「기입」은 추후의 부수적인 내용일 뿐이며, 기관간의 정보공유 등으로 해결·처리가 가능할 것임.

따라서, 첫째는, 동일한 내용의 업무로 사법부기관과 행정부기관으로 중복 내방하는 등의 불편을 없애고 불필요한 경비 등이 낭비되지 않도록,

한 곳에서 「기입」하고 「세금고지서」를 수령하고 「접수」할 수 있는 원스톱 서비스 체제가 요망됨.

둘째는, 건축물대장 등에 현 등기부등본의 「법적 지위」를 부여하는 방안을 포함하여, 동일하거나 비슷한 건축물대장과 등기부등본 등의 목적, 내용, 기능 등을 발전적으로 통합하고 「기

재」단계를 축소하는 조치도 요망됨.

이 경우에는 업무의 효율성이 향상되고 민원인의 불편이 해소되며, 국가체제에서 낭비적인 구조가 배제됨은 물론, 막대한 예산과 비용의 절감도 가능할 것으로 기대됨.

7. 이상의 제반 문제점을 논의·결정하기 위해서는 일반국민이 참가하는 공청회를 개최해야 한다고 판단됨.

제기된 등기관련 문제로 인한 최대의 피해자이자 등기 주체는 전체 국민임.

따라서 효율적이고 이상적인 관련 민원서식을 제정하고, 제기된 문제점들은 해소하기 위해서는, 각계각층의 국민들이 참가한 공청회를 개최하고,

등기신청서「기입」「접수」등에 대한 문제점의 해결·개선 방안을 논의·결정해야 한다고 사료됨.

8. 근본적인 국가 체제에 대한 구조적인 사각지대의 존재 여부를 점검·확인해 볼 필요가 있음.

제기된 내용과 같이, 등기신청서「기입」「접수」에 관련된 부조리가, 건국이후 55년간이나 존속해 온 것은 분명히 국가적인 문제임.

이는 앞에서의 대책 6의 내용과 함께, 감사원 감사의 제외 대상에 대한 규정 등에, 구조적인 사각지대가 존재하는지 여부를 점검·확인해야 할 필요성이 있는 것으로 보임.

[첨부 26. 감사원법 제24조]

법원의「고유 업무」와 구별되는 등기신청서의「기입」「접수」

업무 등은 감사원 감사의 제외대상에서 분리하는 방안도, 검토해야 할 필요가 있는 것으로 보임.

「준공필증」 내용대로, 1차적으로 행정기관인 구청의 「건축물대장」에 민원인의 신고도 없이 「등재」 하는 것은 감사원의 감사대상이나, 2차적으로 사법부기관인 등기소의 「등기부등본」에 민원인이 「신고」 「등기」 하는 것은 감사원의 감사대상에서 제외되는 것은 쉽게 납득이 되지 않음.

등기소 「등기」에서는 제기된 문제점 등 불편과 불만의 소지가 더 많은 실정임.

아울러 전국의 각종 각급 민원서식의 제작 및 관리 실태 등도 점검·확인해야 할 필요가 있을 것임.

첨부 순서

1. 소유권(일부) 이전등기신청서(A등기소 2건+B〃3건+C〃1건)
2. 출생 신고서
3. 세금부과 관련 법조문
4. 등록세 영수필 통지서
5. 부동산 등기신청 안내서
6. 소유권 이전등기신청 안내서(2건)
7. A등기소 소유권(일부)이전등기 신청서의 문제점
8. 등기 신청에 필요한 서면
9. A등기소 대비 B등기소 소유권 이전등기신청서의 차이점
10. B등기소 대비 C등기소 소유권 이전등기신청서의 차이점
11. 진정사항 처리결과 통지서 (2002. 5. 21자)
12. 진정사항 처리결과 통지서 (2002. 8. 20자)
13. 민원에 대한 회신서
14. 서식 참고용 복사 자료
15. 등기부 등(초)본 교부 신청서
16. 등기 등(초)본 교부신청용 법무사 사무실용지(이면)
17. 질의서 이송 통지서
18. 민원 접수처리 통보서
19. 서 신
20. 민원 회신서
21. 등기예규 제 1034호 제정일 관련자료
22. 민원 접수처리 통보서
23. 등기 권리증
24. 등기부 등본
25. 건축물 대장
26. 감사원법 제24조

첨부 1. 소유권(일부)이전등기신청서

제2-1호

A등기소 1면

소유권(일부)이전등기신청

접	년 월 일	처리인	접 수	조 사	기 입	교 합	등기필통지	각종통지
수	제 호							

부동산의 표시	

등기원인과 그 연월일	년 월 일	
등 기 의 목 적	소유권(일부)이전	
이 전 할 지 분		

구분	성 명 (상호·명칭)	주 민 등 록 번 호 (등기용등록번호)	주 소 (소재지)	지 분 (개 인 별)
등기의무자				
등기권리자				

시가표준액 및 국민주택채권매입금액		
부동산 표시	부동산별 시가표준액	부동산별 국민주택채권매입금액
1.	금　　　　　　　　　원	금　　　　　　　　　원
2.	금　　　　　　　　　원	금　　　　　　　　　원
3.	금　　　　　　　　　원	금　　　　　　　　　원
국 민 주 택 채 권 매 입 총 액		금　　　　　　　　　원
등록세 금　　　　　　　　원	교육세 금　　　　　　원	
세　액　합　계 금		원
등 기 신 청 수 수 료 금		원

첨　　부　　서　　면		
1. 검인계약서　　　　　　　　　통	1. 주민등록등(초)본　　　　　통	
1. 등록세영수필확인서 및 통지서　통	1. 신청서부본　　　　　　　　통	
1. 국민주택채권매입필증　　　　통	1. 위임장　　　　　　　　　　통	
1. 인감증명　　　　　　　　　　통	<기　타>	
1. 등기필증　　　　　　　　　　통		
1. 토지·임야·건축물대장　　　통		
1. 토지가격확인원　　　　　　　통		

년　　　월　　　일

위 신청인　　　　　　　　　　　　　　(전화 :　　　　　　)

(또는)위 대리인　　　　　　　　　　　(전화 :　　　　　　)

지방법원　　　　　　　　　　등기소 귀중

- 신청서 작성요령 및 등기수입증지 첨부란 -

* 1. 부동산표시란에 2개 이상의 부동산을 기재하는 경우에는 그 부동산의 일련번호를 기재하여야 합니다.
  2. 신청인란등 해당란에 기재할 여백이 없을 경우에는 별지를 이용합니다.
  3. 등기신청수수료 상당의 등기수입증지를 이 난에 첨부합니다.

위 임 장	
부 동 산 의 표 시	
등기원인과 그 연월일	년 월 일
등 기 의 목 적	

위 사람을 대리인으로 정하고 위 부동산에
대한 등기신청 및 취하에 관한 모든행위를
위임 한다. 또한 복대리인 선임을 허락한다.

년   월   일

소유권이전등기신청

접	년 월 일	처	접 수	조 사	기 입	교 합	등기필통지	각종통지
수	제 호	리인						

부 동 산 의 표 시

등기원인과 그 연월일	년 월 일
등 기 의 목 적	소유권(일부)이전
이 전 할 지 분	

구분	성 명 (상호·명칭)	주민등록번호 (등용등록번호)	주 소(소 재 지)	지 분 (개인별)
등기의무자				
등기권리자				

시가표준액 및 국민주택채권매입금액

부동산의 표시	부동산별 시가표준액	부동산별 국민주택채권매입금액
1.	금 원	금 원
2.	금 원	금 원
3.	금 원	금 원
국 민 주 택 채 권 매 입 총 액	금	원
등 록 세	금	원
교 육 세	금	원
세 액 합 계	금	원
등 기 신 청 수 수 료	금	원

1. 검인계약서 통	1. 주민등록등(초)본 통
1. 등록세영수필확인서 및 통지서 통	1. 신청서부본 통
1. 국민주택채권매입필증 매	1. 위임장 통
1. 인감증명 통	〈기 타〉
1. 등기필증 통	
1. 토지·임야·건축물대장 통	
1. 토지가격확인원 통	

년   월   일

위 신청인   ㊞   (전화 :   )

(또는) 위 대리인   ㊞   (전화 :   )

서울지방법원   동부지원   강동등기소 귀중

- 신청서 작성요령 및 등기수입증지 첩부란 -

1. 부동산표시란에 2개 이상의 부동산을 기재하는 경우에는 그 부동산의 일련번호를 기재하여야 합
니다.
2. 신청인란등 해당란에 기재할 여백이 없을 경우에는 별지를 이용합니다.
3. 등기신청수수료 상당의 등기수입증지를 이 난에 첩부합니다.

집 합 건 물	소유권이전등기신청

접 수	년 월 일 제 호	처 리 인	접 수	조 사	기 입	교 합	등기필통지	각종통지

부 동 산 의 표 시	1동의건물의 표시 서울시 관악구 동 전유부분의건물의표시 　건물의 번호 　구　　　　조 　면　　　　적 대지권의표시 토지의표시　　　　서울시 관악구 동 　　　　　　　　대　　평방미터 대지권의종류　　　소　유　권 대지권의비율　　　　분의

등기원인과그연월일	년　월　일 매매
등 기 의 목 적	소유권이전

구 분	성　명 (상호·명칭)	주민등록번호 (등기용등록번호)	주　　　소(소 재 지)	지 분
등기의무자				
등기권리자				

1. 부동산표시란에 2개이상의 부동산을 기재하는 경우에는 그 부동산의 일련번호를 기재하여야 합니다.
2. 신청인란이 부족할 경우에는 별지에 기재합니다.
3. 등기명의인이 한자로 표시된 경우에는 등기의무자의 성명에 한자를 병기하되 등기부상에 주민등록번호가 기재된 때에는 그러하지 아니합니다.

서울지방법무사회(통일용지)
(전화번호　　　　)

2면

시가표준액 및 국민주택채권매입금액		
부동산 표시	부동산별 시가표준액	부동산별 국민주택채권매입금액
1. 토지	금 　　　　　　　　 원	금 　　　　　　　　 원
2. 건물	금 　　　　　　　　 원	금 　　　　　　　　 원
3.	금 　　　　　　　　 원	금 　　　　　　　　 원
국 민 주 택 채 권 매 입 총 액	금	원
등록세 금 　　　　　　 원	교육세 금	원
세　액　합　계	금	원
등 기 신 청 수 수 료	금	원

첨　　부　　서　　면	
1. 등록세영수필확인서 및 통지서 　　통	<기 타>
1. 토지·임야·건축물대장 　　통	1. 인감증명서 (매도인) - 매수자 인적사항 기재
1. 주민등록등(초)본 (매인. 매수) 　　통	1. 등록세.교육세 - 해당구청에서 영수증 받음
1. 신청서부본 　　통	1. 채권 - 등기소에서 산정해드림
1. 위임장 　　통	1. 매매계약서 - 구청에서 2부 검인받은것.
	1. 등기권리증 - 집문서는 원본임
	1. 개별공시지가확인서 및 토지가격확인원 — 구청에서 받음.

년　　　월　　　일

위 신청인 　　　　　　　(인) (전화 : 　　　　　)

(또는)위 대리인 　　　　　　　　　　(전화 : 　　　　　)

지방법원 　　　　　　　　등기소 귀중

- 신청서 작성요령 및 등기수입증지 첨부란 -

* 1. 부동산표시란에 2개 이상의 부동산을 기재하는 경우에는 그 부동산의 일련번호를 기재하여야 합니다.
  2. 신청인란등 해당란에 기재할 여백이 없을 경우에는 별지를 이용합니다.
  3. 등기신청수수료 상당의 등기수입증지를 이 난에 첨부합니다.

토지.건물 소유권이전등기신청

접 수	서기 년 월 일	처 리 인	접 수	조 사	인 감	기 입	교 합	등기필 통 지	각 종 통 지
	제 호								

부 동 산 의 표 시	1. 서을시 관악구 등 . 대 평방미터 위 치 상

등 기 원 인 과 그 연 월 일	년 월 일 매매
등 기 의 목 적	소유권 이전

구 분	성 명 (상호·명칭)	주 민 등 록 번 호 (등기용등록번호)	주 소 (소 재 지)	지 분
등 기 의 무 자				
등 기 권 리 자				

1. 부동산표시란에 2개 이상의 부동산을 기재하는 경우에는 그 부동산의 일련번호를 기재하여야 합니다.
2. 신청인란이 부족할 경우에는 별지에 기재합니다.
3. 등기명의인이 한자로 표시된 경우에는 등기의무자의 성명에 한자를 병기하되 등기부상에 주민등록번호가 기
재된 때에는 그러하지 아니합니다.   (전화번호   -   )

시가표준액 및 국민주택채권매입금액

부동산표시	부동산별 시가표준액	부동산별 국민주택채권매입금액
1. 토 지	금 원	금 원
2. 건 물	금 원	금 원
.	금 원	금 원
국 민 주 택 채 권 매 입 총 액	금	원
등 록 세	금	원
교 육 세	금	원
세 액 합 계	금	원

첨 부 서 면

1. 등록세영수필확인서 및 통지서 1 통	1. 위임장 1 통
1. 토지,임야,건축물대장 1 통	1. 등기필증 1 통
1. 토지가격확인원 1 통	
1. 주민등록등(초)본 1 통	<기 타>
1. 신청서부본 1 통	
1. 검인계약서 1 통	
1. 국민주택채권매입필증 1 통	
1. 인감증명 1 통	

년 월 일

위 신청인 (전화:)

(또는) 위 대리인 (전화:)

지방법원 등기소 귀중

*1. 부동산표시란에 2개 이상의 부동산을 기재하는 경우 그 부동산의 일련번호를 기재하여야 합니다.
2. 신청인란등 해당란에 기재할 여백이 없을 경우에는 별지를 이용합니다.

2003. 5. 13 . 관악

양식 제 2-1호

B 등기소 ①면

소유권(일부)이전등기신청

접 수	년 월 일 제 호	처 리 인	접 수	조 사	기 입	교 합	등기필 통 지	각 종 통 지

부동산의 표시

등기원인과 그 연월일	년 월 일
등 기 의 목 적	소유권(일부)이전
이 전 할 지 분	

구분	성 명 (상호·명칭)	주민등록번호 (등기용등록번호)	주 소(소 재 지)	지 분 (개인별)
등기의무자				
등기권리자				

②면

시가표준액 및 국민주택채권매입금액		
부동산 표시	부동산별 시가표준액	부동산별 국민주택채권매입금액
1.	금 원	금 원
2.	금 원	금 원
3.	금 원	금 원
국 민 주 택 채 권 매 입 총 액	금 원	
등록세 금 원	교육세 금 원	
세 액 합 계	금 원	
등 기 신 청 수 수 료	금 원	

첨 부 서 면	
1. 검인계약서 통	1. 주민등록등(초)본 통
1. 등록세영수필확인서 및 통지서 통	1. 신청서 부본 통
1. 국민주택채권매입필증 매	1. 위임장 통
1. 인감증명 통	<기타>
1. 등기필증 통	
1. 토지·임야·건축물대장 통	
1. 토지가격확인원 통	

년   월   일

위 신청인   (전 화:)

(또는)위 대리인   (전 화:)

서울지방법원   등기소 귀중

- 신청서 작성요령 및 등기수입증지 첨부란 -

* 1. 부동산표시란에 2개 이상의 부동산을 기재하는 경우에는 그 부동산의 일련번호
   를 기재하여야 합니다.
   2. 신청인란 등 해당란에 기재할 여백이 없을 경우에는 별지를 이용합니다.
   3. 등기신청수수료 상당의 등기수입증지를 이 난에 첨부합니다.

C 등기소 1면

매매로 인한						
소유권이전등기신청						

접수	년 월 일	처리인	접 수	조 사	기 입	교 합	등기필통지	각종통지
	제 호							

① 부동산의 표시

② 등기원인과 그 연월일	년 월 일 매매
③ 등기의 목적	소 유 권 이 전
④ 이전할지분	

구분	성 명 (상호·명칭)	주민등록번호 (등기용등록번호)	주 소 (소 재 지)	지 분 (개인별)
⑤ 등기의무자				
⑥ 등기권리자				

⑧ 시가표준액 및 국민주택채권매입금액		
부동산 표시	부동산별 시가표준액	부동산별 국민주택채권매입금액
1. 토 지	금 원	금 원
2. 건 물	금 원	금 원
3.	금 원	금 원
⑧ 국 민 주 택 채 권 매 입 총 액	금 원	
⑨ 등록세 금 원	⑨ 교육세 금원	
⑩ 세 액 합 계	금 원	
⑪ 등 기 신 청 수 수 료	금 원	

⑫ 첨 부 서 면			
· 검인계약서	1통	· 주민등록등(초)본	각 1통
· 등록세영수필확인서 및 통지서	1통	· 신청서부본	2통
· 국민주택채권매입필증	매	· 위임장	통
· 인감증명	1통	<기 타>	
· 등기필증	1통	· 부동산양도신고확인서	1통
· 토지·건축물대장	각 1통		
· 토지가격확인원	1통		

년   월 0 일

⑬ 위 신청인   ㉑   (전화 :   )

                                        ㉑   (전화 :   )

(또는)위 대리인   (전화 :   )

서울지방법원   등기과 귀중

- 신청서 작성요령 및 등기수입증지 첨부란 -

* 1. 부동산표시란에 2개 이상의 부동산을 기재하는 경우에는 부동산의 일련번호를 기재하여야 합니다.
  2. 신청인란등 해당란에 기재할 여백이 없을 경우에는 별지를 이용합니다.
  3. 등기신청수수료 상당의 등기수입증지를 이 난에 첨부합니다.

첨부 2. 출생 신고서

(양식 제1호)

출 생 신 고 서

년   월   일

※ 뒷면의 **작성방법**을 읽고 기재하시되 선택항목은 해당번호에 "〇"으로 표시하여 주시기 바랍니다.

① 출 생 자	본 적						호 주 및 관계		의
	주 소						세대주 및 관계		의
	성 명	한글		본		성 별	① 혼인중의 자		
		한자				① 남 ② 여	② 혼인외의 자		
	출생일시		년 월 일 시 분(① 자택 ② 병원 ③ 기타)에서 출생						
	출생장소								
② 부 모	부	본 적							
		성 명			본				
	모	본 적							
		성 명			본				
③ 기타사항									
④ 신고인	성 명		서명(인)	주민등록번호			자 격		
	주 소						전 화		

※ 다음은 통계법 제13조에 의거, 개인의 비밀사항이 철저히 보호되고 또한 국가의 인구정책 수립에 필요한 정보 수집이 목적이므로 사실대로 기재하여 주십시오.

구 분	부(父)에 관한 사항	모(母)에 관한 사항
⑤ 실제 생년월일	년 월 일	년 월 일
⑥ 직 업		
⑦ 최종 졸업 학교	①무학 ②초등학교 ③중학교 ④고등학교 ⑤대학이상	①무학 ②초등학교 ③중학교 ④고등학교 ⑤대학이상
⑧ 실제 결혼년월일	년 월 일부터 동거	⑨ 임신주(週)수 만(滿) 주
⑩ 다태아(쌍둥이) 여 부	①단태아 ②쌍태아(쌍둥이) ③삼태아(세쌍둥이)이상	⑪ 출 생 순 위 ①첫째 아이 ②둘째 아이 ③셋째 이상(번째아이) ⑫ 신생아 체 중 kg
⑬ 모의 출산아 수	이 아이까지 총 명을 출산하여 명 생존 (명 사망)	

※ 아래 사항은 신고인이 기재하지 않습니다.

읍 면 동 접 수	세대별 주민 등록표 정리	월 일 (인)	본적지송부	월 일 (인)	호적부정리	월 일 (인)
	개인별 주민 등록표 작성	월 일 (인)	본 적 지 접 수		호 적 부 에 주민등록번호 기재	월 일 (인)
	대 장 정 리	월 일 (인)			주민등록지 통 보	월 일 (인)
	주 민 등 록 번 호				인구동태신고서 송 부	월 일 (인)

작 성 방 법

* 신고서는 2부를 작성, 제출하여야 합니다.
* 도장을 찍는 대신에 서명을 하셔도 됩니다.
* 출생자의 이름에 사용하는 한자는 대법원규칙이 정하는 범위 내의 것이어야 하며, 본(本)은 한자로 기재합니다.
* 출생신고서에는 의사, 조산사, 기타 분만에 관여한 사람의 출생증명서를 첨부하여야 하며, 부득이한 사유로 첨부하지 못하는 때에는 그 이유를 기타사항란에 기재하고, 출생사실을 알고 있는 자의 출생 증명서를 첨부하여야 합니다(출생증명서의 양식은 별도 비치).

①란에서 출생자의 본적은 출생자가 들어가야 할 집(家)의 본적을 기재합니다.
①란에서 출생일시는 24시각제로 기재합니다.
　(예 : 오후 2시 30분 → 14시 30분,　밤 12시 30분 → 다음날 0시 30분)
②란에서 부(父)란은 혼인외의 출생자를 모(母)가 신고하는 경우에는 기재하지 않으며, 재혼금지기간 중에 재혼한 여자가 재혼 성립 후 200일 이후, 직전혼인의 종료 후 300일 이내에 출산하여 모가 출생신고를 하는 경우에는 "부 미정"이라고 기재합니다.
②란에서 출생자의 부 또는 모가 외국인인 경우에는 그 본적란에 국적(신고당시)을 기재합니다.
③란 기타 사항에는 다음과 같은 내용을 기재합니다.
　가. 혼인외의 출생자를 부(父)가 신고하는 경우에는 모(母)의 호주 및 그 관계
　나. 출생자가 출생신고에 의하여 일가를 창립하는 경우에는 그 취지, 원인과 창립장소
　다. 선순위자(부모)가 출생신고를 할 수 없는 경우에는 그 이유
　라. 기타 호적에 기재하여야 할 사항을 분명하게 하는데 특히 필요한 사항
④란의 자격란에는 부, 모, 호주, 동거친족, 분만관여의사 등 해당되는 자격을 기재합니다.
⑤란은 호적상 생년월일과 실제 출생일이 다른 경우에는 실제의 생년월일을 기재합니다.
⑥란은 아이가 출생할 당시의 부모의 직업을 구체적으로 기재합니다.
　- 잘못된 기재의 예 : 회사원, 공무원, 사업, 운수업
　- 올바른 기재의 예 : ○○회사 영업부 판촉사원, 건축목공, ○○구청 건축허가 업무담당
⑦란은 교육부장관이 인정하는 모든 정규교육기관을 기준으로 기재하되 각급 학교의 재학 또는 중퇴자의 최종 졸업한 학교의 해당번호에 ○표시를 합니다.
　(예 : 대학교 3학년 중퇴 → ④ 고등학교에 ○표시)
⑧란은 호적상 혼인신고일과의 관계없이 실제로 결혼(동거)생활을 시작한 연월일을 기재합니다.
⑩란은 실제로 출생한 아이의 수와 관계없이 임신하고 있던 당시의 태아수에 ○표시를 합니다.
⑪란은 신고서상의 아이가 다태아(쌍둥이) 중 몇 번째로 태어난 아이인지를 표시합니다.
⑬란은 신고서상의 아이까지 모두 몇 명의 아이를 출산했고 그 중 몇 명이 생존하고 있는지를 기재하며, 모가 재혼인 경우에는 현재의 혼인 뿐만 아니라 이전의 혼인에서 낳은 자녀도 포함합니다.

첨부 3. 세금부과 관련 법조문

國稅 基本法

第44條 (決定 또는 更正決定의 管轄) 國稅의 課稅 標準과 稅額의 결정 또는 更正決定은 그 處分 당시 당해 國稅의 納稅地를 관할하는 稅務署長이 행한다

地方稅法

第2條 (地方自治團體의 課稅權) 地方自治團體는 이 法에 定하는 바에 依하여 地方稅로서 普通稅와 目的稅를 賦課 徵收할 수 있다.

첨부 4. 등록세 영수필 통지서

서울특별시 등록세납부서 겸 영수증 (납세자 보관용)

납세번호	기관	동	검	회계	과목	세목	년도	월	기	과세번호	검

납 세 자 :
주 소 :
과세물건 :
등기원인 :

세 목	납 부 세 액		과 세 표 준 액
등 록 세			
지 방 교 육 세			
농 어 촌 특 별 세			
합 계 세 액			

지방세법 제150조 2의 규정에 의하여
위와 같이 신고 납부 합니다.
년 월 일

위의 금액을 영수합니다.
년 월 일

문 의 처 :
고지서발급자 :
※이 영수증은 5년간 보관하시기 바라며, 과세증명서로 사용할 수 있습니다.
※납부장소 : 전국은행(한국은행제외)각점, 수협중앙회본·지점, 우체국 및 서울시e-마을금고

서울특별시   구청장 (수납인)

등록세 (비과세·감면) 확인서

성 명 :
주 소 :

다음의 등록세가 아래와 같이 감면(비과세)됨을 확인합니다.

등기원인			
세 율			
소재지			
과세표준		당초세액	
비과세·감면세액		납부세액	

결정이유 :

년 월 일

※이 영수증은 5년간 보관하시기 바라며, 과세증명서로 사용할 수 있습니다.

서울특별시   구청장 (수납인)

서울특별시 등록세영수필확인서 (등기소 보관용)

납세번호	기관	동	검	회계	과목	세목	년도	월	기	과세번호	검

납 세 자 :
주 소 :
과세물건 :
등기원인 :

세 목	납 부 세 액
등 록 세	
지 방 교 육 세	
농 어 촌 특 별 세	
합 계 세 액	

위의 금액을 영수하였음을 통지합니다.

년 월 일

(수납인)

서울특별시 등록세영수필확인서 (등기소의 구청통보용)

납세번호	기관	동	검	회계	과목	세목	년도	월	기	과세번호	검

납 세 자 :
주 소 :
등기물건 :
등기원인 :

등기접수번호 :

세 목	납 부 세 액
등 록 세	
지 방 교 육 세	
농 어 촌 특 별 세	
합 계 세 액	

년 월 일

서울특별시   구청장 귀하 (수납인)

O C R 용

서울시 등록세 수납의뢰서 (수납은행 보관용)

납세번호	기관	동	검	회계	과목	세목
	년	도	월	기	과세번호	검

납세자 :

세 목	납 부 세 액
등 록 세	
지 방 교 육 세	
농 어 촌 특 별 세	
합 계 세 액	

위의 금액을 수납하여 주시기 바랍니다.
년 월 일

서울특별시   구청장 (수납인)

서울특별시 OCR 등록세영수필통지서 (구청보관용)

납세번호	기관	동	검	회계	과목	세목	년도	월	기	과세번호	검

S		C				C
H						

● 이 종이는 컴퓨터로 처리되므로 구겨지거나 위난이 더럽혀지지 않도록 주의하여 주십시오.   C

서울특별시 OCR

납세자 :
주 소 :
등기물건 :

세 목	납 부 세 액		과 세 표 준 액
등 록 세			
지 방 교 육 세			
농 어 촌 특 별 세			
합 계 세 액			

위의 금액을 영수하였음을 통지
년 월 일

서울특별시   구청장 귀하 (수납인)

첨부 5. 부동산 등기 신청 안내서

별지 1

부 동 산 등 기 신 청 안 내

1. 신청인 출석

　부동산 등기신청은 원칙적으로 등기권리자와 등기의무자(또는 그 대리인)가 등기소에 출석하여 등기신청서를 제출하여 이를 하여야 합니다.

2. 구비서류

　등기신청서에는 그 등기신청에 필요한 소정의 첨부서류와 등록세영수필확인서및 통지서와 국민주택채권매입필증을 첨부하여야 합니다.

3. 신청서용지의 교부 등

　각종 부동산등기신청서와 인감증명신청서의 용지는 접수창구 직원에게 요청하시면 무료로 교부하여 드리며, 기재양식과 등록세세율표 및 국민주택채권매입금액표 등은 접수창구에 비치되어 있습니다.

4. 등기관의 처분에 대한 이의

　등기관이 등기신청사건에 대하여 각하(결정)한 경우에는 그 각하결정이 부당하다고 생각되면 관할지방법원에 이의신청을 할 수 있습니다.

5. 참고사항

　일반적인 등기신청절차에 대하여는 답변하여 드릴 수 있으나 구체적인 등기신청사건에 대하여는 답변하여 드리거나 대필하여 드릴 수 없으니 이점 양해하여 주시기 바랍니다.

　이는 등기신청행위가 등기권리자와 등기의무자간의 이해가 상반될 뿐만 아니라 이해관계인이 있고 등기함으로써 권리의 발생, 변경, 소멸을 가져오므로 등기관이 이에 관여할 수 없기 때문입니다.

○ ○ 지 방 법 원 장

소유권이전등기신청 안내서

Ⅰ. 등기신청 방법
　　등기신청은 등기권리자·등기의무자 쌍방이 본인임을 확인할 수 있는 주민등록증등을 가지고
　　짐접 등기소에 출석하여 신청하여야 합니다. 다만, 법무사등에게 위임한 경우에는 등기소에 직
　　접 출석할 필요가 없습니다.

Ⅱ. 등기신청서 기재요령
　◆ 부동산의 표시란
　　가. 원칙적으로 등기부 표시란의 부동산 표시와 동일하게 기재하여야 합니다.
　　(토지는 소재·지번, 지목, 면적별로 기재하고, 건물은 소재·지번, 종류, 구조, 면적별로 기재
　　하되 건물이 여러층일 때에는 공통되는 부분을 제외하고는 각층별로 기재합니다. 만일 등기부
　　와 토지·건축물대장의 부동산 표시가 서로 다른 때에는 표시변경등기를 먼저 하여야 합니다).
　　나. 2개 이상의 부동산을 기재하는 경우에는 각 부동산 마다 일련번호를 기재하십시요.
　　다. 집합건물(예, 아파트, 연립주택)의 경우에는 등기소에 별도로 비치해 놓은 신청서 기재례를
　　참조하여 기재하십시요.
　◆ 등기원인과 그 연월일란 : 매매, 증여 등 소유권이전의 원인이 된 사실을 기재합니다.
　　(예) ○년 ○월 ○일 매매, ○년 ○월 ○일 증여
　◆ 등기의 목적란 : 소유권의 일부이전이 아닌 경우에는 "소유권(일부)이전" 중 「일부」자를
　　삭제하십시요.
　◆ 이전할 지분란 : 소유권 일부이전의 경우에만 그 지분을 기재합니다.
　　(예) "○○분의○(갑구△번 ○○○지분 전부)"
　　　　"○○분의○(갑구△△번 ○○○지분 중 일부)"
　◆ 등기의무자란 : 매도인의 성명, 주민등록번호, 주소를 기재하며, 등기부상 소유자 표시와 일치
　　하여야 합니다. 그리고 등기부에 성명이 한자로 기재되어 있고 주민등록번호의 기재가 없는
　　때에는 그 성명에 한자를 병기하여야 합니다.
　◆ 등기권리자란 : 매수인의 성명, 주민등록번호, 주소를 기재합니다.
　＊ 등기권리자·등기의무자가 수인인 경우 이전하거나 이전받는 각자의 지분을 지분란에 기재합
　　니다.
　　(예) 등기권리자가 2인인 경우

구 분	성　　명 (상호·명칭)	주민등록번호 (등기용등록번호)	주　　소(소 재 지)	지 분 (개 인 별)
등기권리자	1. 김 갑 동	550812-1966342	서울 서초구 서초동 112	1. ⅓
	2. 이 을 수	601231-1967854	서울 동작구 대방동 123	2. ⅔

　◆ 과세시가표준액 및 국민주택채권매입금액란 : 1) 등기민원인이 등기신청에 앞서 당해 부동산
　　의 대장등본과 토지가격확인원을 첨부하여 관할 등기소에 과세시가표준액 및 국민주택채권매
　　입금액의 계산을 신청하면 그 등기소의 등기민원담당공무원이 해당금액을 계산해 주고 있습

니다.

2) 부동산이 2개 이상인 경우에는 각 부동산별로 과세시가표준액 및 국민주택채권매입금액을 기재한 다음 국민주택채권 매입총액을 기재하여야 합니다.

◆ 등록세란 및 교육세란 : 구청 등에서 발급받은 영수필통지서·확인서에 의하여 기재합니다.

◆ 세액 합계란 : 등록세액과 교육세액의 합계를 기재합니다.

◆ 첨부서면란 : 부동문자로 기재된 것 중 당해 등기신청서에 첨부할 필요가 없는 것은 줄을 그어 지운 다음 그 곳에 날인을 하여야 하고, 기타란에는 그 밖에 첨부한 서면을 기재합니다.

* 신청서는 원칙적으로 한글과 아라비아 숫자를 사용하여 작성합니다. 그리고 부동산표시란과 신청인란등 해당란에 기재할 여백이 없을 경우에는 별지를 이용하고 별지를 포함하여 신청서가 여러장인 때에는 간인을 하여야 합니다.

Ⅲ. 등기신청서에 첨부할 서면

1. 검인계약서 : 계약에 의한 소유권이전등기신청의 경우에만 검인을 요하고, 검인은 부동산 소재지를 관할하는 시장, 구청장, 군수 또는 권한을 위임받은 자로 부터 받을 수 있으며, 계약서에 기재된 거래금액이 500만원을 초과하는 경우에는 일정액의 인지를 첨부하여야 합니다.

2. 등록세영수필확인서 및 통지서 : 시·구·군청 등에 자진 신고해서 납부를 하여야 하며 영수필확인서 및 통지서는 시장, 구청장, 군수등이 발급합니다.

3. 국민주택채권매입필증 : ⅰ)유상으로 인한 소유권이전인 경우에는 과세시가표준액이 500만원 이상일 때 무상으로 인한 소유권이전인 경우에는 과세시가표준액이 1,000만원 이상일 때에만 첨부합니다. ⅱ)국민주택채권은 주택은행에서 매입합니다.

4. 등기의무자의 인감증명 : 등기의무자의 인감증명을 첨부하되 특히 매매로 인한 소유권이전등기신청서에 첨부할 인감증명은 인감증명서의 매도인란에 등기권리자의 성명, 주민등록번호, 주소가 기재된 매도용 인감증명이어야 하고 그 유효기간은 발행일로 부터 6개월입니다.

5. 등기의무자의 권리에 관한 등기필증 : 등기의무자의 소유권에 관한 등기필증으로서 속칭 구권리증이라는 것을 말합니다.

6. 대장등본 및 토지가격확인원 : 등기신청대상 부동산의 종류에 따라 토지대장, 임야대장, 건축물대장 및 토지가격확인원을 각 첨부하며, 대장등의 발급은 시장, 구청장, 군수등이 합니다.

7. 주민등록표등(초)본 : 등기의무자와 등기권리자의 주민등록표등(초)본을 첨부합니다.

8. 신청서부본

7. 위임장 : 등기신청을 법무사등에게 위임할 때에는 위임장을 첨부하여야 합니다.

(※ 그 밖에도 다른 법률의 규정에 의하여 첨부하여야 할 서면이 추가될 수 있습니다. 그리고 등기소에 제출하는 등기신청서는 신청서, 등록세영수필확인서·통지서, 국민주택채권매입필증, 위임장, 인감증명, 주민등록표등(초)본, 대장등본 및 토지가격확인원, 각종 허가서·동의서·승락서 등, 신청서부본, 검인계약서, 등기필증 순으로 편철해 주시면 확인하는데 편리합니다.)

Ⅳ. 기 타

1. 이전 하고자 하는 토지가 신고지역이나 허가지역인 경우에 일정 면적 이상인 때에는 토지 소재지를 관할하는 시장, 군수등이 발급한 신고필증이나 허가서를 첨부하여야 합니다.

2. 위 경우 이외에도 등기원인에 대하여 제3자의 허가, 동의 또는 승낙을 요할 때에는 이를 증명하는 서면을 첨부하여야 합니다.

3. 등기의무자나 권리자가 법인인 경우, 법인아닌 사단·재단인 경우, 재외국민이나 외국인인 경우에는 신청서의 기재사항과 첨부서면이 다르거나 추가될 수도 있으므로 전문가나 민원담당공무원 등과 상담하시어 착오 없기를 바랍니다.

소유권이전등기신청 안내서

Ⅰ. 등기신청 방법
등기신청은 신청인이 본인임을 확인할 수 있는 주민등록증등을 가지고 직접 등기소에 출석하여 신청하여야 합니다. 다만, 법무사등에게 위임한 경우에는 등기소에 직접 출석할 필요가 없습니다.

Ⅱ. 등기신청서 기재요령
1. 부동산의 표시란
(1) 원칙적으로 등기부 표시란의 부동산 표시와 동일하게 기재하여야 합니다.(토지는 소재·지번, 지목, 면적별로 기재하고, 건물은 소재·지번, 종류, 구조, 면적별로 기재하되 건물이 여러층일 때에는 공통되는 부분을 제외하고는 각층별로 기재합니다. 만일 등기부와 토지·건축물대장의 부동산 표시가 서로 다른 때에는 표시변경등기를 먼저하여야 합니다.)

(2) 2개 이상의 부동산을 기재하는 경우에는 각 부동산 마다 일련번호를 기재하십시오.

(3) 집합건물(예, 아파트, 연립주택)의 경우에는 등기소에 별도로 비치해 놓은 신청서 기재례를 참조하여 기재하십시오.

2. 등기원인과 그 연월일란 : 매매, 증여 등 소유권이전의 원인이 된 사실을 기재합니다.
(예) ○년 ○월 ○일 매매(또는 증여, 상속)

3. 등기의 목적란 : 소유권 일부이전이 아닌 경우에는 "소유권(일부)이전"중 「일부」자를 삭제하십시오.

4. 이전할 지분란 : 소유권 일부이전의 경우에만 그 지분을 기재합니다.
(예) "○○ 분의 ○ (갑구△번 ○○○지분 전부)"
　　 "○○ 분의 ○ (갑구△△번 ○○○지분 중 일부)"

5. 등기의무자란
매도인의 성명, 주민등록번호, 주소를 기재하며, 등기부상 소유자 표시와 일치하여야 합니다. 그리고 등기부에 성명이 한자로 기재되어 있고 주민등록번호의 기재가 없는 때에는 그 성명에 한자를 병기하여야 합니다.

6. 등기권리자란
매수인의 성명, 주민등록번호, 주소를 기재합니다. 등기권리자·등기의무자가 수인인 경우 이전하거나 이전받는 각자의 지분을 지분란에 기재합니다. 예를들면 다음과 같다.

구 분	성 명 (상호·명칭)	주민등록번호 (등기용등록번호)	주　　　소(소재지)	지　　분 (개 인 별)
등기권리자	1. 김갑동	550812-1966342	서울 서초구 서초동 112	1.　⅓
	2. 이을수	601231-1967854	서울 서초구 서초동 123	2.　⅔

7. 과세시가표준액 및 국민주택채권매입금액란
(1) 등기민원인이 등기신청에 앞서 당해 부동산의 대장등본과 토지가격확인원을 첨부하여 관할 등기소에 과세시가표준액 및 국민주택채권매입금액의 계산을 신청하면 그 등기소의 등기민원담당공무원이 해당금액을 계산해 주고 있습니다.

(2) 부동산이 2개 이상인 경우에는 각 부동산별로 과세시가표준액 및 국민주택채권매입금액을 기재한 다음 국민주택채권 매입총액을 기재하여야 합니다.

8. 등록세란 및 교육세란 : 구청 등에서 발급받은 영수필통지서·확인서에 의하여 기재합니다.

9. 세액 합계란 : 등록세액과 교육세액의 합계를 기재합니다.

10. 첨부서면란
    부동문자로 기재된 것 중 당해 등기신청서에 첨부할 필요가 없는 것은 줄을 그어 지운 다음 그 곳에 날인을 하여야 하고, 기타란에는 그밖에 첨부한 서면을 기재합니다.

㉠ 신청서는 원칙적으로 한글과 아라비아 숫자를 사용하여 작성합니다. 그리고 부동산표시란과 신청인란 등이 부족할 경우에는 별지에 기재하고 별지를 포함하여 신청서가 여러장인 때에는 간인을 하여야 합니다.

Ⅲ. 등기신청서에 첨부할 서면
  1. 검인계약서
     계약에 의한 소유권이전등기신청의 경우에만 검인을 요하고, 검인은 부동산 소재지를 관할하는 시장, 구청장, 군수 또는 권한을 위임받은 자로부터 받을 수 있으며, 계약서에 기재된 거래금액이 500만원을 초과하는 경우에는 일정액의 인지를 첨부하여야 합니다.

  2. 등록세영수필확인서 및 통지서
     시·구·군청 등에 자진 신고해서 납부를 하여야 하며 영수필확인서 및 통지서는 시장, 구청장, 군수 등이 발급합니다.

  3. 국민주택채권매입필증
     (1) 유상으로 인한 소유권이전인 경우에는 가세시가표준액이 500만원 이상일 때, 무상으로 인한 소유권 이전인 경우에는 과세시가표준액이 1,000만원 이상일 때에만 첨부합니다.
     (2) 국민주택채권은 주택은행에서 매입합니다.

  4. 등기의무자의 인감증명
     등기의무자의 인감증명을 첨부하되 특히 매매로 인한 소유권이전등기신청서에 첨부할 인감증명은 인감 증명서의 매도인란에 등기권리자의 성명, 주민등록번호, 주소가 기재된 대도용 인감증명이어야 하고 그 유효기간은 발행일로부터 6개월입니다.

  5. 등기의무자의 권리에 관한 등기필증
     등기의무자의 소유권에 관한 등기필증으로서 속칭 구권리증이라는 것을 말합니다.(구권리증의 분실시 에는 법무사나 공증인 사무실에서 확인서면을 받아 권리증을 대신합니다.)

  6. 대장등본 및 토지가격확인원
     등기신청대상 부동산의 종류에 따라 토지대장, 임야대장, 건축물대장 및 토지가격확인원을 각 첨부하 며, 대장등의 발급은 시장, 구청장, 군수등이 합니다.

  7. 주민등록표등(초)본 : 등기의무자와 등기권리자의 주민등록표등본을 첨부합니다.

  8. 신청서부본 : 4부

  9. 위임장 : 등기신청을 법무사등에게 위임할 때에는 위임장을 첨부하여야 합니다.

  10. 그 밖에도 다른 법률의 규정에 의하여 첨부하여야 할 서면이 추가될 수 있습니다. 그리고 등기소에 제 출하는 등기신청서는 신청서, 등록세영수필확인서·통지서, 국민주택채권매입필증, 위임장, 인감증명, 주민등록표등(초)본, 대장등본

Ⅳ. 기   타
  1. 이전 하고자 하는 토지가 신고지역이나 허가지역인 경우에 일정 면적 이상인 때에는 토지 소재지를 관 할하는 시장, 구청장, 군수 등이 발급한 신고필증이나 허가서를 첨부하여야 합니다.

  2. 위 경우 이외에도 등기원인에 대하여 제3자의 허가, 동의 또는 승낙을 요할 때에는 이를 증명하는 서 면을 첨부하여야 합니다.

  3. 등기의무자나 권리자가 법인인 경우, 법인아닌 사단·재단인 경우, 재외국민이나 외국인인 경우에는 신 청서의 기재사항과 첨부서면이 다르거나 추가될 수도 있으므로 전문가나 민원담당공무원 등과 상담하 시어 착오 없기를 바랍니다.

첨부 7. A등기소 소유권(일부)
이전등기 신청서의 문제점(47개 부분)

(   )안은 문제점 수, 면은 해당 서식 면, (미포함)은 문제가 있으나 문제점 수에 포함되지 않은 것

같은 A등기소 서식인데도, (일부) 양식번호가 있다가 없어지고, 지방법원 등기소가 서울지방법원 동부지원 강동등기소로 변하고, 등록세 교육세란이 나란했다가 상하로 배치되는 등 내용이 바뀜   (미포함). 2000년 1, 2면. 2001년 ① ②면

이전할 지분은 부동산의 표시 및 등기의무자 등기권리자란의 지분(개인별) 등과 동일거하거나 관련사항이므로 위치 등을 조정할 필요가 있음. ※ B등기소 1①면에서는 생략했음.

(1개 부분) 1면

등록세 교육세 국민주택채권매입금액과 시가표준액은 구청에서 담당하거나 정부에서 고시한다는 안내없이, 다른 항목과 똑같은 공란과 활자로 표기하여 민원인이 부과「기입」해야 하는 것으로 표기했으나,

세금부과의 의무가 있는 구청의 업무이며, 세금납부의 의무가 있는 민원인인 국민은 세금부과의 권리나 의무가 없으므로 삭제하거나 민원인의 기재항목에서 제외해야 함.   (4〃) 2면

세금부과의 담당기관이 숙지해야 할 사항이며 국민은 직접적인 관계가 없는, 시가표준액 및 국민주택채권 매입금액의 하부에 부동산 표시 3개항, 부동산별 시가표준액 3개항, 부동산별

국민주택채권 매입금액 3개항, 국민주택채권매입 총액, 등록세, 교육세, 새액합계, 등기신청수수료 등 14개 항이 부속항인 것처럼 작은 란으로 구분하여 표기했으나,

정반대로 부동산표시에 따르는 동일한 부속항목임.

※1면에서는 부동산의 표시 아래에 각항을 부속항으로 표기했음.   (14〃) 2면

부동산 표시 3개 항목별로, 부동산별 시가표준액, 부동산별 국민주택채권 매입금액은 기록할 공간이 있고 국민주택채권 매입총액의 기록공간이 있으나,

등록세 교육세 등기신청수수료는 3개 항목별로 기록할 공간도 없고 총액기록 공간도 없음   (미포함) 2면

세액합계도 3개 부동산표시란의 등록세 교육세 등과 관련된 사항이므로 현 위치는 조정할 필요가 있음   (미포함) 2면

「신청서 작성요령 및 등기수입증지 첨부란」은 3개 항목이 전부인 것으로 되어 있고, 별도의 작성요령 안내서가 있다는 안내가 없음

작성요령의 3개 항목 중 2개는 작성과 무관한 단순한 절차안내임

수입증지 첨부란은 첨부할 공간이 없으며, 두 곳 다 「첨부」로 표기하여 이해를 곤란하게 만듬   (3〃) 2면

첨부서면에 필요시에만 한정된 위임장을 첨부토록 규정하고, 위임장 서식도 첨부해 놓았음   (1〃) 2면

10개 첨부서면의 제출통수가 누락되었으며, 등기필증은, 이를 신청하는 것이므로 발급조차 불가능하며, 발행기관이 누락 되었고, 전 등기필증을 의미한다면 (구)와, 인감증명 주민등록 등

(초)본에서 등기의무자와 등기권리자 등을 누락하였고

(16〃) 2면

　첨부서면의 표기란이 없음　　　　　　　　(1〃) ②면

　첨부서면 중, 주민등록 등(초)본·통은, 등본인지 초본인지 두 가지 모두인지 구분이 안됨　　　　　　　　(3〃)2면

　등록세영수필 확인서 및 통지서·통도, 등록세영수필 확인서 인지 통지서인지 두 가지 모두인지 구분이 안됨　　　(3〃)2면

　위임장에는 위임자 수임자의 기록란이 없는 반면 3개의 빈 사각란은 있음.　　　　　　　　　(미포함) 3면

　등록세영수필 통지서는, (구청보관용)으로 명기되어 있으며 수납은행에서 구청장앞으로 발송·통지하므로 민원인이 휴대 제출할 수 없는 서면임.　　　　　　　(1〃) 2면

§ 등기신청에 필요한 서면 §

소유권보존등기(건물)	소유권이전등기	근저당권(전세권)말소등기
1. 등기신청서(4통)	1. 등기신청서(4통)	1. 등기신청서(1통)
2. 등록세영수필확인서 및 통지서 (가액의8/1,000)	2. 등록세영수필확인서 및 통지서 (증여,상속 : 15/1,000, 매매,경락,교환:30/1,000)	2. 등록세영수필확인서및통지서(건당3,600원)
3. 대법원등기수입증지(1필 8,000원)	3. 대법원등기수입증지(1필 8,000원)	3. 대법원등기수입증지(1필, 1건 2,000원)
4. 토지대장(1통)	4. 검인계약서(거래금액 500만원초과시 인지첩부)	4. 해지증서
5. 건축물대장(2통)	- 원본,사본 각1통	5. 등기의무자의 권리에 관한 등기필증(등기필이라고 인증된 근저당권설정계약서,전세권설정계약서)
6. 주민등록표등(초)본(3통)	5. 국민주택채권매입필증	6. 법인등기부등(초)본-등기의무자가 법인인 경우
7. 도면(1필대지상에 건물이 여러개 있는경우만 해당)	-유상계약;과세시가표준 500만원이상	7. 위임장
8. 호적등본,제적등본(사망한 사람이 건축물대장에 최초의 소유자로 등록되어 있는 때에 상속인이 보존등기를 신청할 경우에만 해당)	-무상계약; 과세시가표준 1,000만원이상	
9. 위임장	6. 등기의무자의 인감증명 (용도 : 부동산소유권이전용) (매도인, 증여자)-유효기간 ; 발행일로부터 6개월	**전세권설정등기**
	7. 구권리증(등기의무자의 권리에 관한 등기필증)	1. 등기신청서(1통)
등기명의인표시변경등기	8. 토지대장, 건축물대장 및 토지가격(개별공시지가)확인원(각 1통)	2. 전세권설정계약서
1. 등기신청서(4통)	9. 쌍방 주민등록등(초)본 재외국민-재외국민등록등본,재외국민거주사실증명,주소공증서면	3. 등록세영수필확인서 및 통지서 (가액의 2/1,000)
2. 등기명의인표시변경을 증명하는 서면 ; 내용에 따라 주민등록등(초)본, 호적등(초)본등	외국인-본국(외국)관공서의 주소증명, 거주사실증명, 주소공증 서면	4. 대법원등기수입증지 (1필 8,000원)
3. 등록세영수필확인서 및 통지서(건당3,600원)	10. 양도신고확인서 (취득 후 3년이 미경과)	5. 등기의무자(소유자)의 인감증명-6개월이내 발행
4. 대법원등기수입증지 (1필,1건 2,000원)	11. 호적등본,제적등본(상속)	6. 구권리증(소유자)
5. 위임장	12. 협의분할계약서(상속)	7. 주민등록표등(초)본 또는 주민등록증사본-전세입자
	13. 위임장	8. 지적도 또는 건물도면-전세권의 목적이 부동산의 일부인때만 첨부
		9. 위임장

건물표시변경등기 (증축,멸실등)	근저당권설정등기	소유권이전및구전가등기
1. 등기신청서(2통)	1. 등기신청서(1통)	1. 등기신청서(2통)
2. 등록세영수필확인서및통지서(건당 3,600원)	2. 등록세영수필확인서및통지서(가액의 2/1,000)	2. 등록세영수필확인서및통지서(가액의 2/1,000)
3. 대법원등기수입증지 (1필 2,000원)	3. 대법원등기수입증지 (1필 8,000원)	3. 매매예약계약서
4. 건축물대장	4. 근저당권설정계약서	4. 대법원등기수입증지 (1필 8,000원)
5. 위임장	5. 국민주택채권매입필증 채권최고액이 1,000만원 이상인 경우 채권최고액의 10/1,000 ; 5,000원미만은 절사하고, 5,000원이상은 1만원으로 계산	5. 토지대장,건축물대장
차등기말소	6. 등기의무자(소유자)의 인감증명 - 6개월이내 발행	6. 등기의무자(소유자)의 인감증명 - 6개월
1. 등기신청서(1통)	7. 등기의무자의 권리에 관한 등기필증(구권리증)	7. 등기의무자의 권리에 관한 등기필증 (구권리증)
2. 등록세영수필확인서및통지서(건당3,600원)	8. 주민등록등(초)본;근저당권자가 개인인 경우	8. 등기권리자(가등기권자)의 주민등록표등(초)본
3. 대법원등기수입증지 (1건 2,000원)	9. 법인등기부등(초)본 ; 근저당권자가 법인인경우	9. 위임장
4. 해제증서	10. 위임장	
5. 등기의무자의 권리에 관한 등기필증 및 인정증명		
6. 법인등기부등(초)본 : 등기의무자가 법인인 경우		
7. 등기의무자의 주소가 불일치할 경우 주민등록등(초)본을 제출		
8. 위임장		

구비서류의 종류	발급기관
등기신청서, 법인등기부등본, 법인인감증명	관할등기소 단, 주식회사, 합자회사는 상업등기소, *국원등기과, 보원등기과*
토지대장, 건물대장, 토지가격확인원, 지적도, 도시계획확인원, 호적등본, 제적등본, 등록세영수필확인서 및 통지서, 계약서 검인	관할구청
국민주택채권매입필증	주택은행
대법원등기수입증지	주택, 조흥은행, 농협
인감증명(개인), 주민등록표등(초)본	동사무소
계약서, 구권리증, 건물도면, 위임장, 해지증서, 해제증서	신청인 (등기의무자, 권리자)

첨부 9. A등기소 대비 B등기소 신청서의
차이점(59개 부분)

등록세 교육세 란이 나란했다가, 상하로 되었다가, 다시 나란히 배치되는 등 B등기소내의 서식이 근래 세 번이나 바뀜.

(미포함) 2000년. 1,2면. 2001년 ①②면. 2003년 1 2면

동일대상에 대한 서식인데도 양식 번호가 다르며, 1면에는 양식번호가 없고 2면에는 양식번호가 있음   (2개 부분) 1,2면

처리인란에 「인감」란이 추가되고 접수란에 「서기」가 추가됨.

(2 ″) ①면

활자가 고딕체임   (1 ″) ①②면

접수 처리인 등 결재라인과 부동산의 표시란 등을 굵은선으로 같이 묶어서 기재여부에 혼란을 초래함.   (1 ″) 1,①면

굵은 테두리선이 찌그러져 있으며, 복사본인 듯 그 바깥쪽으로 검은 얼룩이 있음.   (2 ″) ①②면

「등기필통지」는 한줄로, 「각종통지」는 두줄로 되었음

(2 ″) 1,①면

부동산의 표시가 세로로 되었음.   (1 ″) 1,①면

이전할 지분은 누락됨   (1 ″) 1면

등기원인과 그 연월일에 매매를 기록해 놓았음   (1 ″) 1면

등기 의무자의 주소(소재지)가 두줄로 되었음   (1 ″) ①면

「신청서 작성요령 및 등기수입증지 첩부란」과 같은 위치의 1면에 3개 항목이 추가되고, 서울지방법무사회 (통일용지) (전화

번호)가 표기되어 있음   (6″) 1,①면 ①면

　「신청서 작성요령 및 등기수입증지 첨부란」 표시가 없거나 점선이 싸고 있으며 1개 항목이 없음.   (3″) ②면

　첨부서면에서 5개 항목이 누락되고, 6개 항목을 손으로 기록했음   (6″) 2면

　첨부서면 중 2면 ②면에는 없고 ②면에만, 주민등록 등(초)본, 등록세영수필 확인서 및 통지서 등은 2종류가 분명한데도, 이를 포함하여 전부 1통으로 되어 있음, 1종류 1통만 요구한다면 2종류를 나열할 필요가 없음   (10″)②면

　손으로 기록한 항목에서「등록세 교육세」,「채권」,「매매 계약서」는 명칭이 다르고, 등기필증은 누락되고, 등기권리증과 교육세와 개별 공시지가 확인서는 추가됨   (7″) 2면

　신청인과 대리인의 간격이 큼   (1″) ②면

　첨부서면 순서가 전부 바뀌어져 있으며, 양면의 배정숫자(8개, 2개)도 다름   (11″) ②면

　서울지방법원 동부지원 강동등기소 귀중인데 대하여, 지방법원 등기소 귀중으로 되어 있음   (1″) 2면

첨부 10. B등기소 대비 C등기소 신청서의
차이점(50개 부분)

소유권이전등기 신청서 명칭이 글씨체가 다른 「매매로 인한」 소유권이전등기신청으로 되어 있음.   (1개 부분) 1면

부동산의 표시에 ① 등기원인과 그 연월일에 ② 등기목적에 ③ 이전할 지분에 ④ 등기의무자에 ⑤ 등기권리자에 ⑥ 이 있음
(6 〃) 1면

등기권리자의 주소와 지분사이에 연결된 선이 없음. (1 〃) 1면

1면 하단 3개 항목과 서울지방법무사회 (통일용지)(전화번호) 등이 없음
(6 〃) 1면

(⑦은 없고,) 시가표준액 및 국민주택채권 매입금액에 ⑧ 국민주택채권 매입금액 총액에 ⑧이 있으며, 등록세 ⑨ 교육세에 ⑨가 있고, 세액합계에 ⑩ 등기신청수수료에 ⑪ 첨부서면에 ⑫ 위 신청인에 ⑬의 숫자가 있음.
(8 〃) 2면

첨부서면에 글씨체가 다른 부동산양도신고 확인서, 등기필증은 추가되었으며, 교육세, 개별공시지가 확인서, 등기권리증은 없음.

첨부서면에 전부 I 대신 ·이 있음.
(15 〃) 2면

첨부서면에서 2면 ②면은 통수가 없는데 비해, 6개 서면은 1통, 신청서 부본은 2통, 토지·건축물대장과 주민등록 등(초)본은 각 1통으로 기록되어 있음.
(9 〃) 2면

첨부서면 중, 토지·임야·건축물대장이 토지·건축물대장으

로 되어있음   (1 ″) 2면
　일자는 0일로 표기됨   (1 ″) 2면
　지방법원 등기소 귀중이 서식의 글씨체와 다른 서울지방법원
등기과 귀중으로 표기됨   (1 ″) 2면
　등기 수입증지 「첩부란」이 첨부란으로 표기됨   (1 ″) 2면

첨부 11. 진정사항 처리결과 통지서(2002. 5. 21 자)

부패방지위원회

우100-095 /서울 중구 남대문로5가 581   /전화 02-2126-0219   /FAX 02-2126-0319
심사2관 심사관 김상식   담당관 김광욱   담당자 정복원

문서번호 심이 16500-440

시행일자 2002. 5. 21.

수   신 김현근(   )

제 목 진정사항 처리결과 통지

　　　1. 우리 위원회는 부패없는 깨끗한 사회를 건설하기 위하여 최선을 다하고 있습니다.

　　　2. 귀하께서 2002. 4. 4. 우리 위원회에 제출하신 등기소 민원서식 비치건의에 관한 진정사항(접수번호 제831호)은 법원행정처에서 조사하여 처리하도록 하였고 우리 위원회에서는 제도개선사항 검토에 참고할 것입니다.

　　　3. 귀하의 진정은 법원행정처에서 조사처리한 후 그 처리결과를 귀하에게 회신하게 될 것입니다.

　　　4. 앞으로도 변함없는 성원과 협조를 부탁드리며 귀하의 가정에 건강과 행운이 함께 하기를 기원합니다. 끝.

부패방지위원회 위원장

첨부 12. 진정사항 처리결과 통지서(2002.8. 20 자)

부패방지위원회

| 우100-095 /서울 중구 남대문로5가 581 　　/전화 02-2126-0219　　　/FAX 02-2126-0319 |
| 심사2관　심사관 김상식　　담당관 김광옥　　담당자 정복원 |

문서번호 심이 16500-684

시행일자 2002. 8. 20.

수　　신 김현근(　　　　　　　　　　　　　　　　　　　　　　)

제　목 진정사항 처리결과 통지

　　1. 우리 위원회는 부패없는 깨끗한 사회를 건설하기 위하여 최선을
다하고 있습니다.

　　2. 귀하께서 2002. 7. 31. 우리 위원회에 제출하신 등기소의 민원서식 미
비치 등에 관한 진정사항(접수번호 제1660호)은 법원행정처에서 조사하여 처리
하도록 하였습니다.

　　3. 귀하의 진정은 법원행정처에서 조사처리한 후 그 처리결과를 귀하에게
회신하게 될 것입니다.

　　4. 앞으로도 변함없는 성원과 협조를 부탁드리며 귀하의 가정에 건강과
행운이 함께 하기를 기원합니다. 끝.

부패방지위원회 위원장

첨부 13. 민원에 대한 회신서

"공정한 눈으로 밝은 세상을 만듭니다."

대 법 원

우 137-750 서초동 967번지 / 전화 (02) 3480-1397 / 전송 (02) 533-4969 / e-mail : gm100803@scourt.go.kr

| 등 기 과 | 과장 고 대 영 | 담당 사무관 박 종 국 |

문서번호 등기 1831 - 512

시행일자 2002. 9. 17.

수 신 김 현 근

참 조

제 목 민원에 대한 회신

　　　　1. 부패방지위원회로부터 이송되어 2002. 8. 22.자로 우리 처에 접수된 귀하의 민원에 대한 회신입니다.

　　　　2. 우리 처에서는 등기민원 담당 공무원들의 민원안내의 편의를 도모함과 동시에 등기신청을 직접 하고자 하는 당사자들이 보다 쉽고 편리하게 등기신청을 할 수 있도록 하기 위하여 금년 7월, "부동산 등기신청서 견본 및 작성안내" 책자를 발간하여 일선 등기과·소에 비치하도록 하고 있으며, 대법원 홈페이지에도 위 책자에 수록된 각종 등기신청서 양식과 작성요령 등을 게재하여 누구든지 출력하여 참고할 수 있도록 하는 등 등기를 직접 신청하고자 하는 민원인의 편의를 도모하기 위한 제도 개선에 주력해오고 있습니다. 아울러 귀하가 제기하신 등기신청서의 양식 개선 등에 관한 사항은 앞으로 우리 처의 등기업무 개선시 참작할 것임을 알려드립니다. 끝.

법 원 행 정 처 장

법정국장 전결

2002. 12. 10.
강동.

않고 있지만 이를 첨부하는 것이 타당하다.

왜냐하면 당해 법인이 이사의 정수를 하한선과 상한선을 모두 특정한 경우에는 정관을 보지 아니하고는 당해 이사의 퇴임등기 여부를 등기관이 알 수 없기 때문이다.

(다) 代表權制限規定의 新設·變更·廢止登記

정관으로 대표권제한규정을 신설한 경우에는 이 정관변경을 결의한 의사록(사단법인은 사원총회의사록, 재단법인은 이사회의사록)과 주무관청의 허가서를 첨부하여야 하고, 종전의 대표권 있는 이사가 경질된 때에는 구체적인 퇴임사유에 따라 이사퇴임의 경우에서와 같은 사임서·사망진단서·파산·금치산선고결정등본 등 전임자의 퇴임을 증명하는 서면과 새로 취임하는 대표권 있는 理事의 자격을 증명하는 사원총회의사록 또는 이사회의사록과 취임승인서, 주무관청의 허가서 등을 첨부하여야 한다.

그리고 代表權制限規定을 폐지한 때에는 사단법인의 경우에는 사원총회, 재단법인의 경우에는 이사회에서 그에 관한 정관의 변경을 결의한 의사록과 주무관청의 허가서 등을 첨부해야 할 것이다.

그외에 등록세(농어촌특별세 포함)납부영수필통지서 및 확인서와 등기신청수수료를 납부한 대법원등기수입증지를 첨부하여야 하고 대리인에 의할 경우에는 위임장을 첨부하는 등 일반적인 것은 다른 등기와 동일하다.

[서식 29] 사단(재단)법인 변경등기신청서(이사가 변경된 경우)

사단(재단)법인 변경등기신청서

1. 명   칭 사단(재단)법인 ○○회(등기번호 1,000호)
2. 주 사 무 소 ○○시 ○○구 ○○동 ○○번지
3. 등기의 목적 이사변경등기
   (1) 이사 증원
4. 등기의 사유 정관변경에 의하여 이사의 정원을 증원하고 다음 사람이 이사에
                취임하였으므로 그 등기를 구함.
5. 등기할 사항
   이사 ○○○ 20○○년 ○월 ○○일 취임
   (-   )
   (2) 이사 사망, 사임보선
4. 등기의 사유 이사 ○○○은 사망(사임)하고 다음 사람이 이사에 취임하였으므
                로 그 등기를 구함.
                또는 이사 ○○○은 20○○년 ○월 ○○일 사임하고, 20○○년

○월 ○○일 사원총회(이사회)에서 다음 사람을 이사로 선임하여
20○○년 ○월 ○○일 주무관청의 승인을 얻어 20○○년 ○월 ○
일 취임하였으므로 그 등기를 구함.

5. 등기할 사항
　　이사 ○○○　20○○년 ○월 ○○일 사망(사임)
　　이사 ○○○　20○○년 ○월 ○○일 취임
　　(　　　－　　　)
　(3) 이사의 임기만료퇴임, 보선
4. 등기의 사유　이사 ○○○은 임기만료로 퇴임하고 다음 사람이 이사에 취임하
　　　　　　　였으므로 그 등기를 구함.
5. 등기할 사항
　　이사 ○○○　20○○년 ○월 ○○일 퇴임
　　이사 ○○○　20○○년 ○월 ○○일 취임
　　(　　　－　　　)
　(4) 이사의 해임 및 보선
4. 등기의 사유　이사 ○○○은 해임되고 다음 사람이 이사에 취임하였으므로 그
　　　　　　　등기를 구함.
5. 등기할 사항
　　이사 ○○○　20○○년 ○월 ○○일 해임
　　이사 ○○○　20○○년 ○월 ○○일 취임
　　(　　　－　　　)
　(5) 이사의 파산·금치산선고로 자격상실 및 보선
4. 등기의 사유　이사 ○○○은 파산(금치산)선고로 자격상실하고 다음 사람이 이
　　　　　　　사에 취임하였으므로 그 등기를 구함.
5. 등기할 사항
　　이사 ○○○　20○○년 ○월 ○○일 자격상실
　　이사 ○○○　20○○년 ○월 ○○일 취임
　　(　　　－　　　)
　(6) 중임
4. 등기의 사유　이사 ○○○은 중임하였으므로 그 등기를 구함.
5. 등기할 사항
　　이사 ○○○　20○○년 ○월 ○○일 중임
6. 주무관청의 허가서도착연월일　20○○년 ○월 ○○일
　*이는 이사의 인원수 증원의 경우처럼 정관변경이 필요한 경우와 당해 정관에 이사임면
　　에 관하여 주무관청의 허가를 받도록 정한 경우에 한하여 그에 관한 주무관청의 허가서
　　도착일자를 기재한다.

7. 등 록 세 금   원

   교 육 세 금   원

   농어촌특별세 금   원

   등기신청수수료 금   원

- 변경등기의 등록세는 23,000원이고(지세법 137①Ⅵ), 교육세는 등록세액의 100분의 20이다.

   조특법 및 관세법, 지세법에 의하여 등록세가 감면되는 경우 그 감면세액의 100분의 20의 농어촌특별세를 납부하여야 하고(다만 이것도 면제되는 경우가 있다), 등기신청 수수료는 2,000원의 대법원수입증지를 첨부하여야 한다. 그러나 명칭, 주사무소, 이사 변경등기를 하나의 신청서로 신청할 경우에는 각각의 수수료 각 2,000원을 합산하여야 하나, 수인의 이사, 대표자 등 임원의 퇴임·취임으로 인한 변경등기를 이를 일괄하여 하나의 임원변경등기신청으로 보아 2,000원을 납부한 대법원수입증지를 첨부하면 된다.

8. 첨 부 서 류

1) 사원총회 또는 이사회의사록   1통

- 이사의 인원수 증원을 위한 정관변경이나 이사의 선임·해임 등을 결의한 사단법인의 사원총회나 재단법인의 이사회의 이사록을 첨부한다. 이 의사록들은 공증인의 인증을 받아야 한다(공증 66의2).

   그러나 당연직 이사인 경우에는 그 당연직에 취임 또는 발령받은 사실을 증명하는 인사발령문 등을 첨부한다. 또한 당연직 이사가 당연직의 보직이 변경된 경우에는 자격상실을 증명하는 서류인 인사발령문 등을 첨부한다.

   특히 사임의 경우 대표권자를 제외하고 사임자가 총회에 참석하여 사임의 의사를 표시하고 그 의사록에 기명날인하였으며 그 의사록이 공증된 경우에는 사임의 의사표시는 유효하다.

2) 정관   1통

- 이사의 선임·해임 등이 정관소정의 방법에 의한 것임을 증명하기 위함과 당해 법인의 이사의 정수를 확인하기 위하여 이를 첨부한다.

3) 주무관청의 허가서(또는 인증있는 허가서등본)   1통

- 이사의 인원수 증원으로 정관변경을 위한 주무관청의 허가가 필요한 경우나 설립허가 조건이 임원취임을 주무관청의 승인사항으로 한 경우 등에는 이를 첨부한다. 등본을 첨부하는 경우에는 허가관청의 인증있는 등본을 첨부해야 한다.

4) 취임승낙서와 인감증명서, 주민등록등본   각 ○통

- 원칙적으로 취임승낙서와 본인의 진정한 의사를 확인하는 인감증명을 첨부하여야 하나, 그 취임승낙취지가 기재된 피선자의 기명날인이 있는 의사록을 첨부한 경우에는 이를 첨부를 생략할 수 있다. 다만 대표자는 인감증명법에 의한 인감증명을 첨부하여야 하나 중임의 경우는 예외이다. 최초로 취임하는 이사는 주민등록번호를 기재하여야 하므로 주민등록등본을 첨부하되 주민등록번호가 기재된 이사가 중임하는 경우에는 이를 첨부하지 않아도 된다. 대표권 있는 이사는 주소도 등기하여야 하는 바, 이 주민등록등본은 주소를 증명하는 서면의 역할도 한다.

5) 대표자의 인감신고서와 인감대지   1통

*대표자는 등기소에서 인감증명을 받아야 하므로 인감증명을 받을 수 있는 대조용 인감대지와 이 인감신고서를 제출하여야 한다. 다만, 중임의 경우에는 종전의 인감을 襲用할 수 있다.

6) 사임서   1통

*인감증명법에 의하여 신고한 인장으로 날인해야 한다. 그러나 회의석상에서 사임한 취지의 기재가 있고 그 임원의 기명날인이 있는 의사록을 첨부한 때에는 이의 첨부를 생략할 수 있다.

7) 사망진단서(또는 호적등본)   1통

8) 결정등본(파산, 금치산)   1통

9) 위임장   1통

위와 같이 등기 신청합니다.

20○○년 ○월 ○○일

신청인 사단(재단)법인 ○○회

○○시 ○○구 ○○동 ○○번지

이사 ○   ○   ○

○○시 ○○구 ○○동 ○○번지

*이 등기는 대표권제한이 없는 때에는 각자 대표하는 것이 원칙이므로 이사중 1인이 신청하면 되나, 대표권제한이 있는 때에는 대표권있는 이사가 신청한다.

위 대리인 법무사 ○   ○   ○ ㉮

○○시 ○○구 ○○동 ○○번지

*위임장의 첨부와 대리인의 표시는 법무사, 변호사 등 대리인에 의하여 신청하는 경우에 한한다.

○○지방법원(○○등기소) 귀중

□ 등기기재례

1. 이사 전원이 중임한 경우

임원란

임원에 관한 사항	연 월 일		연 월 일	
	원 인		원 인	
	등 기 연 월 일		등 기 연 월 일	
이사 김일수	.	.	.	.
(-)				
서울 ○○구 ○○동 1	.	.등기	.	.등기

이 사 김 이 수 (-)	. .		. .	
	. . 등기		. . 등기	
이 사 김 삼 수 (-)	. .		. .	
	. . 등기		. . 등기	
이 사 김 사 수 (-)	. .		. .	
	. . 등기		. . 등기	
이사 김일수 외에는 대표권 이 없음	2000. 5. 5.		2000. 5. 5.	
	이상 4인 취임		이상 4인 중임	
	2000. 5. 10. 등기㉑		2000. 5. 10. 등기㉑	

2. 이사의 일부를 개선한 경우

임원란

임원에 관한 사항	연 월 일		연 월 일	
	원 인		원 인	
	등 기 연 월 일		등 기 연 월 일	
이 사 김 일 수 (-) 서울 ○○구 ○○동 5	. .		. .	
	. . 등기		. . 등기	
이 사 김 이 수 (-)	. .		. .	
	. . 등기		. . 등기	
이사 김삼수 (←――――→)	. .		2000. 12. 21.	
	. . 등기		이상 3인 중임	
			2000. 12. 24. 등기㉑	
이사 김사수 (←――――→)	. .		2000. 12. 21.	
	. . 등기		퇴임	
			2000. 12. 24. 등기㉑	
이사 김일수 외에는 대표권 이 없음	2000. 12. 21.		. .	
	이상 4인 취임			
	2000. 12. 24. 등기㉑		. . 등기	

이 사 김 오 수 (　　－　　)	2000.　2.　21. 취임	．　　．　　．	
	2000.　2.　24. 등기㊞	．　　．　　．	등기
	2001.　2.　21.	．　　．　　．	
	이사 김삼수 사임		
	2001.　2.　2㊞ 등기㊞	．　　．　　．	등기
이 사 김 육 수 (　　－　　)	2001.　2.　21. 취임	．　　．　　．	
	2001.　2.　24. 등기㊞	．　　．　　．	등기

〔주〕 1. 사임 등의 등기를 한 란이 없는 경우에는 인용에 관한 사항란에 ☒ 하고 그 표에 기재
한다.
2. 해임, 사망, 자격상실 등의 경우에는 원인을 기재할 상당란에 해임, 사망, 자격상실로 기
재한다.

□ 사원총회(이사회)의사록

사원총회(이사회)의사록

1. 개최일시　20○○년 ○월 ○○일 ○○시
2. 개최장소　○○시 ○○구 ○○동 ○○번지 본 법인 회의실
3. 총사원수(총이사수)　○○명
4. 출석사원수(출석이사수)　○○명
　　　　내역　본인출석　○○명
　　　　　　　위임출석　○명

　　의장인 이사 ○○○는 정관규정에 따라 의장석에 등단하여 위와 같이 법정수에
달하는 사원(이사)이 출석하였으므로 본 총회(이사회)가 적법히 성립되었음을 알
리고 개회를 선언한 후, 사전에 통지한 사항인 다음의 의안을 부의하고 심의를 구
하다.
　　　　　　제1호 의안　이사의 인원수 증원의 건
　　의장은 본 법인의 사업의 번창으로 인하여 현행 정관상 이사 정원인 ○○명의
이사만으로서는 업무처리가 불가능하므로 부득이 그를 ○○명으로 증원해야 할 필
요가 있음을 상세히 설명하고 그 가부를 물은 바 전원 이의 없이 찬성하여 만장일
치로 그를 승인 가결하다.
　　　〔유례〕제1호 의안 이사 사임 및 보선의 건
　　　　의장은 이사 ○○○이 사임의사를 표명하므로 이에 대한 보선이 필요하므로 위 의
　　안을 상정하고 사임이사에게 사임의사 발언을 하게 하다.

본 ○○협회의 이사 ○○○은 일신상의 사정으로 20○○년 ○월 ○○일자로 사임한
다고 말하다.

의장은 위와 같이 이사 ○○○이 사임하므로 본 협회 정관 제○조에 의하여 이사를
보선하여야 한다고 말하고 이를 보선하여 줄 것을 구한 바, 참석사원 전원일치되어 다
음 사람을 이사로 선출하다

    이사　○　○　○

위 피선자는 즉석에서 각 그 취임을 승낙하다.

[유례] 총회에서 대표권 있는 이사(회장)를 선임 또는 보선하는 경우

    제2호 의안　대표권 있는 이사(회장) 보선의 건

의장은 본 협회의 대표권 있는 이사(회장)직을 20○○년 ○월 ○○일자로 사임하였
으므로 이를 보선하여 줄 것을 구한 바, 참석사원 전원일치로 다음 사람을 대표권 있
는 이사(회장)에 선출되다.

    대표권 있는 이사(회장)　○　○　○

위 피선자는 즉석에서 취임을 승낙하다.

의장은 위와 같이 대표권 있는 이사(회장) 보선에 따라 본 협회의 이사대표권의 제
한규정이 다음과 같이 변경되었음을 구하고 그 승인을 구한 바, 전원일치되어 그를 승
인하다.

    이사 대표권에 관한 규정

    이사 ○○○ 이외에는 대표권이 없음.

    제2호 의안　정관변경의 건

의장은 위 이사의 인원수 증원에 수반하여 현행 정관 제○○조를 다음과 같이
변경해야 한다는 취지를 설명하고 그 가부를 물은 바 전원 이의 없이 찬성하여 만
장일치로 그를 승인 가결하다.

    제○조(임원의 종별 및 인원수)　본 법인에는 다음의 임원을 둔다.

    이사 ○○명

(이사장 1명, 상무이사 1명 포함)

    감사 ○○명

의장은 이상으로서 회의목적인 의안 전부의 심의를 종료하였으므로 폐회한다고
선언하다(시간은 ○○시 ○○분이었음).

위 결의를 명확히 하기 위하여 이 의사록을 작성하고 의장과 출석한 이사가 기명
날인하다.

    20○○년 ○월 ○○일

      사단(재단)법인 ○○회

        ○○시 ○○구 ○○동 ○○번지

     의장이사　○　○　○　㊞

       이사　○　○　○　㊞

       이사　○　○　○　㊞

       이사　○　○　○　㊞(예 : 사임
의사를 표명한 자)

[주] 이는 이사의 원수에 관한 정관규정의 변경을 결의한 의사록으로서 사단법인의 경우에는 사
원총회의사록, 재단법인의 경우에는 이사회의사록으로 작성하되, 등기신청서에 첨부하는
의사록은 공증인의 인증을 받아야 한다.

☐ 사원총회(이사회)의사록

사원총회(이사회)의사록

1. 개최일시 20○○년 ○월 ○○일 ○○시
2. 개최장소 ○○시 ○○구 ○○동 ○○번지 본 법인 회의실
3. 총사원수(총이사수) ○○명
4. 출석사원수(출석이사수) ○○명
　　　　내역 본인출석 ○○명
　　　　　　 위임출석 ○○명

　　의장인 이사 ○○○는 정관규정에 따라 의장석에 등단하여 위와 같이 법정수에
달하는 사원(이사)이 출석하였으므로 본 총회(이사회)가 적법히 개최되었음을 알
리고 개회를 선언한 후, 사전에 통지한 사항인 다음의 의안을 부의하고 심의를 구
하다.

　　　　제1호 의안 이사 증원의 건
　　의장은 정관의 변경에 따라 이사의 인원수가 증원되었으므로 증원된 이사를 새
로 선출해야 한다는 취지를 설명하고 그 선출방법을 물은 바, 무기명비밀투표로 선
출하기로 전원 일치되어 즉시 투표를 실시한 결과 다음과 같이 선출되다.

　　　　이사 ○ ○ ○
　　　　　　 ○○시 ○○구 ○○동 ○○번지
　　위 피선자는 즉석에서 그 취임을 승낙하다.

　　　　제2호 의안 이사 해임의 건
　　의장은 본 법인의 이사 ○○○는 본 법인의 목적에 위배되는 어떠 어떠한 행위
를 하였으므로 부득이 해임함이 상당하다는 취지를 상세히 설명하고 그 가부를 물
은 바, 전원 이의 없이 찬성하여 만장일치로 그 해임을 가결하다.

　　　　[유례] 제2호 의안 이사 해임의 건
　　　　의장은 본 법인의 이사 ○○○은 어떠 어떠한 사유로 그 직무에 관하여 부정행위가
　　　　있으므로(어떠 어떠한 사유로 현재 구속중인 바, 또는 법령 정관에 위반한 중대한 어
　　　　떠 어떠한 사유가 있는 바), 부득이 이사 ○○○을 해임함이 상당함을 설명하고 그 가
　　　　부를 물으니 전원이 찬성하여 만장일치로 그 해임을 가결하다.

　　　　제3호 의안 이사보선의 건
　　의장은 이사 ○○○는 20○○년 ○월 ○○일 사임하여 ① 임기만료로 退任하여,
② 사망하여, ③ 해임되어, ④ 금치산(파산)선고로 退任하여, ⑤ 주무관청의 인가

승인취소로 결원이 생겼으므로 그를 보선해야 한다는 취지를 설명하고 그 선출방법을 물은 바, 전원일치로 무기명비밀투표로 선출하기로 결의하고 즉시 투표를 실시한 결과 다음과 같이 선출되다.

   이사 ○ ○ ○

    ○○시 ○○구 ○○동 ○○번지

위 피선자는 즉석에서 그 취임을 승낙하다.

    제4호 의안 감사보선의 건

  의장은 본 법인의 감사 ○○○은 20○○년 ○월 ○○일 사임하였으므로 후임 감사를 선출하여 줄 것을 구하니, 이사 ○○○가 감사 ○○○를 추천한 바, 전원일치하여 ○○○을 감사로 선임함을 가결하다.

  의장은 이상으로서 회의목적인 의안 전부의 심의를 종료하였으므로 폐회한다고 선언하다(시간은 ○○시 ○○분이었음).

  위 결의를 명확히 하기 위하여 이 의사록을 작성하고 의장과 출석한 이사가 기명날인한다.

      20○○년 ○월 ○○일

       사단(재단)법인 ○○회

        ○○시 ○○구 ○○동 ○○번지

      의장이사 ○　○　○　㊞

       이사 ○　○　○　㊞

       이사 ○　○　○　㊞

[주] 이는 이사 해임, 선임, 증원에 관한 의사록으로서 사단법인의 경우에는 사원총회의사록, 재단법인의 경우에는 이사회의사록으로 작성하되 등기신청서에 첨부하는 의사록은 공증인의 인증을 받아야 한다.

□ 취임승낙서

취 임 승 낙 서

 본인은 20○○년 ○월 ○○일 사원총회(이사회)에서 귀 법인의 이사로 선임되었는 바, 이에 그 취임을 승낙합니다.

    20○○년 ○월 ○○일

       이사 ○　○　○　㊞

 사단(재단)법인 ○○회　귀중

[주] 인감증명법에 의하여 신고한 인감을 찍고 그 인감증명을 첨부해야 한다. 다만, 회의에 선임된 이사가 참석하여 이를 승낙하고 이 승낙의사가 의사록에 기재된 경우에는 별도로 이 서면이 필요없다.

□ 사임서

<table>
<tr><td>

사 임 서

　본인은 귀 법인의 이사인 바, 이번에 일신상의 형편에 의하여 그 직을 사임합니다.

20○○년 ○월 ○○일

이사 ○ ○ ○ ㊞

사단(재단)법인 ○○회 귀중

</td></tr>
</table>

[주] 대표권이 있는 이사는 등기소에 제출된 인감도장으로 날인하거나 인감증명법에 의하여 신고한 인감을 찍고 그 인감증명을 첨부해야 하되, 대표권이 없는 이사는 인감증명법에 의한 인감증명을 첨부하여야 한다. 다만 대표권 없는 이사는 사임의 취지가 기재된 의사록에 이를 승낙하는 취지와 이 의사록에 서명날인한 경우에는 예외이다.

□ 임원 취임 및 해임 인가 공문

<table>
<tr><td>

○ ○ 부

문서번호　종이 86210-○○○
시행일자　20○○. ○. ○○.
수　　신　서울 ○○구 ○○동 100
　　　　　재단법인 ○○유지재단 이사장 ○ ○○
제　　목　임원 취임 및 해임인가
1. 중화 제○○-1호('○○. 1. 1.)와 관련입니다.
2. 귀 법인의 임원 취임 및 해임을 다음과 같이 인가합니다.
　가. 인가내용
　　1) 임원취임

직 위	성 명	주　　　소	임　　　기	비고
이 사	○○○		인가일로부터 2000. 12. 31.까지	신임
감 사	○○○		2000. 1. 1. 부터 2000. 12. 31. 까지	유임

　　2) 해임임원

직　　　위	성　　　명	해 임 사 유
이　　　사	○　○　○	사 임(해 임)
감　　　사	○　○　○	임 기 만 료

</td></tr>
</table>

나.
1
하고,
2
음. 끝

□ 인감

4cm

위임

○○

[주] 주사
이사
있다
어
하다

□ 위임장

나. 인가조건

  1) 상기 취임임원(감사 제외)에 대하여 본 인가일로부터 3주내에 등기를 완료하고, 법원발행 등기부등본 1부를 첨부하여 결과를 보고하기 바람.

  2) 상기 조건 불이행시나 신청서상 허위 발견시에는 본 인가를 취소할 수도 있음. 끝.

○○부장관 직인

□ 인감신고서

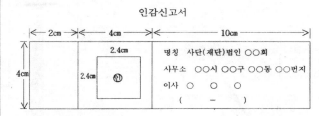

위와 같이 인감 신고합니다.

200○년 ○월 ○○일

사단(재단)법인 ○○회

○○시 ○○구 ○○동 ○○번지

이사 ○   ○   ○ ㉑

○○시 ○○구 ○○동 ○○번지

○○지방법원(○○등기소) 귀중

[주] 주사무소소재지에서 대표권 있는 새로운 이사의 취임등기를 신청한 때에는 새로 취임하는 이사의 인감(인감대지)을 제출해야 한다. 다만, 중임의 경우에는 종전의 인감을 습용할 수 있다.

  인감의 크기는 변의 길이가 2.4cm 정사각형안에 들어갈 수 있고 1cm의 정사각형안에 들어갈 수 없는 것이어야 한다(규칙 9, 상등규 5②).

  인감대지의 크기는 보호식 인감표의 규격을 기준으로 가로 16cm, 세로 4cm 정도가 타당하다.

□ 위임장

위   임   장

법무사 ○   ○   ○

　　　　　○○시 ○○구 ○○동 ○○번지

전화 ○○○-○○○○

본인은 위 사람을 대리인으로 정하고 다음 사항의 권한을 위임합니다.

1. 이사 ○○○의 퇴임 및 동 ○○○의 취임등기신청에 관한 일체의 행위

　　　　　20○○년 ○월 ○○일

사단(재단)법인 ○○회

　　　　　○○시 ○○구 ○○동 ○○번지

이사 ○   ○   ○   ㊞

　　　　　○○시 ○○구 ○○동 ○○번지

[서식 30] 사단(재단)법인 변경등기신청서(대표권제한규정을 신설·폐지·변경한 경우)

사단(재단)법인 변경등기신청서

1. 명   칭 사단(재단)법인 ○○회(등기번호 1,000호)
2. 주 사 무 소 ○○시 ○○구 ○○동 ○○번지
3. 분 사 무 소 ○○시 ○○구 ○○동 ○○번지

*분사무소의 표시는 분사무소소재지에서 신청하는 경우에 한하여 기재하며, 그 경우에는 주사무소소재지 다음에 이 등기를 신청하는 당해 등기소 관내의 분사무소소재지를 기재한다.

4. 등기의 목적 대표권의 제한규정의 변경등기
　(1) 대표권의 제한규정 설정의 경우
5. 등기의 사유 20○○년 ○월 ○○일 사원총회(이사회)에서 대표권의 제한규정의 설정과 정관변경을 결의하고 20○○년 ○월 ○○일 주무관청의 허가를 얻어 20○○년 ○월 ○○일 이사회에서 이사 ○○○가 대표권 있는 이사로 선임되어 같은 날 취임함에 따라, 대표권의 제한규정을 다음과 같이 설정하였으므로(……설정하여 20○○년 ○월 ○○일 주사무소소재지 관할등기소에서 등기를 하였으므로 이 등기소에서) 그 등기를 구함.

*등기의 사유란 전단의 ( )안은 재단법인의 경우의 서식례이며 후단의 ( )안은 분사무소에서 신청하는 경우의 서식례이다. 이하 동일하다.

6. 등기할 사항
　　이사 ○○○ 외에는 대표권이 없음.
　　　○○시 ○○구 ○○동 200

첨부 15. 등기부 등(초)본 교부 신청서

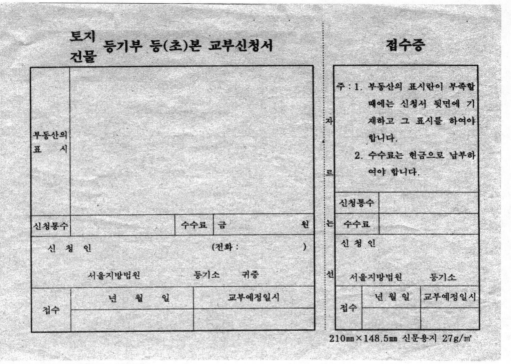

토지 / 전물 등기부 등(초)본 교부신청서

부동산의 표시			
신청통수		수수료 금 원	
신 청 인	(전화 :)		
서울지방법원 등기소 귀중			
접수	년 월 일	교부예정일시	

접수증

주 : 1. 부동산의 표시란이 부족할 때에는 신청서 뒷면에 기재하고 그 표시를 하여야 합니다.
2. 수수료는 현금으로 납부하여야 합니다.

신청통수	
수수료	
신 청 인	
서울지방법원 등기소	
접수	년 월 일 / 교부예정일시

210mm×148.5mm 신문용지 27g/㎡

첨부 16. 등기 등(초)본 교부신청용 법무사 서무실 용지(이면)

등기원인과 그 년월일		2002 년 1 월 19 일 신탁해지			
등 기 의 목 적		신탁해지로 인한 신탁등기 말소 및 소유권이전			
말 소 할 사 항		2001 년 8 월 7 일 접수제 49137 호 신탁등기 및 제 798 호 신탁원부			6951
구 분	성 명 (상호. 명칭)	주민등록번호 (등기용 등록번호)	주		
등 기 의무자	수탁자 동서울아파트 재건축주택조합	1127 - 00944	서울 강동구 암사동 377 - 4 대표자 서울 강동구 암사동 129 - 2		
등 기 권리자	위탁자		서울 강동구		

부 동 산 과 세 시 가 표 준					
세	600	계	3,600	이전등기는 비과세 (지방세법 제 128조 제1호 가목)	
				택건설촉진법 시행령 제 17 조 별표 3 부표 23호 가목 본문)	
	2.주민등록등본 3.위임장 4. 건축물관리대장, 토지대장, 각 1통 5.인감증명서, 결의서사본. 부동산등 인가필증사본 각 1통은 전전용으로함 6.등기의무자의 권리에 관한 등기필증				

년 1 월 일

법무사 김
서울 강동구
485

강 동 등 기 소 접수증

金

	수택조합		서울 강동
		부 동 산 과 세 시 가 표 준	

등록세	3,000	교육세	600	계	3,600	이전등기는 비과세 (
국민주택채권	면제 (주택건설촉진법 시행령 제 17 조 별표 3 부표					
첨부서류	1.신탁계약서 2.신탁원부 3.인감증명서, 주민등록등본, 건축물관리대장, 토지대장, 정관사본, 설립인가필증, 결의서, 부동산등기용등록증명서 각 1통은 전전용 4.등기의무자의 권리에 관한 등기필증 전전용					

2002 년 1 월 일

위 대리인 법무사 김
서울 강동구
(02) 485 -

서 울 지 방 법 원   동 부 지 원   강 동 등 기 소 접수증

법 무 사 金

법 제 처

우 110-760 / 서울특별시 종로구 세종로 77 /전화 02) 724-1450 /전송 02) 720-3963
행정법제국 법제관 조정찬 서기관 강성출 담당자

문서번호 행법 11070-13

시행일자 2001.01.12 (1년)

수 신 김현( ) 귀하

참 조

제 목 질의서 이송통지

먼저 등기제도와 관련하여 큰 어려움과 겪고 계시는 귀하께 진심으로 위로의 말씀을 드립니다. 귀하의 개선대책내용을 검토해 본 결과 그 내용이 사법부 내부에서 개선되어야 할 사항으로 보여집니다. 따라서 부득이 귀하의 민원서류를 담당기관인 법원행정처 (등기과 3480-1394)로 이송하여 처리토록 하였으니 이 점 양지하여 주시기 바라며, 귀하의 건의내용이 조속히 이루어 지시길 바랍니다. 감사합니다. 끝.

법 제 처

기본을 바로세워 일류국가 이룩하자.

감　사　원

우110-706 종로구 삼청동 25-23　/TEL (02)7219-521(~9)　/FAX (02)7320-188
제5국 제2과

문서번호　오이 07000 -8305
　　　　　　(접수번호 제1999호)

시행일자　2001.04.23

공개여부　부분공개

수　신　서울시 서초구 방배동 ⋯⋯⋯⋯⋯⋯⋯⋯ 302호 김현근

제 목　민원접수.처리 통보

　　1. 우리 원은 국민의 애로 및 불편사항을 해소하는 데 최선을 다하고 있습니다.

　　2. 2001.04.18 귀하께서 우리 원에 제출하신 민원사항(접수번호 제 1999호)은

법원행정처에서 조사처리하여 귀하에게 처리결과를 회신하도록 하였음을 알려드립니다.

　　3. 귀하께 건강과 행운이 깃들기를 기원합니다.　끝.

감　사　원

등기신청서 '기압' '접수'에 대한 부조리의 시정 추진

첨부 19. 서 신

김현근님 귀하

좋은 의견을 보내주신 점 감사드립니다.

현재 법원에서는 등기신청인들의 편의를 위해 각종 서식을 비치하고 있으며, 그 작성방법을 자세히 안내해 드리고 있습니다.

또한 수시감사 시에도 이를 철저히 점검하고 있습니다만, 그동안 저희 감사활동이 미치지 못한 곳이 있는 것 같아 이점에 대해서 우선 사과의 말씀을 드리고, 앞으로는 더욱더 철저히 점검하도록 하겠습니다

그리고 혹시 귀하의 민원내용과 같은 등기소가 있다면 그 곳을 알려주시면 즉시 시정토록 하겠습니다.

끝으로 귀하의 고견을 더 듣고 제도개선 및 감사활동에 참고하고자 하니 법원행정처 감사민원실(대법원 청사 동관 249호)로 출석해 주시거나 전화(02-3480-1475)로 연락주시면 감사하겠습니다.

2001.   5.   3.

법원사무관 전   형   식

대 법 원

우 137-750 서울시 서초구 서초동 967 / 전화 (02)3480-1476 / 전송 (02)533-5868
감사민원담당관실 / 담당사무관 전 형 식 담당자 남 성 섭

문서번호 감민 1823 -1014

시행일자 2001. 6. 28.

수   신 김 현 근

제   목 민원회신

　　　　1. 2001. 4. 18. 감사원에 접수되어 법원행정처에 이첩된(2001. 4. 25.) 귀하의 민원에 대한 회신입니다.

　　　　2. 귀하의 민원서를 자세히 검토하였습니다.

　　　　3. 귀하의 민원서를 접수한 후 전국 등기과(소)에 대한 특별 기강 및 업무감사를 실시한 결과 대부분 등기과(소)에서는 등기신청서 양식을 준비하여 비치하고 있었으나 관리상 어려움이 있어 민원실이 아닌 민원창구 안쪽 사무실에 비치하여 담당공무원이 양식을 필요로 하는 민원인에게 교부하고 있음을 알려드리며,

　　　　4. 나머지 민원사항인 등기신청(각종 신청 포함) 안내문 민원실 내 게시, 현재와 같은 독립된 등기소 건물유지로 인한 예산낭비, 법인등기시 행정관청의 인가 때 제출했던 서류를 다시 제출요구, 경매와 관련된 공탁사건에 불필요한 서류제출요구 등은 법원의 제도 및 업무개선에 참고하도록 하겠습니다.

　　　　5. 앞으로 법원에 대한 불편사항이나 사법행정 개선에 관한 의견을 보내주시면 사법업무 발전에 적극 반영토록 노력하겠습니다. 감사합니다. 끝.

법 원 행 정 처 감 사 관

첨부 21. 예규 제 1034호 제정일 자료

보/도/자/료   10월 2일   한나라당 양천 갑

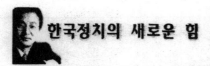

한국정치의 새로운 힘   원 희 룡

TEL : 02) 788-2135 , 784-2054
FAX : 02) 788-3702
http : //www.happydragon.pe.kr
mail : heeryong@lycos.co.kr

▶▶▶▶ 피감기관 : 대법원 ◀◀◀◀

등기소엔 등기서류가 없다??!

- 전국 등기소엔 '서류분실우려', '어려운(?) 등기서류를 민원인이 직접
작성하는 것은 불가능하다'는 등의 이유로 등기서류를 외부에
비치하지 않고 민원담당공무원이 보관하면서 민원인의 요구가 있을
경우에만 교부함.

2001.08.27. 등기예규제1034호

등기신청에대한민원사무안내등에관한사무처리지침

제2조(신청서용지 등의 비치 및 교부)

 등기과(소)장은 등기예규 제842호에서 규정한 각종 부동산등기신청서와 등기예
규 제793호에서 규정한 인감증명서 신청용지 및 민원인의 이용빈도가 높은 부
동산등기신청에 관한 안내서를 항시 비치하여 <u>민원인의 요구가 있을 때에는 즉
시 이를 교부</u>하여야 한다.

제4조(등기민원담당자의 지정)

① 등기과(소)장은 제3조의 등기신청절차의 안내 등의 업무를 원활히 수행하기
위하여 <u>등기민원담당자를 지정할 수 있다.</u>

기본을 바로세워 일류국가 이룩하자.

감 사 원

우110-706 종로구 삼청동 25-23 /TEL (02)7219-521(~9) /FAX (02)7320-188
제5국 제2과

문서번호   오이 07000 -9854
          (접수번호 제3684호)

시행일자   2001.07.11

공개여부   부분공개

수   신   서울시   김현근

제 목   민원접수.처리 통보

　　1. 우리 원은 국민의 애로 및 불편사항을 해소하는 데 최선을 다하고 있습니다.

　　2. 2001.07.07 귀하께서 우리 원에 제출하신 민원사항(접수번호 제 3684호)은

법원행정처에서 조사처리하여 귀하에게 그 결과를 회신하도록 하였음을 알려드립니다.

　　3. 귀하께 건강과 행운이 함께 하기를 기원합니다. 끝.

감 사 원

첨부 23. 등기 권리증

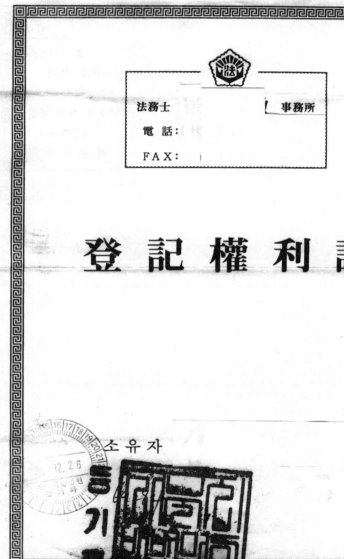

法務士　　　　　　事務所

電 話:

FAX:

登 記 權 利 證

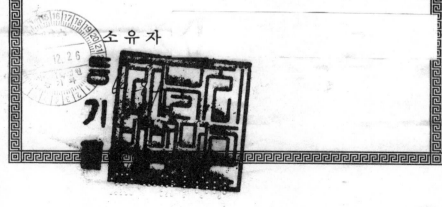

소유자

부 동 산 매 매 계 약 서

1. 부동산의 표시

결   인

접수번호 /0510
부동산등기
특별조치법 제3조의
규정에 따라 접인함
199 1996. 12. 2
서 초 구 청 장

2. 계약내용

제1조 위 부동산을 매도인과 매수인 쌍방 합의하에 아래와 같이 매매계약을 체결한다.
제2조 위 부동산의 매매에 있어 매수인은 매매대금을 아래와 같이 지불키로 한다.

매 매 대 금	
계 약 금	
중 도 금	
잔 대 금	

제3조 위 부동산의 명도는 19 년   월   일로 한다.
제4조 매도인은 잔금 지급일 현재의 위 부동산에 관련된 채무 및 제세공과금을 변제키로 한다.
제5조 매도인은 잔금 수령시 소유권(등기)에 필요한 모든 서류를 매수인에게 교부하고 이전등기에 협력키로한다.
제6조 본 계약을 매도인이 위약시는 계약금의 배액을 변상하고, 매수인이 위약시는 계약금을 포기하고 반환 청구
하지 않기로 한다.

특약사항 : ①

이 계약을 증명하기 위하여 계약서 5부를 작성하여 계약당사자가 이의없음을 확인하고 각자 서명 날인한다.
1996 년 11 월 22 일

매도인	주 소	
	주민등록번호	
매수인	주 소	
	주민등록번호	
검신청인		

소유권이전 등기신청

접	서기19 년 월 일	처리인	접수	조사	인감	기입	교합	등기필통지	각종통지
수	제 호								

부동산의표시	

등기원인과그년월일	서기 19 96 년 11 월 22 일 매매
등 기 의 목 적	소유권 이전

구분	성 명 (상호 · 명칭)	주민등록번호 (등기용등록번호)	주 소 (소 재 지)	지분
등기의무자				
등기권리자				

1. 부동산표시란에 2개이상의 부동산을 기재하는 경우에는 그 부동산의 일련번호를 기재하여야 합니다.
2. 신청인란이 부족할 경우에는 별지에 기재합니다.
3. 등기명의인이 한자로 표시된 경우에는 등기의무자의 성명에 한자를 병기하되 등기부상에 주민등록번호가 기재될 때에는 그러하지 아니합니다.

부 동 산 과 세 시 가 표 준

구	등 기 권 리 자					등 기 의 무 자	
분	면 적(가)	토지등급건 물분류번호	면적단위 가격(나) (세대별2단위)	과세시가표준액 (가) × (나)	세 율	취 득 또 는 신축년월일	토 지 등 급 건물분류번호
토							
지							
건							
물							
취득가액							
경감하여 산 출 등 세							
등							

금		서		
국민주택채권매입금액	금 0 원	류	등기의무자의 권리에 관한 등기필증	토

서기 19 96

위 신 청 인

위 대 리 인

서울 **지방법원**

부동산과세표준란의 숫자는 아라비아 문자로 표기하고 등기의 숫자의 권리취득년월일(신축년월일)과 취득(준공)
당시의 토지등급 또는 건물분류번호도 아울러 기재하여야 합니다.
면적은 부동산 표시란의 기재 순서대로 기재하고 토지등급이나 건물분류번호가 상이한 경우에는 각 별도의 란에
기재하여야 합니다.

확 인 서 면

등 기 할 부 동 산 의 표 시		
등 기 의 무 자	성 명	
	주 소	
	주민등록 번 호	이 전
첨 부 서 면		주민등록사본(O), 여권사본( ), 자동차운전면허증사본( )
특 기 사 항		키: 158cm 신체: 보통(55kg) 얼굴: 둥근형 안경씀
우 무 인		위 첨부서면의 원본에 의하여 등기의무자본인임을 확 인하고 부동산등기법 제49조 제3항의 규정에 의하여 이 서면을 작성하였습니다. 1996 년 월 일 법무사 (직인)

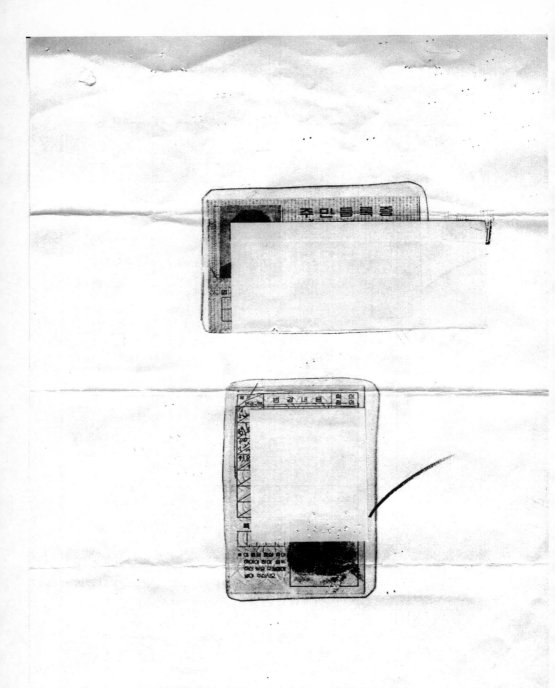

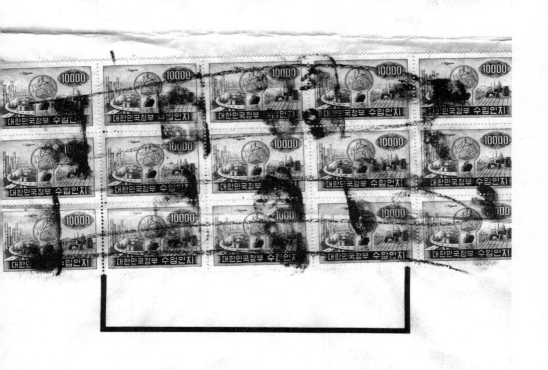

등기부 등본 (말소사항 포함) - 집합건물

표시번호	소 재 지 번	지 목	면 적	등기원인 및 기타사항
				부동산등기법시행규칙부칙 제3조 제1항의 규정에 의하여 1998년 04월 30일 전산이기

【 표 제 부 】 (전유부분의 건물의 표시)

표시번호	접 수	건물번호	건물 내 역	등기원인 및 기타사항
1 (전 1)	1990년7월25일	제3층 제302호	철근콘크리트조 69.31㎡	도면편철장 제3책383장
				부동산등기법시행규칙부칙 제3조 제1항의 규정에 의하여 1998년 04월 30일 전산이기

(대지권의 표시)

표시번호	대지권종류	대지권비율	등기원인 및 기타사항
1 (전 1)	1 소유권대지권	504.2의 61.18	1990년7월20일 대지권 1990년7월25일
			부동산등기법시행규칙부칙 제3조 제1항의 규정에 의하여 1998년 04월 30일 전산이기

첨부 25. 건축물 대장

집합건축물대장 (전유부분)

고유번호			장번호	1-1
대지위치				

전 유 부 분

구분	층별	구 조	용 도	면적(㎡)
주		철근콘크리트	연립주택	69.31
		- 이하 여백 -		

공 용 부 분

구분	층별	구 조	용 도	면적(㎡)
주		철근콘크리트	계단	3.67
주		철근콘크리트	계단	1.22
주		철근콘크리트	창고 및 대피실	11.85
지층		철근콘크리트	주차장	22.72
		- 이하 여백 -		

소 유 자 현 황

성명(명칭) 주민등록번호 (부동산등기용등록번호)	주 소	소유권 지분	변동일자 변동원인
		소유권이전	1996.11.22 소유권이전

30304~162호(1비
'97. 10. 9 승인

297mm×210mm
켄트지260g/㎡

第24條 [監察事項]①監査院은 다음 事項을 監察한다.

1. 政府組織法 기타 法律에 의하여 設置된 行政機關의 事務와 그에 소속한 公務員의 職務

2. 地方自治團體의 事務와 그에 소속한 地方公務員의 職務

3. 第22條 第1項 第3號 및 第23條 第7號에 규정된 者의 事務와 그에 소속한 任員 및 監査院의 檢査對象이 되는 會計事務와 直接 또는 間接으로 關聯이 있는 職員의 職務(1973.1.25. 本號新設)

4. 法令에 의하여 國家 또는 地方自治團體가 委託하거나 代行하게 한 事務와 기타 法令에 의하여 公務員의 身分을 가지거나 公務員에 준하는 者의 職務(1995.1.5. 本號改正)

② 第1項 第1號의 行政機關에는 軍機關과 敎育機關을 포함한다. 다만 軍機關에는 少將級 이하의 將校가 指揮하는 戰鬪를 主任務로 하는 部隊 및 中領級이하의 將校가 指揮하는 部隊를 제외한다.(1999.8.31. 本項改正)

③ 第1項의 公務員에는 國會·法院 및 憲法裁判所에 소속한 公務員을 제외한다.(1995.1.5. 本項改正)

④第1項의 規定에 의하여 監察을 하고자 하는 경우에 國務總理로부터 國家機密에 속한다는 疏明이 있는 事項 및 國防部長官으로부터 軍機密 또는 作戰上 支障이 있다는 疏明이 있는 事項은 監察할 수 없다.

노무현 대통령과 권양숙 여사의 시대적 아픈 상처

지리산 킬링필드
KILLNG FIELDS

"전쟁이 나은 우리민족 최대의 비극사 양민학살!!!
그들 생존자의 증언과 양민학살의 참여한 군인들의
진실한 고백을 담았다."

강평원 지음 /397면/ 값 13,000원

미공개 사진 양민학살 사진 수록

조·선·왕·조·실·록·에·의·한

새롭게 꾸민

왕비열전

조선왕조역대 왕비들의 파란만장한 삶의 이야기

"조선왕조 500년 동안 멸망했던 27명의 제왕들과 44명의 왕비. 그리고 수많은
후궁이 빚어낸 파란만장한 삶의 이야기를 통해 어제와 오늘의 많은 것을 일깨워
줄 것이며, 조선왕조의 역사를 이해 하는데 큰 도움이 될 것이다."

"중·고생이면 꼭 읽어야 할 조선 왕조 실록 필독서"

임중웅 지음 416면/ 값12,000원

여기......
가슴 설레이는
아름다운 만남이 있습니다.
'어린 왕자'와의 만남
잃어버린 한 조각의 만남
잃어버린 한 조각 나를 찾아서의 만남
아낌없이 주는 나무와의 만남
'꽃들에게 희망을 주는 나비와의 만남
그리고
아낌없이 주는 나무는
사랑을 말해 줍니다.
마지막 남은 사과나무의 밑둥치는
늙은 소년의 보금자리이며
사랑의 뿌리 입니다.

잃어버린 한 조각은
서로의 존재에 대한 사랑입니다.
서로의 존재가 아름 답게 느껴 질때
당신은 진정, 나의 잃어버린 한 조각
입니다.
잃어버린 한 조각 나를 찾아서는
홀로서기 입니다.
때론 사랑이 힘들때, 홀로서기가
필요할 때가 있죠. 내 안에 있는
나를 사랑해 보세요.
꽃들에게 희망을 주는 나비는
작은 애벌래의 성장을 통해서
겪는 우리들의 이야기 입니다.
어린 왕자를 사랑하는 모든 사람들
그리고
사랑하는 내 친구 어린 왕자에게
선영 마이북을 드립니다!
행복하세요.

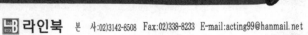